手がかりは一皿の中に

八木圭一

集英社文庫

目次

手がかりは一皿の中に

ブランデーを飲んで酔っ払ったことのあるアメリカザルは、もう二度と
それに手をつけようとはしない。つまり、人間より、はるかに頭がいい
ということだ。

チャールズ・ダーウィン

プロローグ

「ちょっと、聞いてるの？　人が真面目に相談しているのに、まったく……」

　姉の冷たい声が聞こえてきて、そこでハッと我に返った。すっかり心は先ほど食べた絶品の熟成鮨《じゆくせいずし》に向いていたのだ。口元に手をやったが、涎《よだれ》は垂れていなかったので顎を撫《な》でて何事もなかったかのようにやり過ごす。

「あなたは、あっちの世界に行くとなかなか帰ってこないからね。まるで、本当に戻ってこなかった平吉《へいきち》じいちゃんみたい……」

　目の前には黒ビール〝ギネス〟を片手に姉の鶴乃《つるの》が鎮座している。一つ歳上《としうえ》だが、精神年齢は十歳以上離れているのではないかと思われる。黒い細身のスーツを身に纏《まと》っているが、ジャケットの襟には検事のバッジがその輝きを放っている。

「中田屋《なかたや》がサイバーテロ攻撃を受けたのよ。おばあちゃんが先祖代々受け継いだ暖簾《のれん》を守り続けている大切なお店なんだから、もっと、当事者意識を持ってよ」

　たった一度、サイトが改ざんされただけだ。心配していないわけではないが、この時代、それほど目くじらを立てるような出来事だろうか。

「サイバーテロって、そんな大げさな。別に実害もなかったんだろ……。サイトを運用していた会社がポンコツだったってことだよ」

「でも、外国からの不正アクセスだったというのも、ちょっと気味が悪いでしょ」

鶴乃がスマートフォンで、スクリーンショットの画像を再び見せてきた。すでに、ページは元どおりになっているが、当時の様子を保存したものだ。

改ざんされたホームページの真ん中に、赤い文字が英語で浮かんでいる。

それは、イギリスの自然科学者であるチャールズ・ダーウィンが人類に遺した名言と呼ばれる一文だった。彼の科学的発見は、現代生物学における基盤となっているだけでなく、社会学的に見ても多くの示唆に富んでいる。

亀助《かめすけ》は大学時代、文学部で文化人類学を中心とした社会学を専攻しただけに、気になるメッセージではある。だから、日本の伝統的な料亭の公式サイトを改ざんしてこんなことを書く人間の心理は、推理できないこともないのではないか。中田屋は、英語表記もしているので、外国人ハッカーのちょっとした悪戯《いたずら》かもしれない。

「あなた、おばあちゃんのコネで大手出版社に入れてもらったのに勝手に辞めて、大学のお遊びサークルの延長みたいなことして……。食べ歩いては、マリアージュがどうだかこうだかって、どうせ暇なんでしょ？　ネットのプロなら、こういう時くらい、中田屋に貢献したらどうなのよ」

相変わらず上から目線の物言いだ。書き込みをよくチェックされているのが辛《つら》い。

「いや、暇ってそんな……。グルメサイトを作る仕事なんだよ。社長はリスペクトできるし、業界でも注目されている。それにこの時代、僕のレシピが正しければ——」

つい、口癖が出て、言った瞬間にしまった、と口を押さえそうになった。だが、もう遅い。

鶴乃がグラスをテーブルに叩《たた》きつけた。

「いい歳して、結婚の酸いも甘いも知らないで、偉そうに、何がマリアージュよ。何が、僕のレシピなのよ。あなたのレシピが正しいわけないでしょ。親の気も知らないで！」

よく研いだ三枚おろし用の出刃包丁でグサリと胸を抉《えぐ》られるような一言だった。反論したいが、鶴乃と言い合っても子供の頃から勝ったためしは一度もない。

「銀座の一等地を守ってきた中田家には、過去にいろいろあったから。ほら、もしかしたら、平吉じいちゃんの死や安吉《やすきち》おじさんの消息に辿《たど》り着けるかもしれないでしょ」

沈黙が訪れた。亀助の幼少期、中田屋の経営危機をもたらした平吉の突然の死は何者かによる他殺説のほか、自殺説もある。一方、平吉の死からほどなく、経費の横領で中田屋を追われた大叔父、安吉の行方は誰も知らない。このふたつは、父方の北大路《きたおおじ》家をはじめ、親戚の中ではタブー視されている。

真実を掘り起こしたいというのはいかにも鶴乃らしい。

「あんた、平吉じいちゃんの口癖、忘れたの？」

「そんな大切なこと、忘れるかよ！」と、亀助は言い返した。

最高の美食を楽しみたかったら、最高の人助けをしてからだ——。

心の拠《よ》り所《どころ》を忘れるわけがない。そのために生きていると言っても過言ではないのだ。

ふと亀助のジャケットの胸の奥でｉＰｈｏｎｅが震えた。取り出すと、見たことのない番号からの着信だ。こんな時間に、いったい誰だろうか。

「どうしたの、出ないの？」

鶴乃が怪訝《けげん》そうな顔で聞いてきた。

「東京０３からだけど、知らない番号だし、迷惑電話かな」

「もしかして、彼女じゃないよね？」

鶴乃が嬉《うれ》しそうに身を乗り出してきた。

「いや、そんなわけないだろ。いないし」

「まあ、今の時代、０３から携帯に電話するのは色気のある相手ではないか」

鶴乃が冷やかしてくる。やがて着信は切れてしまったが、間《ま》をおかずに再び震え出す。

「出なさい」という言葉に促され、亀助は仕方なく通話ボタンを押し耳に当てた。

第一話「熟成された殺意!?　弁護士不審死事件」

1

銀座八丁目。資生堂《しせいどう》ビル三階の〝資生堂パーラー・サロン・ド・カフェ〟は、いつ訪れても、古き良き銀座の空気を留《とど》めているようだ。客が帰ると必ず、真っさらなテーブルクロスをスタッフが丁寧かつ素早いしぐさで取り替える。そんな洗練された上質空間に老若男女の笑顔が溢《あふ》れている。今日も、パフェやケーキ、フルーツサンド、あるいは、店発祥のクリームソーダ、別名〝ソーダファウンテン〟を楽しむ客たちで席は全て埋まっていた。

落ち着いた薄いピンクを基調としたカフェの店内を見渡してみる。この数年でアジア系観光客が増えたが、隣の親子連れは見るからに東京在住のセレブだ。ベージュの上品なワンピースを纏った母親がプリン・アラモードを、黒いスカートに白のニットを合わせた学生らしき娘がチョコレートパフェを前に、雑談に興じている。時折、二人の視線が亀助に向いているように感じていた。

心地よいこの雰囲気の中で季節のパフェを楽しむのが亀助のルーティンで、一人でもよく足を運んでいる。

いつからか、食欲には勝てず、一人でどんな店にでも入れるようになった。どんなにコストパフォーマンスのいい店で食べても、デートでご馳走《ちそう》すれば二倍かかる。だったら、男と行くか、一人でいいじゃないか。別に笑われてもいい。食こそが人生の愉《たの》しみなのだ。

美食と美酒さえあれば、一人で生きていける――。

父親や姉が公務員を選ぶなか、大学卒業後、亀助が就職したのは老舗《しにせ》の大手出版社だった。大学院への進学も検討したこともあり、家族には「研究者を目指すんじゃないのか」と反対されたが、ミステリー小説が好きだったこともあり、編集者として本を作る夢を捨てきれなかった。最終的に祖母が人脈を使って根回しをしてくれた。

入社後は希望通り、文芸編集部に配属されたまではよかったのだが、大物作家の怒りを買って総務部に異動になった。随分と暇になり、食べ歩いては、学生時代と同様に、グルメサイトへの書き込みにのめり込むようになった。

それというのも、大学時代に所属していたサークルの創設者・島田雄輝《しまだゆうき》がグルメサイト〝ワンプ〟を立ち上げたからだ。創設メンバーに漫画『ワンピース』のファンが多かったこともあり、伝説の秘宝グルメを求めて冒険するというコンセプトだった。正式名称は〝ワンプレート〟で、通称が〝ワンプ〟。投稿数や評価に応じてレベルアップしていく〝1UP〟の意味もあり、店全体というよりは一皿に特化して食レポートを書く。グルメの種類は特に問わないが、当時は大学生ということもあり、B級グルメが中心だった。そのコンセプトや遊び心、センスに亀助は惹《ひ》かれ、大学時代から食べては書き込み続けたのだ。

その後、ワンプは島田の方針で、サークルのメンバーだけではなく、全ての人が参加できるサイトとして公開され、徐々にユーザー数が拡大していった。サークル外のヘビーユーザーも多数現れたが、数年前からのアドバンテージもあり、亀助が誰よりも高いレベルに到達している。

ミステリー好きの亀助は、探偵風にレシピの謎解きをしてみせる工夫をオリジナリティにしている。実際には後でシェフに裏を取ってから書くのだがそこはご愛嬌《あいきょう》だ。サイトでは話題性も必要なため、「僕のレシピが正しければ」からの「また罪深いシェフの魔法を暴いてしまった」という決め台詞《ぜりふ》があり、そのことを誰かにいじられると赤面してしまう……。

サイトの仕掛け人である島田は、起業家を目指してコンサル会社に入ったのだが、大手ＩＴ企業からの出資を受けて、ついに一年前、株式会社ワンプとして事業化した。そんな中、亀助の境遇を聞きつけた島田本人から「一緒に働かないか。食欲と才能を持て余したまま、くすぶっている君にぴったりだべ」と誘われたのだ。

老舗出版社を辞めることに対する未練はあったが、島田の熱烈な誘いを受けて、亀助は設立間もないベンチャー企業にジョインすることになったのだ。

転職から一年ほど経《た》ち、現在は編集・広告部門の統括責任者として、各担当者をマネジメントしながら亀助自身も広告案件のライティングを行っている。アップした記事にどれだけの人が訪れて滞在したか、評価したかは即座に可視化される。サイトのユーザー数を増やして飲食店などから広告収入を得るのが基本的なビジネスモデルだ。サイトの情報価値を高めることがユーザー数増加に直結するため、ライターは実名で食レポを行う。下手なことを書けば評価に跳ね返る。ユーザー数は着実に増えているが、競合は〝ぐるなび〟や〝ホットペッパー〟〝食べログ〟など大手各社だけではない。最近は〝Ｒｅｔｔｙ〟にも勢いがある。

スマホの普及が進む中、グルメサイト、アプリが次々にできては消えていき、まさに戦国時代を迎えている。それでも、新規参入が相次ぐのは、食が全ての人にとって欠かせないものだからだろう。

資生堂ビルを出た後、亀助は八丁堀の人気ビストロ〝ガール・ド・リヨン〟へと向かった。店に到着し、約束の相手の河口仁《かわぐちじん》が来ていないか店内を見渡したが、まだのようだ。店内は赤を基調とした洒落《しゃれ》た内装でいつも満席だ。男同士で入るのは野暮と思わせる雰囲気だが、美味しい料理とそれに合うワインをグラスいっぱいに注《つ》いでくれる。

着席しているとほどなく、「やあ」と河口が現れた。いつも必ずスリーピースのスーツだ。亀助が大学一年時の三年生で、グルメサークルの会長だった。弁護士になった現在は、東銀座にオフィスを構える《銀座やなぎ法律事務所》で働いている。事務所は特に離婚調停など、夫婦間トラブルの和解に向けた法律サポートなどを多く手がける。夫婦間の不仲は永遠のテーマなのか、業績は好調らしい。残念ながら、結婚の気配すらない亀助がお世話になることはなさそうだ。亀助には結婚が墓場としか思えない。一方の河口は結婚して、すでに二児の父親だ。外食やお酒、特にワインが好きでワインエキスパートの資格も取ったほどだ。

すぐに乾杯用のシャンパン、〝クリストフ・ルフェーヴル〟が到着した。

「とりあえず、店のオススメのメニューにしようか」

白レバーのパテ、エスカルゴのムニエル、牛頰肉のワイン煮……。河口が次々にオーダーする。食の好みも合うのがいい。亀助はあっという間にシャンパンを飲み干すと、「もう一杯」と店員に向かって、グラスを掲げた。そうして、河口に向き直った。

「先輩、例の会はどうでした？　早く様子を聞かせてくださいよ」

亀助が、呼吸を整えてから正面を向くと、河口がグラスを置いた。

「ああ、それなら、今日、ゆっくりと聞かせてやるよ」

「いつ〝G5〟に呼んでくれるんですか？　僕が糸口を見つけたんですからね」

河口が仰《の》け反《ぞ》って髪をかき上げると、ゆっくりとグラスを摑《つか》んだ。

亀助はライター仲間から聞いて、その活動を知った〝G5〟というグルメサークルを追いかけていた。なんでも銀座周辺で働く個性豊かな食通メンバーで構成されているという。店選びのセンスが光る彼らに、ワンプでの執筆を依頼したいと考えていた。予約が取りづらい店との接点を持っているのは魅力的だ。

そして、そのメンバーにかねてから年配の弁護士がいるのはわかっていたが、亀助はSNSを辿って河口の事務所のボスだと突き止めた。すぐに紹介を希望したが、先方は警戒したのか、まずは河口だけその会に招待されることになった。

「まあ、そう焦るなよ。こういうのはタイミングが重要でさ……。様子を見ながら、近いうちに必ず君を誘うから」

「頼みますよ……。それで、次はどこに？」

「あ、君だったら、例の熟成鮨の店はもう行ったか？　銀座の外れに一カ月前にオープンした、会員制の話題店」

すぐに亀助の脳裏にある店の名前がすっと浮かび上がった。「武蔵《むさし》、ですか」と聞くと、「そう、それ！」と即答された。店名は《鮨 武蔵》だ。一日、昼と夜で各二回転するらしい。それでもたった六席なので、一日二十四席の狭き枠だ。

店主の井上《いのうえ》武蔵は三十代前半だが、鮨や日本酒に懸ける思いは並々ならぬものがあるという。喋《しゃべ》りが達者で、さながらエンターテイナーのように振る舞い、夜の部では〝鮨喜劇〟が披露されるという。ただ、どんな余興かは、ネタバレ厳禁で謎に包まれている。

大学院を出て、システムエンジニアをしていたという井上は、釣り好きが昂《こう》じてエンジニア時代から鮨職人を養成する学校に半年通い、どこかの鮨屋で修業することもなく、いきなり新橋に自分の店を構えた。二坪の立ち食い鮨の店では、日月火は自分で漁に出て、週に四日だけ夜の営業を行ったそうだ。昼間は海鮮丼を提供する店を別のオーナーが営業し、その食材を井上が卸して収益をあげ、開業資金を稼いでいたという。

銀座に新しい店を出すにあたり、今度は、自ら漁に出るのはやめて週六日の営業を行い、一本買いするマグロを看板食材にして、勝負をかけるという。

「新橋で二坪の立ち食い鮨を流行《はや》らせてから〝クラウドファンディング〟で二千万円以上集めて、たった三年で銀座に会員制の店を出したという、あの人ですよね」

ワイングラスを回した後、香りを楽しみながら、河口が ゆっくりと頷《うなず》いた。

「賛否両論あるけど、すごいよな。うまく時流に乗ったよ」

クラウドファンディングとは、起業家や自治体、クリエイターなど、何らかの目的を持った人間がネット上で出資者を募り、資金を集める手法だ。「ちょっと、すみません」と、亀助はiPhoneで調べた。

《終了案件・飲食部門の支援総額　第一位》

・目標達成
支援総額23,350,000円（目標5,000,000円）

・発起人
井上武蔵（Sushi Musashi inc. CEO）

・コンセプト
日本が誇る、江戸前の鮨文化を新たな座標軸で再興する――。現在は設備のスペックや資金力の点で限界がありますが、最新の冷蔵システムで、マグロの一本買い付けや最高の熟成鮨を可能にします。江戸時代、ファストフードとして誕生した江戸前鮨。冷凍技術も漁法・輸送技術も未発達の時代、鮨職人はその腕一本で本物の鮨を提供したのです。井上は失われつつある食文化と、現代の技術力を融合させ、最高のおもてなしを提供する会員制の鮨店を銀座に出店します。今回の出資金で鮮度、熟成、解凍を完璧に管理できる冷蔵庫を購入予定です。

・リターン
50,000円《ワカシ会員権（ランチタイムに予約可能）》
100,000円《イナダ会員権（ディナータイムに予約可能）》
300,000円《ワラサ会員権（ランチ、ディナータイムに予約可能）》
500,000円《ブリ会員権（ランチ、ディナータイムにファストパス予約可能。さらに、プレオープンのプレミアム試食会にご招待）》
※一般のお客様の予約は、当面、お受けしない予定です。

出世魚を生かしたネーミングが功を奏したのか、ブリ会員券に出資した人が二十人以上いたという。井上の夢にかけたいと思った人が多いというべきか。それにしても、このページを見て、苦虫を嚙《か》み潰した同業者は多いだろう。

鮨職人の世界で、〝飯炊き三年、握り八年〟とは、使い古された言葉だ。店に入った職人はまず、洗い場や出前の担当から始まり、三年目に飯炊きやまかないの担当を任される。そしてカウンターに入って巻物や軍艦を担当し、八年目にやっと握りを任され、一人前に認められるには十年以上の歳月を要する。この修業の長い道のり、厳しさを表す言葉だ。最初は給料も低いだろうし、自分の店を持つとなると大変だ。井上はその時間を大幅にショートカットしたわけだ。プロデュース能力は相当なものがある。サイトの価格に目がとまった。

「コースは〝お任せ〟のひとつだけ。消費税とサービス料込みで、昼が二万円、夜が飲み放題付きで三万五千円か」

銀座で大トロや中トロも入った熟成鮨と、上等な酒を楽しめるなら、高すぎることはない。飲み放題を考慮すると、むしろ安いとさえいえる。

一方で、井上は店内や料理の撮影、グルメサイトに口コミを書き込むこと、さらには私語まで厳禁という、いまの時代に珍しい規制をかけている。それが店を訪れた人にしか知り得ない特別な体験という付加価値につながっているのだろう。いったいどんな男か、亀助は取材したい思いに駆られていた。

「君なら、てっきり行ったと思っていたけどな」

「いえ、まだです。出資してないし、会員でも予約が数カ月待ちだと聞きましたから」

亀助は大声を張り上げていた。隣の席の女性たちが眉をひそめている。頭を下げた。

「G5のメンバー数人が、武蔵の会員権を持っているんだ」

「先輩、どうにか同席させてもらえませんか。ワンプのことを考えたら僕が行くべきだ。

代わりに取材してくれるなら文句は言いませんが」

河口は真顔で面倒くさそうにワイングラスを見つめた。

「取材は一切お断りらしい。勝手に書いたりしたら、出入り禁止になるな」

「じゃあ、書きませんから、ここはひとつ」

「いや、六席なんだ。メンバーは五人だけど、その日の空席の一枠は他の出資者で埋まったそうだ」

「そこをなんとか！」

「いや、難しいな。基本的にギブ&テイクみたいでさ、みなそれぞれ行きつけの人気店の店主と仲良くて、特別枠をもっているんだよ……」

「じゃ、じゃあ、中田屋に招待するのはどうでしょうか」

こんなチャンス、簡単に引き下がるわけにはいかない。躊躇《ためら》われたが、母親・綾《あや》の実家が営む料亭の名前を出すと河口が思案顔を浮かべた。綾の兄、つまり、亀助の伯父が四代目の社長を務めていて、祖母は三代目の名物大女将《おおおかみ》だ。

「日本三大料亭のひとつ、中田屋に招待してもらえるのか。それは、みんな興味を持ちそうだけど。わかった。もし誰かがキャンセルになったとか、その時は……」

そんなことはありえないように思われた。だから、《鮨　武蔵》は縁がなかったのだと自分に言い聞かせて、忘却の彼方《かなた》に追いやったのだ。

だが、その数日後に小さな奇跡が起きた。その前兆はあって、昼間、お茶《ちゃ》の水《みず》の山の上ホテルで海老《えび》天丼を食べていた時に、湯のみを二度見したら茶柱が立っていたのだ。

そして、その夜、河口から着信があった。

〈亀助くん、急だけど、明後日《あさって》の夜は空いてる？〉

「はい、空いていますが――」

〈鮨だよ、熟成鮨！ みんな、中田屋に行けるなら、特別枠を開けるべきだって、他の出資者の一枠を君のために交渉してこじ開けたんだ〉

亀助は快哉《かいさい》を叫んで、右手で小さくガッツポーズをした。

2

店の予約は十九時半だが、亀助は十八時には近くのカフェに入った。豆乳ラテをオーダーし、四人がけのテーブル席を確保する。G5の五人のうち、河口の気遣いで若手メンバーの二人と早めに合流することになったのだ。その河口は刑事事件の国選弁護人の仕事が入り、店に直接行くという連絡が来た。

エステサロン経営者の荒木奈央《あらきなお》と、個人投資家の高桑啓介《たかくわけいすけ》は十八時半に集まれるという。連絡先も聞いていた。弁護士の緒方義男《おがたよしお》と、不動産業の澤田宏美《さわだひろみ》とは直接、店の前で十分前合流だ。なにせ遅刻厳禁と聞かされている。

Ｍａｃを立ち上げて、検索サイトで、〈鮨　武蔵　マナー〉と打ち込むと、〈私語厳禁〉〈撮影厳禁〉〈提供後三秒以内に必食〉という文言が浮かび上がった。撮影禁止の店は聞くが、三秒ルールは初耳だ。せっかくの注目店に入れるのに、写真も撮れず、ワンプに書き込めないのは残念だが致し方ない。

「あの、すみません――」

見知らぬ若い女性が声をかけてきた。返事をする前から椅子に半分腰かけてくる。巻き髪のロングヘアーにメイクも服装も華やかで、バッグは黒の〝エルメス〟の〝バーキン〟だ。

「失礼ですが、もしかして、北大路さんですか」

「はい、北大路亀助です。あなたは、もしかしてG５の――」

恐らく、荒木だ。満面の笑顔を見せ、「はい、荒木です」と返事があり、亀助は「あれ、もうそんな時間ですか？」と腕時計に目をやったが、約束の時間には三十分以上ある。荒木が対面の椅子に腰を下ろして隣の席に荷物を置く。「よろしく」と、名刺を差し出された。

《リラクゼーションエステ「salon de a la ki」代表オーナー　荒木奈央》

フランス語で、よく店名に使用される〝サロン・ド〟に、○○風を意味する〝ア・ラ〟と荒木の名字をかけている。「ユニークな店名ですね」と言うと、「さすが、わかってる」と荒木が前かがみになり、距離を縮めてきた。香水の甘い香りが鼻を掠《かす》めた。

「亀助さんは本当にラッキーな方ね。でも、これって運命だと思う。つまり、わたしたちが出会うことって最初から決まっていたの」

まるで、占い師みたいなことを言う女性だと亀助は感じた。一分も経たずにラストネームからファーストネームに呼び方が変わっていることに遅れて気づいた。

「確かに、先輩に絶対行きたいと伝えました。それが、運を引き寄せたんですかね？」

「ほら、絶対そうよ。あなたは、自分の意志で、チャンスを掴み取った」

荒木は目をキラキラさせながら、G5メンバーのことを語り始めた。あだ名はそれぞれの特徴を表したものだ。例えば、新メンバーとなったワイン好きの河口は〝ソムリエ〟だ。わからなかったのは河口の知り合いの弁護士、緒方だ。あだ名は〝上級者〟だという。

「緒方さんは最年長と聞いていますが、人生の達人、上級者ということかな」

「さて、どういう意味でしょう？　あ、そうだ、あなたって〝ワンプ〟のグルメ探偵・亀助さんなのよね？　わたし、結構見ているのよ。僕のレシピが正しければ！　でしょ」

亀助は頬が火照るのを感じた。

「お恥ずかしい……。でも嬉しいですね。サイトの使い勝手はどうですか」

荒木がスマホを取り出して、サイトを開こうとしている。アプリをダウンロードしていないということは、ヘビーユーザーではない。やや間が空いた。

「正直、〝食べログ〟の方が登録されている店が多いし、鵜呑《うの》みにするわけじゃないけど、見る機会は多いかな」

図星な意見が返ってきて、亀助は苦笑いをした。

「そうですよね。店の数が違いますからね。僕も食べログはよく見ます」

荒木が「うん、うん」と頷きながら、「それよりマリアージュがっていつも言っているけど、本当に独身なの？」と切り込まれた。亀助はたじろぎつつ「ご縁がなくて」と、はぐらかす。しかし、「ウソでしょ。モテるくせに」と返された。

「いえ、小学校から高校まではずっと男子校で、〝だから、あんたは女心がわからないのよ〟って、母と姉によく言われますよ」

「結婚願望は？　素敵な女性をいくらでも紹介できるけど」

「焦ってはいないので……」と返す。コスパの悪い結婚にメリットを感じないと本音を言うのは得策ではないだろう。ここはやりすごしたいが、荒木がさらに距離を詰めてきた。

「ねえ、ところで、亀助さんは最後の晩餐的《ばんさんてき》なやつ、何が食べたい？　あ、店でもいいわ」

亀助は腕を組んで目を閉じた。こんな重要な問題にいままで向き合っていなかったとは……。

「うーん、そうだな、大好きなものはたくさんあるけど、僕は肝系が好きで、白子ポン酢とか、あん肝とか、あと、ふぐの白子焼きとか……。子供の頃は親が食べさせてくれなくて、その反動もあって。冬は食べすぎてしまうので、尿酸値の未来が不安だな」

「そう。今日は、あなたの大先輩がいるわ。それが上級者の緒方さんよ」

「そうか、緒方さんは尿酸値が高いということか。上級者って痛風のことなんですね？」

荒木が頷く。そういえば河口から緒方の病気のことは少しだけ耳にしていた。糖尿病にもかかわらず、緒方は食事制限をするつもりがないという。すごい猛者《もさ》がいるものだ。

「荒木さんの最後の晩餐は？」

「わたしも迷うけど、お豆腐かな。わたしね、お豆腐をごはんに載せた人に、ノーベル賞をあげたい。《お多幸》の〝とうめし〟は最高！　しあわせになれるから、ノーベル平和賞ね」

日本橋のお多幸には、おでんのだしが染み込んだ豆腐をご飯の上に載せた名物がある。

「わかりますよ！　僕もノーベルグルメ賞を創設するべきだと、ずっと思ってきました」

荒木が「だよね！」と言って、表情を緩めた。意気投合というやつだ。

そうこうしている間に、荒木が視線を移したエントランスに、グレーのパーカーにヴィンテージらしきデニム姿の若者が立っているのが視界に入った。「あ、啓くん、こっち！」と荒木が立ち上がり、右手を上げた。すぐに気づいて近づいてくる。ラフな格好だが、〝クロムハーツ〟のネックレスと指輪、ごつい腕時計は、〝カルティエ〟の〝パシャ〟だ。

「ちわっす。あ、北大路さんですね。どうも、自分、高桑啓介っていいます」

右手で握手を求めてきたので握り返す。仮想通貨ですでに億を稼いでいる〝億りびと〟という情報は河口から得ていた。あだ名は、一番若いこともあり、〝ジュニア〟だ。

「北大路亀助さんか。名前、超かっこいいすね。歌舞伎役者みたいで、江戸っこな感じ」

「いえいえ、そんな……」

「あ、ねえ、それより、啓くんが最後の晩餐に食べたいものはなに？」

荒木が強引に会話を巻き戻し、さきほどの質問をぶつける。

「いきなりっすね。んと、俺は、ステーキかな。〝銀座うかい亭〟のやつ。あれ、やべえ」

ステーキは王道の答えだが、この若さで名店〝銀座うかい亭〟に足を運べる人間はそうそういない。やはり、みんな食通だなと亀助は頰が緩んだ。ほどなく、みな身支度をして移動を始めた。カフェから店まではすぐだ。

店の前には、緒方と澤田が待機していた。緒方に挨拶すると、「運のいい人だ」と嫌みにも取れる言葉が返ってきた。最年長で確か七十近いはずだ。金バッジのついたジャケットのボタンがはち切れそうなほど腹が出ている。他のメンバーに視線を移すと、グルメサークルというわりに、みなスリムだ。

鮮やかな桜色のコートを着た澤田は通称〝パー子〟だ。ピンクが大好きで、家の中はピンク一色だという。緒方と澤田は特別な関係性ではないかと感じるが、そこは立ち入るべきところではないのだろう。

そんな中、重そうなカバンを肩にかけて河口が走ってきて、「なんとか間に合った」と、息を切らした。六人が勢揃《せいぞろ》いしたところで、階段を降りていく。エレベーターはない。ついに《鮨 武蔵》の暖簾を潜《くぐ》り、店内に足を踏み入れる。

「へい、いらっしゃい」と、井上が威勢のいい声と、鋭い眼光を放っていた。聞いていた通り、店内は手狭だ。白木のカウンターは六人が詰めあってやっと座れる感じだ。お世辞にも高級感があるとはいえないが清潔感はある。調理白衣を着た三十代半ばと思われる女性が、入り口のそばにたった一人立っているだけだ。助手という印象だが、表情がやや硬い。

「女性陣に一番いい席に座ってもらおうか」

緒方が提案すると、みな同意して、女性陣を優先して座ることになった。手前から、亀助、河口、荒木、澤田、緒方、高桑という順番だ。背中と壁との距離は近い。全員が着席したところで、一呼吸置いてから、井上が再び口を開いた。

「うちは、私語や撮影はご遠慮いただいていますので接待には向きません」

聞いていた通りだ。誰もが無言で頷く。

「うちの仕来《しきた》りにご賛同いただけたようなので、では、始めますか。澤田さん以外、料理に合わせる日本酒は任せてもらっていいかい？　一杯目だけ、熟成ビールで」

助手の女性がカウンターの中に入り、順々にグラスへと琥珀《こはく》色のビールを注いでいく。

珍しいそのラベルを見て、亀助は内心ほくそ笑んでいた。熟成鮨と、国産の熟成ビールとはおもしろい。

熊澤《くまざわ》酒造が湘南ビールの発売二十周年を機に始めた数量限定のビールで、確か毎年内容が変わる。澤田はアルコールがダメだと聞いていたが、ビールグラスに炭酸水を注がれている。

「これはウイスキーの木樽《きだる》で熟成させた湘南ビールの〝天狗《てんぐ》〟です」

グラスを持ち上げ、匂いをかぐと、モルトウイスキーのアロマに、木樽特有の香り、フルーティーなエステル香、そして、ホップやモルトといったアルコールフレーバーが複雑に絡み合い、鼻孔をくすぐる。誘われるまま口に入れようとした時、荒木の「乾杯」という声が聞こえた。

常温よりやや高めにも感じる液体が喉を転げ落ちていく。まるでウイスキーを飲んでいるかのような、やや度数高めのビールだが、食前酒として適している。

今度は、小さなお椀《わん》が次々に運ばれてきた。白濁した汁の底に骨が見える。

「マグロのテールを煮詰めて、出汁《だし》をギュッと凝縮したやつです」

鼻に近づけるとネギと生姜《しょうが》の香りが漂う。言われた通り、一口で喉に流し込むと、マグロの旨味が溶け込んだ上品なスープがスーッと喉を走り抜けていった。

「次は、隠岐《おき》の岩牡蠣《いわがき》〝春香〟を一週間寝かせて作った、みぞれ煮です」

漆器のスプーンを使い、大ぶりの岩牡蠣を一口でほおばった。口の中で噛み潰した途端に、濃厚な旨味が広がっていく。

「平戸《ひらど》で獲《と》れた〝ヒラメ〟の焼き物です」

五島灘《ごとうなだ》の荒波に揉《も》まれて身が締まり、歯ごたえのいいヒラメにそそられて酒が進む。それぞれのビールのグラスが空き始めたところで、今度は、日本酒が新しいグラスに提供されていく。再び、荒木の掛け声で乾杯をする。匂いは強くない。一口いくとスッキリとした辛口の純米吟醸酒のようだ。まろやかさも程よい。

「一杯目はね、〝磯自慢〟という静岡の純米吟醸酒ね」

なるほど、魚介との相性を考えて作ったお酒であることが名前からも窺《うかが》える。

「じゃあ、始めるか」と井上が白衣の女性に目配せした。ついに、始まるのか。緊張感が高まる。一種のエンターテインメントとも評される余興とはどんなものなのか。

店内が水を打ったように静まり返った。井上が、重心を少し下げる。そして、相撲でも始めるかのように勢い良く両手を合わせた。大きな音が狭い店内いっぱいに弾けた。

「時は大正のことでした。神田の秤屋《はかりや》で奉公をしていた一人の小僧・仙吉《せんきち》の耳に、こんな会話が入ってきたのです――。おい、よしさん。そろそろお前の好きな鮪《まぐろ》の脂身が食べられるころだネ」

井上が、緒方に向かって呼びかけた。緒方がなにか答えようとしたその時、先に井上が「ええ」と声のトーンを変えて言った。

「今夜あたり、どうだね」と、今度は、亀助に呼びかけてきたが、応じる間も無く井上はすぐに視線を後ろの壁の方にずらして、「結構ですな」と、自分で答える。演じ分けているのだ。

「あの家のを食っちゃあ、このへんのは食えないからネ」

相槌《あいづち》を打つように「全くですよ」と、井上が大きく頷いた。

「二人の会話に耳をそばだてながら、仙吉は、自分もいつか鮪の鮨を食いたいと切に願うようになりました――」

独り語りに酔いしれる井上の姿はさながら、落語家か、講談師のようだが……。そうだ、これは、志賀直哉《しがなおや》の名作『小僧の神様』の世界だ。

「ああ、おらも、江戸前の鮨が食いてえ。鮪の脂身を、腹いっぱい、食いてえよ」

今度は小僧、仙吉が登場したようだ。亀助は記憶の糸を辿るが、そんな台詞が作中にあった記憶はない。仙吉はどちらかというとおとなしく控えめな姿に描写されていた印象だ。

「仙吉は店の主人から京橋までお使いに出されたとき、歩いて電車のお代を片道浮かして四銭ばかり貯《た》めました。そうして、ついに勇気を出して、かの屋台を訪れたのです。目の前には夢にまでみた鮪の脂身がのった鮨がある。太った店主が睨《にら》み付けてくるが、さあ、取るのか。どうする、仙吉。さあ、取れ。取るんだ。ついに、取った！　鮪を手に取ってみたものの、手を引くとき、妙に躊躇《ちゆうちよ》した。なぜって、有り金が足りるのだろうかと、心配になったわけだ。すると、店の主が言った。〝一つ六銭だよ〟と。さあ、困った。仙吉が、懐の裏隠しに貯めた金は、四銭。二銭、足りないときたもんだ！」

井上が、大きく開いた自分の震える右手を見て愕然《がくぜん》とする。仙吉になりきっているのだ。

「小僧が黙ってその鮨をまた台の上に落とすように置くと、店の主は、言った。一度持ったのを置いちゃあ、しょうがねえな――。さあ、そんな小僧に神様は救いの手を差し伸べました。居合わせた貴族院議員の粋なはからいで食すことができたのが、漬《づ》けマグロです」

　井上が布巾でまな板を素早くふき始めた。急に慌ただしさが増す。カウンターの下の冷蔵庫から何かを取り出した。不気味な褐色に変色している肉の塊だ。それをみながよく見える場所に置いた。どこからともなく感嘆の溜《た》め息《いき》が漏れる。

「この鮪の塊から召し上がっていただけるのは、たった三分の一です。今や、魚の王様となったマグロもかつては下魚の位置づけで、庶民の食べ物でした。しかし、江戸中期に、醤油《しょうゆ》が普及すると、漬けにする保存方法が生まれた。うちは十日間寝かせた赤身を特製醤油に一週間漬け込みました。本来、握りは淡白な白身から脂ののった赤身に流れていくのがセオリーですが、脂の少ない漬けだけ、最初にやらせてください」

　頭を下げた井上が冷蔵庫から別の漬けマグロを取り出した。すでに包丁が入った状態だ。シャリの桶《おけ》も用意された。井上が流れるような動きで握り始める。手際よい、小手返しだ。女性から順に置いていくがみな一瞬で平らげていく。これが三秒ルールか。やがて、亀助のところにもきた。眩《まぶ》しいほどに、美しい輝きを放っている。まるで宝石のようだ。

「さ、どうぞ。時間を置くのは野暮ってもんです」と、井上が表情を緩めた。

亀助は生唾を飲み込んだ。目の前に、ついに現れたのだ。亀介は小さく「いただきます」と声に出すと、右手を伸ばして口に素早く放り込んだ。目を瞑《つむ》り、ゆっくりと咀《そ》嚼《しゃく》する。濃厚な醬油の香りとともに、赤身の旨味が口いっぱいに広がっていく。

こ、これは、うまい！

新鮮なマグロよりもはるかに味わい深い。シャリの温度、お酢——恐らく赤酢だろう、の効き具合も最高の状態だ。そこかしこから感嘆の言葉が漏れてきた。井上が満足気な表情を見せながら、ガリを大盛りで置いていく。さっきの小芝居は恐らく、客がマグロを食べたくなるアドレナリンを極限まで放出させるための演出だったに違いない。

「一口飲めば、相性がわかるはず。新潟の酒蔵から特別に仕入れました」

スタッフの女性によって、グラスになみなみと注がれていく。今度の酒はノーラベルだ。客同士、目を合わせて乾杯をする。一口飲んで井上の言う意味が理解できた。

やや辛口の純米酒だ。癖がまったくなく、バランスの取れた味わいだ。

「さて、この先は、お任せでやらせてもらいますが、まずはこのガリ。和歌山産の新生姜を甘酢に漬け込んで、二週間寝かせました。あと、うちは玉《ぎょく》を出さないよ。腕がないのがバレるからね——。あ、ここ、笑うところね」

小さな笑いが起きた。井上の表情と口調がやわらかくなり、さきほどの張り詰めていた糸がほどけたように、和やかな空気に入れ替わった。

「さてと、今日のシャリは北海道産〝ななつぼし〟。北海道米はレベルが上がっているからね。この艶、見てよ」と、米の桶を持ち上げて、みんなに見せてきた。

「シャリは赤酢と白酢、さらに二つをブレンドした三種で、ネタによって使い分け、流れに緩急をつけています。赤シャリには、エビや煮穴子のような味の強いネタ。イカや赤貝など、味の淡白なものには白シャリね」

噂《うわさ》に聞いていた情報だが、本人の言葉を聞きながら経験するのとは大きな違いがある。井上がおもむろに包丁を取り出した。よく磨き上げられ輝きを放っている。

「漬けで満足してもらったようなので、今日はトロやめておくか」

「そんなの嫌だ！」と、荒木の悲鳴にも似た声が上がった。釣られて笑いがこぼれる。

「じゃあ、春の旬ネタをどんどんいくね。まずは、石垣島で獲れた〝アオリイカ〟」

井上の目が真剣なものに切り替わる。最後の仕上げに一つ一つ時間をかけている様子だ。そして、順番に供されていくが、亀助はラストだ。待ち遠しさが涎となって募る。

そして、やってきた。幾重にも隠し包丁が入れられていて、やはり宝石のように美しい。おもむろに口に入れると、旨味がとめどなく広がる。飲み込んでしまうのが躊躇われるほどだ。今回も、熟成したネタとシャリの酸味が口の中で調和し、深い余韻を残している。間違いない。この店に入れたことは紛れもなく幸運だ。もうこの二貫で確信した。

井上の手元につい前のめりになる。井上が取り出した白身の魚のサクは、身がほんのりとピンクがかっている。それを包丁で切り分けていく。

「魚に春と書いて鰆《さわら》と読むよね。瀬戸内海であがった〝サワラ〟を三週間寝かせたよ」

次々に客人の目の前に置かれていく。亀助のもとにもやってきた。手で摑み、口に放る。目を瞑る。ゆっくりと、味わいながら咀嚼する。なんとも、上品で嫌みのない味わいだ。これも熟成されたことで旨味が倍増している気がする。

どれもこれも、食感も味わいも異なるが、旨味が深いことだけは共通している。

右手が日本酒のグラスに伸びる。空き始めると、スタッフの女性がすぐに注いでくれるのでどんどん進む。他の客も同じ様子で赤ら顔が多い。特に荒木と緒方は真っ赤だ。

井上の口上も的確だ。言われたとおり、ネタは寝かせた分、シャリとのバランスがとれている。富山湾の〝ホタルイカ〟を酢橘《すだち》に塩で出してきたところで、提供される順番が変更された。亀助が繰り上がり、ペースの落ちた女性陣と、緒方が後に回る。

口に入れた途端、思わず唸っていた。深いコクがある。日本酒が進む。一気にグラスを呷《あお》って空にしていた。再び、女性スタッフが注いでくれる。こんな上等な酒が飲み放題なのだから、飲まなきゃ損だ。続いて、〝マカジキ〟の漬けに、高知の〝初ガツオ〟の漬け、〝ヒラマサ〟の砂擦り、天草《あまくさ》の〝車海老〟……。外れがない。どれもこれも完璧だ。

「魚は、しめてから熟成が始まるんだ。タンパク質からはグルタミン酸、アデノシン三リン酸からはイノシン酸といった旨味成分がって、そんな能書きを語ったところで旨さには関係ないよね。ただ旨けりゃいい」

客のペースを見て、蘊蓄《うんちく》を挟んでいく。井上と目が合った。頭を下げる。「どう」と問われたので、「最高です」と即答し、「どんな魚が熟成鮨に向きますか」と尋ねた。

「それはやっぱり、基本的には削る訳だから、大きな魚が適していて、小魚は向かないね」

「それでいうと、マグロってことなんですね」

井上が頷いてニヤリと白い歯を見せた。上機嫌のようだ。

「さて、コースのトリは二週間寝かせた〝中トロ〟と〝大トロ〟に〝ネギトロの巻物〟ですが、その前に、今日は特別に、究極のネタを出そうか」

何かを企《たくら》む目だ。いったい、どんなネタが出てくるのか。亀助は期待に胸を高鳴らせていた。井上が皿に載せた褐色の食材、いや、加工品をみなが見えるように掲げる。一見すると、明太子の色違いのようだ。何かの魚の肝だろう。否応《いやおう》無しに、全員の視線が集まる。

「こちら、三年以上の熟成もの。なんだと思う？」

三年間もの熟成だと……。一同から溜め息が漏れた。亀助はじっと対象物に目を凝らす。どこかで見たことがある。喉まで出かかっている。「ヒントは、加賀《かが》百万石」と言われ、「フグの卵巣だ」と、亀助は声をあげた。井上が「ご名答！」と微笑《ほほえ》むと、荒木が「さすがグルメ探偵」と手を叩く。照れながら、亀助は後頭部を右手で押さえる。

「ご存知の通り、フグの卵巣には〝テトロドトキシン〟という猛毒が含まれていて、その殺傷能力はなんと青酸カリの四百五十倍だってね」

笑うに笑えない。それどころか、亀助の胸には複雑な想《おも》いが込み上げていた。

「こちらは石川県の一部の地域でしか製造が許されていない。現地で、この目で見てきたけどね、三年以上と大変な手間がかかるんだって。これぞ日本の伝統ある食文化だ」

みなが頷く一方、亀助は動悸《どうき》が早まるのをはっきりと感じていた。

「まずは、良質なゴマフグの卵巣を一年間、塩漬けにして、さらに二年間、糠漬《ぬかづ》けにする。糠、唐辛子、イワシの酒醤《さかしお》など、秘伝の製法でここは企業秘密。すると、なぜか毒が抜けてしまうのだそうだ」

亀助は生唾をゴクリと飲み込んだ。実は、亀助の母方の祖父・中田平吉は、フグの肝を食べて、食中毒で命を落としているのだ。だから、亀助と姉の鶴乃はしばらく、フグや白子の類を食べさせてもらえなかった……。

呼吸を整える。その途端、ガラスの割れる音が店内に響いた。亀助の席から離れた場所で粗相があったようだ。詫《わ》びる様子から察するに、澤田がグラスを落としたようだ。スタッフの女性が慌てて対応している。「大丈夫かい？」と、井上が鋭い眼光を向けた。

「もしかしたら、フグ毒で、脅かし過ぎたかな」

井上が不敵な笑みを浮かべると、場がいくらか和んだ。そして、目の前にその逸品が現れた。黄土色の食材が巻物に載っている。

これが、フグの卵巣か――。

「シャリとの相性は最高だけど、おなかいっぱいの人は無理しないでよ。ネタだけでいくかい、どうだい？」

亀助と高桑が手を上げて、鮨でいただくことにした。他の人はネタだけで、女性の職人が包丁を入れて小皿に盛りつけていく。先に、亀助のもとに鮨がきた。

これまでにはなかった緊張感が漂う。亀助も食べないわけがない。手でつまみあげ、一度、鼻先へ運んだ。粕《かす》の匂いが強い。口の中に放り込んだ。咀嚼する。カラスミに近いだろうか。表面は粘りつくような弾力があり、中の粒がプチプチと弾ける食感だ。味は見た目や匂いの通り、とにかく濃厚で粕の風味が強い。シャリと絡み合い、旨味が少しずつ広がる。目を瞑る。咀嚼を繰り返してから、飲み込んだ。

「うまいな」と、歓声が次々にあがっていく。亀助には妙な感動もある。

「反応を見て、コースに組み込むか判断しようと思いまして」

井上の心配ももっともだろう。拒否する人がいてもおかしくはない。

「いやあ、インパクトもあるしね、店のコンセプトにも合っているしすごくいいよ。いやあ、最高だな。いつもの漢方茶をもらえるかな。あのあったまるやつ」

顔を真っ赤にしながら、緒方が上機嫌で発した。

「ありがとうございます。じゃあ、くらちゃん、みんなに出してあげて。では、本日のトリといきますか」

亀助は口の中で、涎を塞《せ》き止《と》めるダムが決壊しそうになるのを感じていた。その後に起こる悲劇のことなど、つゆも知らずに――。

3

亀助は、《鮨 武蔵》を出たあと、姉の鶴乃との約束があったので、東銀座のバーに向かった。河口、高桑、荒木の三人は店のすぐ近くのバルに向かったようだ。

鶴乃の相談は何かと思えば、中田屋の公式サイトが改ざんされたことを受け、犯人を探すべきだと言ってきた。だが、海外からの不正アクセスだけに、どうにもならない。

突然、亀助に見知らぬ番号からの着信があった。相手の反応を窺いながら、「もしもし」と、恐る恐る探りの言葉を投げる。

〈北大路亀助さんの携帯電話で、間違いありませんか?〉

聞き覚えのない中年の男性の声だ。はっきりとした強めの口調で質問が飛んできた。

「ええ、そうですけど、そちらは」

〈こちらは、警視庁築地署です〉

「え、警察ですか？」と応えると、目の前にいた鶴乃の視線が鋭いものに変わった。何か不吉なことが起きたと察したのは自分だけではないようだ。

「こ、こんな時間に、いったい、なんでしょうか？」

〈いまは、どちらに？〉と、質問に質問で返される。

「東銀座のバーで、飲んでいますけど」

「何か、問題でもありますか？」という言葉はぐっと飲み込んだ。刺すような視線を感じて、鶴乃に目をやった。距離を詰めて、耳をダンボのように立てている。

〈そうですか。今から会ってお話を聞けますか〉

「え、今からですか？」

びっくりして思わず大きな声をあげていた。よほどの緊急事態なのか。

「別に構いませんが、なにがあったのでしょうか」

やや間があった。左手の腕時計に目をやると、二十三時四十九分を指している。

〈北大路さん、あなたは今日、弁護士の緒方義男さんと一緒にいましたか〉

〝緒方〟と聞いて、人物を思い浮かべるまでに少しばかり時間が必要だった。緒方義男は河口が所属する法律事務所のボスでもある弁護士だ。さきほどまで会っていたというか、一緒に会食をしていたのだが、緒方とは今夜が初対面だった。

「ええ、緒方さんとは、今夜、一緒にお鮨を食べていましたけど」

少しだけ間があった。

〈そうですか。お鮨を……〉

もったいぶるような調子で、落ちつけるはずはなかった。

〈実は、さきほど、緒方さんが病院に搬送されまして……〉

「え、病院？　緒方さんになにかあったんですか？」

病院に搬送されたという言葉は聞こえたが、その後、ごにょごにょしてよく聞こえなかった。応答はない。聞き耳を立てている鶴乃も固唾を飲んでこちらを見守っている。

亀助は、警察がはっきりと説明しないため、少し苛立《いらだ》ちながらもう一度、聞き返した。

〈緒方さんが、心肺停止の状態で病院に搬送されて、お亡くなりになりました。緒方さんのシャツの胸ポケットから、あなたの名刺が出てきましてね〉

「緒方さんが、亡くなった？」

〈ええ、ですから、事情を〉

亀助は血の気が全身からさっと引いていくのを感じていた。次の瞬間、胸の中心部から激しい振動と共に爆音が響いてきた。思わず、右手で胸を押さえる。

「そんな。ま、まさか、毒が……」

〈え、なんですか？　毒って、どういうことですか？〉

刑事がすぐさま聞き返してきたが頭がそれを受け付けようとしない。悪寒が背中を走る。呼吸が乱れていく。胸が苦しさを増す。

「フ、フ、フグの毒が……」

なぜなら、緒方と一緒に亀助も食べたのだ。猛毒、〝テトロドトキシン〟を有するフグの卵巣を……。生唾を飲み込んだ。胸が苦しい。右手からiPhoneがすり抜けた。これが運命なら、じいちゃんと同じ末路だ。〝テッポウ〟に当たっちまったのか。

「ちょっと、しっかりしなさい！」

鬼気迫る呼びかけとともに、強烈な張り手が右の頰に飛んできてハッと我に返った。目を上げると、鶴乃がグラスを持って睨みつけている。

亀助は床に落ちたiPhoneを拾い上げ、警察にすぐに出向く旨を伝えて切った。

「ちょっと、何があったの？」

「ああ……。今日、食事会に参加していた、緒方さんという弁護士が病院に運ばれて亡くなったそうだ。僕、すぐ電話しなきゃ」

亀助が、河口に電話をかけるとすぐに出た。「先輩、落ち着いて聞いてください」と前置きすると、「いったい、何があったんだ」と聞いてきた。

「それが、実は――」と、警察から聞いた話を伝えると、河口はじっと相槌を打ちながら聞いていた。鶴乃が会計を済ませようとしているところだった。

〈緒方先生が、そんな……。もしかして――〉

もしかしてとは、どういうことなのか……。

〈とにかく、わかった。警察は任せた。俺は、事務所に連絡して、病院へ行く〉

「はい、どうかお願いします」

鶴乃はどこかに電話をかけ終わってから溜め息をつくと、渋い表情をしている。

「僕はとりあえず警察に呼ばれているから、これから築地署に向かうよ」

「わかったわ。全て、正直に、わかりやすく伝えなさい」

鶴乃が思いがけない言葉をかけてくれたおかげで、亀助は少しだけ救われた気がした。

店を出てタクシーを捕まえて、滑り込むように乗り込む。築地警察署までは車で十分ほどだ。

「お客さん、顔色悪いけど、大丈夫ですか？」

運転手から投げかけられた。

「僕は、たぶん、大丈夫ですね……」

気分は決して良くなかったが、体調に大きな変化はない。ただ、バックミラーに映る自分の顔面は蒼白《そうはく》にも見える。河口はやはりボスを失ったことで相当なショックを受けている様子が伝わって来た。それにしても河口がつぶやいた〝もしかして〟の続きが気になる。冷静に考えると、おかしな話だ。フグの毒は消えているはずなのだ。加工品であって、あの店で調理したわけではない……。

亀助はずっとそればかり考えていた。謎だった。なぜあんなことになったのか。

すぐに、iPhoneで検索をかけた。なぜ、毒が消えるのかは、解明されていないらしい……。糠漬けの業者のサイトを見ると、出荷前にちゃんと検査はされているという。まさか、消えた毒が部分的に復活するなんてことが、あるのだろうか……。

そこでやっと亀助はある重要なことに気づいた。警察から「フグが原因だ」とは、一言も言われていない。亀助がもしかしたらと、勝手に考えただけなのだ。

ほどなく築地署に到着して、タクシーからおりると、すぐに守衛の警察官がこちらに気づいた。招かれるようにして、署内に足を踏み入れる。

案内された部屋に入って待っていると、二人の刑事がやってきた。片方が電話をかけてきた男のようで、やや恰幅《かっぷく》がいい。もう一人、眼鏡をかけた男がいたがこちらはスリムで格闘技の訓練でもしているのかもしれない。どちらも三十代後半だろうか。

「緒方さんと食事をご一緒されていたそうで。詳しくお話を聞かせて下さい」

「はい、もちろんです。僕は初対面でしたが本当に驚きまして、まだ動揺しています」

緒方の検査結果は出ているはずだ。恐らくシロだろうが、早くその内容を知りたい。

だが、亀助はまず変な誤解をとくことを意識した。

「そうですか、あなたはどういう経緯でその食事会に参加することになったのですか?」

「はい、僕は大学の先輩である弁護士の河口さんに誘われて、初めて参加しました。月に一回程度、銀座近辺の人気店を食べ歩いているグルメサークルだそうです」

あくまでも、急きょ参加したのだということをさりげなくアピールしたつもりだった。

「随分と人気のお店だったそうですね。一人三万五千円もするとか」

スリムな刑事の発言は、やや嫌みにも感じられた。こちらの方が上司のようだ。

「ところで、あなたは先ほど、毒がどうとか、言いましたね」

「ええ、言いました。店で〝フグの卵巣の糠漬け〟という北陸の郷土料理を食べたからですが、恐らく、無関係だと思います」

「フグの卵巣を? それで無関係とは、いったい、どういうことでしょうか」

刑事たちが「なぜ」と、目を合わせた。どうもさっきから、怪しい視線を浴びている気がしていたが、気にしすぎだろうか。

「フグ毒は体に症状が現れるのが非常に早くて、食後二十分から発症するケースもある。僕たちは、六人全員が同じものをほぼ同じタイミングで、同じ量だけ食べたわけです。あのネタを食べてから店を出るまでに三十分ほどは滞在したという感覚があります。その間、緒方さんも特に異変はなかったし、僕を含め他の人にも症状は出ていないようでした」

　二人が少し驚いた表情を浮かべている。

「あの郷土料理は、国の正式な許可を得て作られている地域の名産らしくて、事前にマウスを使った毒の検査もされているそうです」

　恰幅のいい刑事が、「よくご存知ですね」と、手帳に走らせていたペンを止めた。

「実際、フグ毒など、食中毒は出なかったでしょう？　結果はすぐ出るはずです。それよりも誰が第一発見者だったんですか？　通報したのは誰ですか？」

「北大路さん、さすが、いろいろお詳しいですな……」

　どういうことなのか。嫌な予感がした。まさか、疑惑の目を向けられたのだろうか。

　恰幅のいい方に、「名刺を見て驚きましたが、あなた、あのグルメ探偵の亀助さんなんですね？　いや、わたしね、ワンプはよく見ていますよ」と言われたので、驚いた。

　すると、その時、突然、部屋のドアが開いた。椅子に座っていた恰幅のいい刑事がさっと立ち上がった。「署……」と、もう一人が驚いた様子で声を上げた。言いかけてやめたが、どうやら入ってきたのは署長のようだ。さらに嫌な予感がした。

「北大路さん、署長の北村《きたむら》です。本日は夜分に突然お呼びたてして大変失礼しました」

「いいえ、とんでもないです」と、亀助は深々と腰を折った。すると、「署長、いったい何が？」と、立っていたスリムな刑事が、北村に質問を投げかけた。

「桜川君《さくらかわ》、口を慎みたまえ。北大路亀助さんは、警察庁次長のご子息だぞ」

二人の刑事が青ざめた顔を見合わせる。と、途端に態度が改まった。警察庁次長は長官に次ぐ日本の警察組織のナンバー2で、階級は警視監だ。

「も、もしかして、あの北大路家の――」

「そうだ、山尾《やまお》君。おじいさま、北大路鬼平《おにへい》さまは警察勲功章や功労章も受章された京都府警伝説の名刑事で、お姉さまの鶴乃さまは東京地検の検事でいらっしゃる」

やはり上司が桜川、部下が山尾ということか。北村に説明されて亀助は恐縮しながら、頭を下げた。他の家族は確かにすごいかもしれないが、亀助だけがただの人だった。

「こ、これは、大変失礼いたしました」

二人が再び、深々と頭を下げる。刑事たちが気の毒になってきた。

「ご自宅までお送りしろ」

「いいえ、近所ですからお気になさらずに。一点だけ聞きたいのですが、直接の死因は？」

「いまのところ、頭部を強打したことによる急性硬膜下血腫とみられていますが、これから司法解剖を行うところです」

山尾が説明してくれた。

亀助は警察署のエントランスまで総出で見送りを受けることになった。家に向かって歩を進めると、さきほどから振動が止《や》まないポケットの中のiPhoneを取り出した。確認すると、鶴乃からだ。署長に連絡したのも、鶴乃だったのかもしれない。

〈ちょっとあなたね、最初にちゃんと自己紹介しなさいよ!〉

「いや、そんなこと言われたってさ、なんかせこい男みたいで……」

〈バカね。お父さんの顔を潰さないで〉

　子供の頃から何度も聞いていた舌打ちを久しぶりに聞いた気がした。

「姉さん、緒方さんの死因が急性硬膜下血腫だとしても、中毒症状があったかどうか司法解剖ではわかるよね」

　亀助はずっと気になっていた質問を投げかけた。

〈そりゃあ、人を死に至らしめる毒だったら、わかるでしょうね〉

「じゃあ、なんで隠すんだろう。もしかして、事件性があるのかな」

　一瞬、間が空いた気がした。

〈知らないけど、ないんじゃない。あなたが気にすることじゃないわよ〉

　確かにそうだなと思い直す。亀助は鶴乃と通話を続けたまま、家に向かっていた。

〈あなたがもし万が一問題でも起こしたら、お父さんもわたしも無関係ではいられないのよ。蒸し返すようだけど、ふらふらしてないで、そろそろ身を固めて落ち着いたらどうなの?〉

「だから、僕は子供は欲しくないし、結婚は旨味がないというか……」

溜め息が聞こえてきた。鶴乃は大学時代の同期だった、財務省のキャリアと結婚している。

〈開き直らないでよ。食べ歩いている暇があったら、お見合いでもしなさい。せっかく、お母さんが縁談を提案しているのに、断っている場合じゃないでしょう。うちは二人姉弟なのよ。あなたが子供を作らなかったら、北大路の名前は途絶えてしまうのよ。あなた、北大路家にも、中田家にも、何も貢献できていないじゃないの〉

「いや、それは、悪いと思うけどさ……。その気がないのに見合いする方が罪だよ」

亀助が入社した出版社は日本人なら誰もが知る文学賞を主催しているが、名立たる大物作家が名を連ねる選考会は戦後、築地にある別の名門料亭で開催されている。

いつか、中田家で選考会を行う。それは小説好きでもある三代目の女将の悲願だった。だが、亀助はきっかけを手繰り寄せるどころか、文学賞の最終選考委員でもある大物作家を怒らせ、出版社で居場所を失った。女将の顔に泥を塗った挙句、希望の芽を潰したのだ。

〈まあいいわ。じゃあね、切るわよ。もうこの件で余計な首をつっこまないのよ〉

電話を切って、自宅に辿り着いた頃には変な汗が体中から吹き出ていた。湯船にお湯をはるため蛇口を捻《ひね》る。ひとまず、ソファに倒れ込む。どっと疲れが溢れ出てくる。複雑な思いで今日起きた出来事を振り返っていた。

三万五千円という価格でも、満足できる空間だった。毎回同じ鮨喜劇だとしても、また足を運びたくなるだけの魅力があった。

毒か……。亀助は湯船の中で、もし明日、目が覚めなかったらどうしようかと考えた。

4

翌朝、iPhoneのアラームが鳴る前に自然と目が覚めた。昨夜、過ごした至福の時間と、そのあとの不穏な時間の余韻が混在している。起き上がって、背伸びをしてみるが、体調は特に問題ないようだ。アルコールも残っていない。

亀助は顔を洗ってミネラルウォーターで喉を鳴らすとMacを立ち上げた。エスプレッソのマシンにカプセルをセットしてボタンを押す。温めた豆乳をマグに入れて、出来上がったエスプレッソを加える。気持ちのスイッチを入れる毎朝のルーティンだ。

そして、ニュースポータルサイトのトップページに上がっていた見出しをクリックした。

〈銀座の人気鮨店でフグの食中毒発生か!?　昨夜未明、熟成鮨が食べられることで予約が取れないと話題になっていたお店で食事をした弁護士の緒方義男さん（67）が店を出た直後、近くの飲食店ビルの階段で倒れて頭を強打。心肺停止のまま救急搬送されたが、そのまま息を引き取った。関係者によればフグの卵巣を使った鮨ネタを食べたという。なお、同店舗を訪れたことのある人によると、「職人は十分な修業経験がない」「店主のこだわりが強すぎる」などの批判的な声があがっている――〉

確かな取材もせずに、こういう憶測記事が出る時代だ。食のネタは引きがあるだけにPV（ページビュー）稼ぎで、こういった不確かな情報を元にして、まとめ記事が出る可能性もある。

亀助は家を出ると、日比谷公園に向かってハイブリッドバイクを走らせる。風を切りながら、どこか使命感のようなものを感じていた。

公園内にある図書館に到着すると、早速、検索機を使って何冊かの本を集めた。食中毒やアレルギーに関する本、そして、北陸地方の郷土料理をまとめた本だ。次から次に読み込んでいく。忘れていた記憶が呼び覚まされたものもあれば、新たな発見もあった。メモを取る。

・フグ毒、テトロドトキシンは、毒のなかでも最も危険な有害物質のひとつ
・毒性の強さは化学合成物質であるVXガスやダイオキシンをも凌駕《りょうが》する

・毒性が高い物質の上位は化学合成物質よりも天然物で、微生物を産生する化合物に多い

そして、古くは江戸時代から食され、毎年のようにフグ毒で命を落とす人がいた。それこそが、別名〝テッポウ〟と呼ばれる所以《ゆえん》だ。「東の山菜・きのこ、西のフグ」と言われ、東日本は山菜の誤食やきのこ中毒が多いのに対し、西日本はフグ中毒が多いという。

いくつかの本では、人間国宝でもあった人気歌舞伎役者の中毒死について触れられていた。京都のフグ料理店で、トラフグの肝を四人前も食べたという……。その数年前に、祖父の平吉が同様のケースで命を落としていた。中田屋の家系にとっては苦々しい記憶だ。

姉の鶴乃が、愛人による陰謀説を密《ひそ》かに唱えているが、根拠はない。

ネット検索すると、東京も京都と同様にフグの肝や卵巣を料理として提供することは条例で禁止されている。だが、井上が語っていたように、〝フグの卵巣の糠漬け〟は公的に認められた食べ物だ。飲食店のみならず、誰でも入手できる。メモ帳を開く。

・井上さんが意図的に事件を起こしたとは思えない。真っ先に疑われるから
・現場にいたのは客6人と、井上、倉沢《くらさわ》という女性スタッフ
・店を出て、河口、荒木、高桑の3人はバルへ

ふと思い立ってパソコンで、《鮨 武蔵》のホームページを開いた。ブログに飛ぶ。

《お詫び。

昨日、当店で食事をされた大切なお客様がお亡くなりになられました。まずはお客様、並びにご遺族の皆様に、心よりお悔やみ申し上げます。また、関係者の皆様にはこのような騒ぎを起こしてしまいましたこと、店主として深く反省しお詫び申し上げます。

詳しい調査結果は出ておりませんが、原因がはっきりするまで、そしてお客様に安心して召し上がっていただくため、当面の間、自主休業を決めました。警察や保健所の調査には全面的に応じる所存です。

一部報道で誤解を招く記事が散見されましたが、私どもは「フグの卵巣の糠漬け」という北陸地方に伝わる郷土料理の加工品を提供しました。この料理とお客様の死因との因果関係はまだわかっておりません――》

言葉の一言一句が胸にしみて痛々しい。

いったい、緒方はどんな最期を迎えたのか。命を落とした現場が気になった。居ても立ってもいられず、図書館を出てハイブリッドバイクにまたがり、その現場となったビルの階段へと向かう。

《鮨　武蔵》からも亀助たちが飲んでいたバーからも距離にして五十メートル以内で、すぐに見つけられた。築年数の経った雑居ビルで、道路からの見晴らしはそれほどよくない。

〈関係者以外立ち入り禁止〉のテープが張られていた。階段に近づき、手を合わせる。地下につながる階段を恐る恐る覗《のぞ》き込んでみた。けっこうな急勾配だ。なるほど、あの巨体であれば激しく打ち付けたことが想像に難くない。階段から大きな物音が聞こえて、バーのマスターが頭部を血だらけにした緒方を発見したという。一人だったという目撃情報もある。

亀助は目を閉じたまま、唸った。あの状況で人が死んだ理由……。

泥酔していただけに、足を滑らせて転落死したというのは不自然というわけではない。河口に直接会って色々話を聞きたいが、今朝、メールを送ったものの返信がない……。溜め息がこぼれた。

急に「北大路さん」と、どこかで聞いたことのある女性の声がして、後ろを振り返る。献花のための白い生花を抱えた澤田が駆け足で近づいてきた。

「澤田さん、大丈夫でしたか？」

誰も中毒症状が出ていないと河口から聞いていたが、特に女性は精神的なショックが心配だった。実際、澤田も顔色はあまり良くない。あまり眠れなかったのではないだろうか。

「痛ましい事件、あ、いえ、事故が起きてしまいましたね」

事件なのか、事故なのか、はっきりしていないから微妙な表現になる。

「緒方さんとは長い付き合いではなかったけど、心が通じ合えた人だった。まさかこんな形でお別れになってしまうなんて……」

澤田はハンカチを取り出すと、顔を反対方向にしばらく背けた。わなわなと体を震わせている。振り向くと、「ごめんなさい」と言葉を詰まらせ、口元を押さえた。亀助はあえて目を逸らす。河口も荒木も口を揃えていたが、あのメンバーで誰よりも緒方と親しかったのが澤田だったという。

「心中、お察しします」

できることなら澤田から話を聞きたい。だが、疲労の色も顔に滲《にじ》んでいる。少しして落ち着きを取り戻した澤田が、花を階段の入り口に供え、手を合わせた。亀助もそれに倣《なら》った。

「ねえ、北大路さん、もし時間があればお茶でもご一緒してくださらない？」

自分から言おうとした言葉を先に言ってもらえた。昨日も澤田とはあまり話せていない。いろいろと聞きたいことはあったのだ。「ぜひ」と答え、徒歩五分ほどのところにある〝マーサーブランチ・ギンザテラス〟に入った。雰囲気がよく、ニューヨークスタイルでチーズケーキが人気の店だ。平日ということもあり、運良く並ばずに入ることができた。

「あの日は、お二人でどこかに行かれたのかと思ったら、すぐに別れたそうですね」

「そうなの。わたし、急に体調が悪くなって……。わたしがもしつきそっていれば、あんなことにはならなかったのに……」

澤田はまた顔を背けると、「ごめんなさい」と言ってハンカチで目を覆った。

「いや、そんな、澤田さんのせいではありませんよ。それより、体調は大丈夫ですか？念のため病院に行った方がいいんじゃないですか」

「心配してくれてありがとう。体調はもう大丈夫よ」

長い沈黙が流れる。亀助は時が流れるのをじっと待った。

「そういえば、確か、昨日は、澤田さんがお店に予約を取ってくれたそうですね」

「そうなの。新橋にあった頃の《鮨　武蔵》をわたしと緒方さんが最初に見つけて、そこで荒木さんや倉沢さんと出会ったの。倉沢さんのこと、クララちゃんって呼んでるけど、最初はお客同士だったの」

それは気づかなかった。亀助の驚いた様子を察したのか、さらに説明を続ける。

「クララちゃんは荒木さんの美容サロンに通っているの」

昨夜、荒木が倉沢に手みやげを渡していたことを思い出した。そういう仲だったのか。

「荒木さんや倉沢さんとは、その後、お話されましたか」

「ええ、荒木さんもクララちゃんも緒方さんと何度も食事に行って、とってもかわいがってもらっていたから、相当ショックだったみたい……。ただの事故なのに、変なことを疑われて、ひどいわ。井上さんもしばらくお店は自主的にお休みするみたい」

「お気の毒です。検査結果はもう出ているはずなのに、まだ発表はないみたいですね。食中毒が原因だったなら、お店に保健所の調査が入るはずだけど、みんな無事ですし」

澤田が口元に近づけたティーカップを戻した。

「それはそうよ。わたしたち自身が証拠だもの。でもね、こんな時こそ、気を強く持たなきゃダメよね。荒木さんは、昨日は落ち込んでいたけど、今日は早朝から警察に行ってくれたみたい」

「強い女性ですよね。そういえば、荒木さんもあの若さで、銀座にご自分のお店をオープンさせたんですよね？　井上さんと一緒だ」

「そうよ。バイタリティがすごいわ。だからでしょうね、荒木さんと井上さんは馬が合うんだと思う。お互い、忙しいのに、しっかり人生も楽しんでいる印象があるわ」

「そういえば、荒木さんは、どうやって資金を調達したんですか？」

澤田が頭を傾けた。亀助は荒木の店のホームページを覗いたが、セレブな雰囲気が満載だった。井上の店よりもはるかに開業資金が必要だったはずだ。

「詳しいことはわからないけど、あの子の人脈はすごいし、本当に商売上手よ。応援してくれている人も多いわ。彼女の美容サロンの別の呼び方を知っている？　〝荒木結婚相談所〟っていうの。しかも、ボランティアでよ」と澤田が笑みを浮かべた。

　荒木に根掘り葉掘り聞かれたことを思い出し、納得した。

「そうそう、クララちゃんも、荒木さんに恋人候補を紹介してもらったらしいわ。彼女は前の彼が素敵な人だったらしいから、なかなか忘れられないみたいだけど……」

「そうなんですね。倉沢さんはどういう経緯であの店で働くことになったのですか？」

「それがね、井上さんの握る鮨に惚《ほ》れ込んだの。あの子、ああ見えて、根性あるのよ。とっても素直で真面目で一途。〝いつか握りたい〟って、休みの日も勉強しているわ」

「荒木さんをはじめ、G5のメンバーは熱い人ばかりですね」

「そう、荒木さんは人を放っておけない質《たち》だから。今まで十組以上を結婚させたらしいわ。なんか、あのメンバーってつくづく不思議。だって、緒方さんや河口さんは弁護士として、お金をもらって離婚する人たちのサポートをしているでしょ。一方で、荒木さんはボランティアで結婚する人たちのサポートをしているんだから、正反対のことしてるわね」

　どこか、弁護士に対してはあてこすりのように聞こえた。

「ところで、昨日はあまり話せなかったけど、北大路さんは、〝ワンプ〟でグルメ探偵をされているあの亀助さんだったのね？　わたし、フォローしているのよ」

　笑みを浮かべた澤田から突然、意外な言葉が飛んできた。

「なんと、それはありがたいですね」

「グルメ探偵という設定もいいし、本当に食が好きなんだなって伝わってくる文章だわ」

　お世辞かと思ったが、ちゃんと読んでくれているようだ。

「お恥ずかしい限りです。僕は、みなさんに比べたら、しがない仕事ですが……」

「しがないって、そんな。せっかく好きな仕事をしているんだから、胸を張っていまを生きなきゃもったいないわ。あなたの投稿を毎日楽しみにしている人が大勢いるのよ」

「おっしゃる通りですね」と、亀助は恐縮して、頭をかいていた。

「わたしね、今回のことでいろいろ考えた。緒方さんは後悔しないように生きたいといつも言っていたの。やりたいことや食べたいものを我慢して生きるくらいなら、意味がないって〝終活は完璧だ〟って言っていたけど、さすがに自殺はないかな。断言できないけど……」

　澤田が腕時計に目をやった。

「これから井上さんのお店にお見舞いに行くの、一緒にどう？」

「それなら、ぜひ」と即答し、一緒に店へ向かった。

すぐ《鮨 武蔵》に辿り着き、同じように階段を降り、暖簾のかかっていないドアを開いた。

カウンターに座っていた井上はデニムに白いシャツという普段着だ。足元だけが店用のサンダルになっている。倉沢も作業着ではなく、パンツスタイルのラフな格好だ。

「それにしても、大変な災難でしたね……。警察には早く結果を公表して欲しいです」

「本当だよ。あることないこと書かれて腹立つわ」

疲労困憊《こんぱい》の表情が顔に張り付いている。恐らく眠れなかったのだろう。

「警察には何度も説明したが、うちが出したのはこれなんだ。袋から出した半分は残っていたから、警察に提供したよ。食べ切らなくて逆によかったよな」

井上が、袋に入ったフグの卵巣の糠漬けを見せてくれた。亀助が手に取ると、それは北陸の老舗の業者がホームページで紹介していたものだった。説明を続ける井上の堂々とした態度からは疚《やま》しさは感じられない。倉沢が昨日と同じ漢方茶を出してくれた。

「それで、お店はどれくらいお休みされるんですか」

「そりゃあ、結果がはっきりするまでだから、なんとも言えないだろ」

言葉に怒りが滲んでいて、亀助は愚問を発したことを後悔した。とりあえず、一週間分の予約をキャンセルしたようだ。みな出資して会員権を得ている人たちだけに顧客対応は大変だろう。キャンセルでそのまま終わりとはいかないのだ。

「そういえば、マグロをはじめとして、お魚は大丈夫なんですか？」

亀助が井上に投げかけると一瞬にして顔が曇った。

「大丈夫なわけがないだろが。廃棄していかなきゃいけないし、次の仕込みもできない。休みが長引けば長引くほど損害はでかいよ」

捨てるくらいなら食べさせてくれませんか、という言葉が、喉からでかかった。

「すみません、井上さん……。もし、僕がすぐ事件を解決して、営業を再開できたら」

井上が不思議そうに見つめてくる。澤田も同じ表情だった。

「そりゃあ、いくらでも礼は弾むよ。大トロ食い放題にしてもいいけど、あんた、何者？」

「あ、いえ、ただのグルメライターなのですが……。もし、事件を解決できたなら、ワンプというサイトで、紹介させていただけないでしょうか」

井上の表情が険しいものに変わった。

「あのフグの卵巣の糠漬けのネタです。無実が証明されたことと合わせて表現できれば、きっと、お店にもメリットがあると思うのです。事前に、原稿内容は確認していただきますので、それで、もしＯＫできる内容だったら、ご検討ください」

「じゃあ、内容次第で断ってもいいってことだな？」

亀助はギリギリまで頭を下げた。事件を解決して、店の無実を証明した上で他のサイトを出し抜けたなら大きい。否定しない様子をみると、ここは一気に畳み掛けるべきだ。

「では、いくつか質問させてください」

「あ、ああ……」と、やはり、井上は不思議な生き物を見るような目を向けてくる。

「失礼ですが、井上さんはこの業界でも風雲児というか、ひと際、目立つ存在です。やっかみや嫌がらせなんかは？」

「それはたくさんあったね。あ、そうだ、あれを見せてやれよ」

井上が溜め息をついたあと、倉沢に指示を出した。頷いた倉沢がカバンから、ｉＰａｄを取り出し、どこかのサイトに接続する。「見てください」と亀助に差し出してきた。

「こういうふざけた輩《やから》は多いわ」

井上が語気を強める。亀助は急いでサイトをチェックしていく。

〈あの男、ついに人を殺したらしい。おなかを壊す人がかなりいたらしいな。まあ調子乗り過ぎだろって思っていたけど、この井上ってやつ、殺人者だったとは〉

〈〝写真や口コミはご遠慮ください〟ってあったけど、イミフ！　生意気な店主は何様？ざまあ〉

〈武蔵オワタ。ワロス。江戸文化の再興乙〉

悪意に満ちた書き込みだった。

「お客さんとの直接的なトラブルはありましたか？」

「いやあ、店でやりあったことは何度かあったけど、でも、その場で解決した話だしな」

倉沢がじっと考え込んでからゆっくりと口を開いた。

「わたしは、一応、ネットのこととかは警察の方にはお話ししました。正直、根に持つ人って、本当になにをしてくるかわかりませんからね」

お茶を飲んでいると昨日と同じように、体がポカポカしてきた。漢方茶ではよく見られるが、恐らく代謝を上げる効能があるのだろう。

「これはどんな漢方茶なんですか」

「ああ、これは元気がでるんだよな。〝附子《ぶし》〟って知っているかい？　〝シナトリカブト〟の子根を乾燥させたものだよ。利尿とか、強心、鎮痛なんかの効能があって、緒方さんに教えてもらったんだ」

なんだって。フグ毒と、トリカブトって、確か、ともに離反する作用をもった猛毒だ。

「いやあ、トリカブトって言っても、これもちゃんと合法的に作られているし、体に害はないどころか、効能があるんだよ」

店の電話が鳴った。面倒そうに井上が出る。

「はい、鮨武蔵ですが……。はい、はい……。あ、ちょっとお待ちください」と言った井上が、亀助と澤田に向かって、「悪いけど、もういいかい」と聞いてきたので、「もちろんです。お邪魔しました」と即答した。店を出てすぐに澤田と別れた。

さきほどの漢方茶のせいか、変な冷や汗を流しながら歩いていると、iPhoneに珍しい名前から着信があった。〈中田豊松《とよまつ》〉。中田屋の次期社長であり、亀助の従兄弟《いとこ》だ。

〈亀ちゃん、いろいろあったみたいだけど、大丈夫かい？〉

「あ、うん、たぶん……なんとか」

〈どうしたんだよ。いや、実は亀ちゃんに相談したいことがあってさ。どう、久しぶりに、酒でも一緒にどうかな？〉

歳も近く、学校の先輩でもある。豊松は広告代理店に十年ほど勤めた。出版社に入った亀助と仕事の関わりもいくらかあり、昔はよく二人で飲みに行ったものだ。だが、亀助が出版社を辞めてからはなんとなく後ろめたさから、疎遠になっていた。

「相談って、いったいなに？」

〈それは会って詳しく説明させてよ。できれば早めがいいんだけどな〉

「あ、じゃあ、今夜は？」

亀助は、その夜、銀座のバー〝テンダー〟に気持ち軽やかに足を踏み入れた。豊松が右手を上げる。洒落たジャケットを着こなしているが貫禄《かんろく》が増した気がした。既に一杯始めていたようだ。隣の席に腰を下ろす。

「亀ちゃん、忙しいのに、ごめんね」

「いやあ、忙しいっていっても野暮用でさ」

自分で言っておきながら、野暮にもほどがあるなと笑いそうになった。

「例のフグ毒の事件かい？」

「うん、いろいろ気になるんだ。フグ毒の次は、トリカブトの漢方茶がでてきてさ」

豊松が「それはまた、不思議だね」と首を傾《かし》げた。

「うん、昼も夜も二回転しているけど、他の客からは中毒症状が一切でていない。それが不思議なんだよな……。それより大事な話ってなんだい？」

豊松の目つきが切り替わった。

「うん、鶴乃さんとも話したんだけどさ。ホームページの改ざんのことが、ずっと気になっているんだ。他の料亭にも聞いてみたけど、うちだけがあんなことになったんだ」

「そうか。数ある料亭の中で、うちだけが狙われたってわけか」

亀助は腕を組んでいた。他にも英語サイトを公開する料亭はある。

「亀ちゃん、安吉おじさんのことは覚えているだろ？」

久しぶりに聞いた名前だ。あれからもう二十年以上の月日が経っただろうか。女遊びが激しく、平吉の死後、経費の使い込みで大女将・きくよからクビを切られた亀助の大叔父・中田安吉だ。安吉は、暖簾分けを熱望したが誰一人として首を縦に振るものはいなかった。

それなりの退職金を得て、追放されてからは札幌に向かったようだが……。

「実は、中田屋が探偵を使って調べたらさ、おじさんは、若い恋人と暮らすために札幌へ渡ったらしいけど、その後の行方がわかっていないんだ」

亀助は目を瞑り、天を仰いだ。〝お前が大人になったらススキノに連れて行ってやる〟とよく聞かされたものだ。

「亀ちゃん、おじさんに気に入られていたから、もしかして会ってないかなって」

「会ってはいないけど、おじさんから、〝お前にしか頼めないことがある〟って電話があって……。別れた奥さんの様子を何度か聞かれたことはあるけど」

「そうだったのか。言ってくれたらよかったのに」

「ごめん、男と男の約束だから絶対黙っててくれって言われてさ。でも、別れた奥さんが地元の大阪に帰っただろ。それを伝えたらもう二度とかかってこなかった……」

「そっか……。そんなことがあったのか。俺もおじさんの思い出は多いな」

豊松が〝ラフロイグ〟のロックを傾けた。

「この伝説の金バッジ、覚えているかい？」そういって、中田屋の屋号が刻印された純金のバッジを見せてきた。安吉が、「かっこいいだろ」と言って男性用に特注したが、大女将をはじめ女性陣の不評を買って、二度と作られることはなかった。

「懐かしいな……。もしかして、大女将がなんか言っていたのかな？」

「いや、大女将は、何も知らないけど……。そうだ、フグの卵巣を食べた亀ちゃんのこと、心配していたよ」

「みんな笑っただろうな。食い意地張ってるって」

平吉のフグ毒事件を忘れたものは親族に一人もいないのだ。

「〝亀助の食い道楽ったら、まったく、爺《じい》さんに似て〟って、大女将が言ってたよ」

亀助が家に帰ると、花瓶に挿さったバラの花と一緒に、母親の綾からの書き置きがあった。生け花の師範で、父の重太郎《じゆうたろう》と実家に住んでいるが、たまに部屋に手料理や手みやげなどを差し入れてくれる。
《いつの時代も、フグの毒より、女の毒の方が強し。なんてね。無事でよかったけど気をつけなさい。まあ、モテモテだった父さんと違って、そんな心配する必要もないかしら》
こんな事態に、皮肉でお気楽だな……。鶴乃が言っていた通り、綾も平吉のフグ毒による死を愛人の陰謀だと考えているのかもしれない。

女の毒か……。平吉や安吉の話をしたばかりなだけに、意味深な示唆に思えてくる。

5

いた、やっと見つけた！

亀助は朝から築地にある大学の付属病院を訪れていた。体調が悪いわけでもなく、誰かの見舞いに来たわけでもない。探偵気取りで、調査にやって来たのだ。

外科の医局に近い待ち合いスペースで、一時間以上じっとその時を待ち続け、ようやく待ち人を発見し、亀助よりもいくらか歳上だろうと思われるその男性に足早に近づいた。

「すみません、瀬尾《せお》先生ですか？」

振り向いた相手は、眼鏡の奥に鋭い眼光を宿していた。露骨に警戒する様子が漂う。

「あなたは？」と眼鏡の縁を押さえた。緒方の長男、瀬尾雅哉《まさや》に間違いない。痩せているため体型は全く異なるが、目鼻立ちが似ている。緒方は二十年以上前に離婚していて、一人息子の雅也は妻が引き取った。その妻は再婚後、病気で亡くなったという。ただ、蟠《わだかま》りはなく、緒方がこの病院に通院していたと、河口から聞いていた。緒方の葬儀は実の弟が喪主となり、密葬で済ませるようだ。

「この度は、お父様のこと、ご愁傷様でした……。緒方さんとグルメサークルで、あの夜、ご一緒させていただいていた北大路と言います」

「ああ、そうでしたか……。父がお世話になりました」

父という表現を使ったことに、亀助はどこか安堵《あんど》する。

「あの、いま、ちょっとだけ、お時間よろしいですか。瀬尾さんもきっと知りたいことがあるでしょうし、僕もいくつか教えていただきたいことがありまして」

瀬尾はやや困惑の表情を浮かべながら、「ここではなんですから」と言うと、中庭のベンチに案内してくれた。

「いや、正直、わたしは自業自得というか、自滅行為だったと思っています。糖尿病や高血圧症、高脂血症まで患っていながら、暴飲暴食して、薬と一緒にアルコールを摂取するなんて、実に愚かだ」

「お気持ちお察しします。緒方さんはかつて瀬尾さんのもとに通院していたのですよね」

「ええ、半年前まではわたしが毎回、注意しても、生活習慣の改善をしようとしない。わたしへの当て付けかって、大げんかになりまして。あのひねくれた性格でしょ？」

「あ、すみません。実は、僕自身、弁護士をしている先輩の紹介で、緒方さんにお会いしたのは、あの日が初めてだったのですが……」

「そうですか。まあ、一度、会えばわかると思いますが、あれだけの肥満体です。しかも、糖尿病で、かなり悪い数値が出ている。わたしには考えられませんね。いい大人が、ですよ。法律事務所の代表という社会的地位もあるというのに……」

「それで、お父様に何度も忠告されて、衝突されたということですね」

「当然です。実の父ですから見捨てる訳にもいかなくてね」

安易だが、遺産相続する立場の身内の犯人説は論外だったようだ。そもそも医者なのだ。保険金目当てということもありえないだろう。

「瀬尾さん、身内として、なにか思い当たることはありませんか？」

「それは警察にも散々聞かれました。事務所に嫌がらせをするバカがいるって。人生をめちゃくちゃにされたから、謝罪しろとか、辞めろとか、言ってきた人がいたそうです」

「嫌がらせ、ですか……」

「まあ、そういう、敵を作る商売なんでしょうね。ただ、前々から長生きするつもりはないと言っていました。重度の糖尿病だし、苦しむより眠るように死ねたら本望だって。だけど一人暮らしで他に身寄りもないし、わたしは介護する責任も感じたからこそ、不摂生はやめろと言い続けた。なのに〝俺は好きなように食べて大往生する〟なんて言って」

「あの、緒方さんに交際されている女性はいなかったのですか。再婚とかは？」

もし入籍していなければ、保険金を受け取ることはできないだろう。調べればわかるが。

「母とは父が外に愛人をつくったのが原因で別れたんですけどね。その人とは別れたらしいし、その後、再婚はしていませんね……。ただ、仲の良いグルメ仲間というか、〝面倒をみてくれる女性ができた〟と言っていたな。相手も若くないらしいので、〝期待させるようなことはやめろ〟と言いました」

澤田の顔がすぐ浮かんだ。ふと気になって視線を向けると、瀬尾の薬指にはなにもない。

「瀬尾さん自身、ご結婚は？」

「わたしは、婚約者がいます。父にはいずれ紹介しなければと思っていたところでした」

このまま緒方が生き続けて、例えば、糖尿病がさらに悪化して看病や介護が必要になった場合、社会的にその役割を担うとすれば、瀬尾とその婚約者か。

「ところで、あなたは警察でもないのに、なぜ、こんなことをしているのですか」

「あ、いえ、緒方さんの最後の晩餐に居合わせたものですから……」

緒方は孤独を抱えて、グルメサークルに参加していた。そこまではイメージがしやすい。瀬尾が時計を気にし始めた。

「あの、もう一つ。こんなことを聞くのは不謹慎ですが、遺産相続の問題は――」

「あなたね、さすがに、それは、不謹慎にもほどがあるでしょうが。父が世話になったのかと思って答えてきたが、あの日初めて会ったというし、どういうつもりですか」

一瞬で瀬尾の顔色が変わったので、亀助はすぐさま、深々と腰を折った。

「大変失礼なことを……。今日はいろいろありがとうございました。では、失礼します」

逃げるようにして、病院を後にした。冷静に考えると、やはり失礼すぎる。越えてはいけない一線を越えてしまった。自己嫌悪が募り、溜め息が漏れる。

だが、これではっきりしたことがある。意外な事実もあった。メモ帳を開く。
・澤田さんと緒方さんはやはり特別な関係にあった？
・緒方さんの法律事務所に嫌がらせをしていた人がいる？
そのままグルメ取材の仕事に出て、日が暮れかけた頃、iPhoneに着信があった。見覚えのない番号だが、また警察だろうか。通話ボタンを押して耳に当てた。

〈北大路さん、わたし、澤田です。解決したの〉

澤田だ。その声が随分と弾んでいる。

「え、なにが、解決したんですか？」

〈緒方さんの司法解剖と提出した食材の検査の結果、どちらも問題があるとは認められないとお店に連絡があったの。病気というか、不慮の事故だったのよね。井上さんもお咎《とが》め無しで、営業を再開できるわ〉

なぜだろう。よい知らせのはずなのにスッキリ感はまるでない。

〈緒方さんが戻ってくるわけじゃないから、素直には喜べないけどね……。でも、緒方さん本人が一番、安心しているんじゃないかしら。これで心置きなく眠れるって。北大路さんには、井上さんも感謝しているわ〉

「いいえ、僕なんか結局、なにもできないまま……」

〈とにかく解決して一安心ね。それで、店の営業を再開する前に経緯説明も兼ねて、みんなにご馳走したいって井上さんが。明後日だけど、北大路さんも、ぜひって〉

「そうですか。もちろん、行きます」

腑《ふ》に落ちないところはあるが、またあの熟成鮨を堪能できる。

電話を切って近くのカフェに入った。Ｍａｃを開いて、これまでのことを整理する。

亀助はその足で、今度は築地署を訪れることにした。受付で、緒方の案件を担当した刑事を呼んでもらった。長椅子にかけていると足音が聞こえた。

「北大路さん、先日はどうも。今日は、どうなさいましたか？」

先日事情聴取を受けた山尾という刑事だった。亀助は立ち上がり頭を下げる。山尾は先日とは異なり、優しい表情を顔に張り付かせている。話し方は丁寧というか、フレンドリーだ。

「急にすみません。緒方さんの件が、事故ということで解決したと聞きまして……。僕としてはまだいろいろ気になっていて。可能な範囲で教えていただけないかと」

山尾は右手で頭部をかきながら、困惑の表情を浮かべている。

「それはまた、どういうことで」

「実は、この件を自分なりに調べていて、どこかスッキリしないものを感じるんです」

「とりあえず、立ち話もなんですし」と、亀助は先日と同じ部屋に案内された。

「そもそも、いったい、なぜ北大路さんが調べているんですか?」

「井上さんが困っていたので助けになればと思いまして、事故だと証明できないかと」

「それでなにかわかったのですか?」

「正直、素人の僕にはよくわかりませんでした。ただ緒方さんの息子さんと話して法律事務所に嫌がらせがあったと聞いて」

山尾の目つきが変わった。

「あ、いえ、肝心の河口先輩がすっかり滅入っているようで、あの日以来、ぜんぜん会えていないのでよくわかりません。ただ、裏になにかがあるのかなと……」

再び、亀助は山尾の目を見つめて頷いた。沈黙が流れる。

「北大路さん……わたしはこれから独り言を言います。いいですか、独り言です」

亀助は咄嗟《とっさ》に頷いた。

「実は司法解剖で、ごく微量のフグ毒、テトロドトキシンが出た。一方、緒方さんは大量のアルコールと糖尿病の薬を服用したことで低血糖となり、亡くなる直前には低血糖昏睡、つまり意識消失状態にあったと考えられる。直接の死因はやはり、急性硬膜下血腫なんですが、急性心筋梗塞の兆候もみられた。高血圧や糖尿病など既往症のある人が、何らかのストレスが引き金となり、心臓の冠動脈を詰まらせて起こす」

やはり、出たのか。微量とはいえ、フグ毒が……。

「解剖医の見解では、微量のため、テトロドトキシンが死因とは考えられないということでした。もしフグ毒が原因であれば、もっと早く、店の中で苦しみはじめたのではないかと。北大路さんの言う通り、加工品ですし、残りの食材も問題なかった。飲酒についても、様々な証言があり、自ら危険な状態に追いやっていたと……」

亀助は目を瞑り、山尾の言葉に耳を傾けていた。

「それでも、我々は他殺の可能性を、様々な角度から探った。例えば、金銭トラブル。井上さんはクラウドファンディングで開業資金を調達したそうだが、緒方さんは五十万円の資金を投資したのに、なかなか予約できないと、不満だったようだ――」

それは河口から少し聞いていた。亀助が納得したのを見て山尾が先を続ける。

「荒木さんが、緒方さんから開業資金を出資してもらっていたこともわかった。一方、井上さんが自分の店で食事した客に毒を盛るというのは、疑われるリスクが高過ぎる」

荒木の開業資金は緒方の援助があったのか。そして、井上にはアリバイがあった。

「嫌がらせも含め、緒方さんを憎んでいる人がいるようだ……。そういえば、北大路さんは澤田さんと話したそうですが、変わった様子は？」

亀助は首を振る。

「澤田さんは、緒方さんと特別な関係にあることを隠しているようだし、人の話を聞けば聞くほど、わからなくなってきますね……」

山尾はただじっと亀助を見つめてくる。

「北大路さん、ご協力ありがとうございました。あとは警察にお任せください。我々は事件性なしと判断したわけではありませんので、捜査は続けます。独り言ですが……」

遠くを見ていた山尾と目があった。その眼が、それ以上はなにも聞いてくれるなよと、訴えているようだ。

「山尾さん、ひとつお願いです。武蔵では、シナトリカブトの漢方茶をだしていた。合法の漢方茶なので、司法解剖にも出ないレベルかもしれない。ただ、もしかしたら、それに含まれるアコニチン作用で、ごく微量のテトロドトキシンの影響が遅れた可能性がある。だとしたら、犯人は何度もそれをマウスや魚など、動物を使って試したはずだ。

「あそこにいた人間、全員を調べてください」

亀助は、驚く山尾を見つめ、ゆっくりと頷いた。椅子から立ち上がり、頭を下げた。築地署を出て振り返る。謎だらけじゃないか。調査は一からやり直しだ。ハイブリッドバイクにまたがって大きく息を吐き出した。ヘルメットをかぶる。電動モードで風を切って走りたい気分だ。

たぶんスッキリしない気持ちとつながっているはずだが、何か嫌な予感がする——。


事件から四日目だ。亀助は飲食店の取材を進めながらも、緒方の件が頭から離れなかった……。

夜になって、河口に事務所に呼び出された。亀助が到着すると、秘書の丸山沙也香《まるやまさやか》が所長室へと案内してくれた。河口はソファにぐったりと沈み込んでいた。テーブルの上にはファイルが山積みになっている。生前の緒方の写真もあり、河口と一緒のものまで何枚もある。そして空になったワインボトルにグラスだ。

「先輩、大丈夫ですか？　顔色が真っ青ですよ。きっと寝てないんでしょうね。大切な上司を失ってショックなのはわかりますけど、まずは帰って休んでください」

「君がおかしなことはなかったかとか、先生に愛人はいなかったかとか、質問を投げてきたから、俺もなんとかしたかった。でも、なかなか真相が見えてこないんだ。しかも、ここのところ体調がなんだか悪い」

確かに、聞きたいことは山ほどあり、亀助は河口に会いたかった。だが、こんな状態ではどうにもならない。それが犯人の思惑だったとしたら許しがたいが……。

「手がかりになりそうなことだけ教えてください。あとは僕がなんとかやりますから。あと、明日の朝、病院に行って精密検査を受けてください」

河口は「悪い」とつぶやくと、声を詰まらせ、トイレに向かった。河口も微量の毒を盛られたのか？　すると、丸山が距離を詰めてきた。

「北大路さん、あんな河口先生、初めて見ました。どうか力になってあげてください。わたしでよければ可能な範囲でお答えします。実は、前々から事務所に嫌がらせの電話や手紙が来ていたんです。緒方先生が悪徳弁護士だと」

「緒方さんの息子さんからも少し聞きました……」

「はい、執念深く逆恨みし続けた人がいるようなのです」

そんな人がいたのか。動機としては十分だ。

「なるほど、あの日、店にいた人間の中に、緒方先生が関わった過去の仕事で、恨みを持った人間がいたということか。きっと、時間をかけて計画的に行われた犯行なんだ……」

物音を感じてドアの方に振り向くと、河口の鋭い視線が再び亀助を捉えた。その目は血走っている。ゆっくりと頷いて、廊下に消えた。亀助は丸山に向き合った。

「先輩も緒方さんも、男女間のトラブルに強みがある。つまり、離婚した人ですね」

「恐らく。離婚案件で弁護士に恨みが向かう人たちには、ある種の傾向があるんです。例えば束縛癖があるＤＶ加害者は、その暴力や憎しみの矛先を弁護士に向けることも」

あのグループで緒方以外に離婚歴の可能性があるのは女性だけだ。あの場にいたメンバーの顔が亀助の脳裏に浮かんできた。女性は二人、いや、三人。想像を膨らませて、あることに気づいた。

「でも、もし緒方さんが、その、夫婦間のトラブルに介入したら、依頼人だけでなく、相手側の顔もわかるんじゃないですか？」

「いえ、相手にも弁護士がついた場合、緒方先生は直接対面しなかったはずです。それに、きっと何年か前の事例なのでしょう。年間に膨大な案件数をこなす先生たちはそこまで覚えていられないんだと思います」

「そうですか。警察にはトラブルの件は伝えましたか？」

「はい、それはお伝えしましたが、誰が犯人なのか目星がついていませんし、証拠が……。河口先生とわたしでずっとファイルをチェックしていますが、まだ半分しか」

亀助は目を瞑った。あのメンバーで女性は、澤田と荒木、倉沢しかいない。

「そういえば、澤田さんという女性と緒方さんとの関係、なにかご存知ですか？」

丸山がやや目を伏せた。隠したいことでもあるのだろうか。

「澤田さんでしたら、ここ数年で知りあったグルメ仲間だと先生は言ってました。二人で旅行とかにも行かれていたようですが」

「そうだったんですね。やはり特別な関係だったんですよね？」

「詳しくは聞いていませんが、先生は恋愛感情などは持っていなかったと思います。若い女性が好きなんです。そのあたりの詳しい事情は知りません。わたしが少し気になっているのが相続問題でして。先生はかなりの遺産を」

「やはり、遺産があったんですね」

丸山がゆっくりと頷いた。

「あんな健康状態と食生活でしたから、迷惑をかけないようにと、生命保険はもちろん、施設に入るためのお金、そして、将来誕生するであろう息子さんのお子さんのために少なくはない遺産を残していらっしゃるのです」

そうだったのか。実際、それが、普通の大人の感覚ではあるのだろう。

「緒方先生は、遺産相続のプロフェッショナルでしょうから、そのあたりの手続きはぬかりなく、きっちりされていたんでしょう？」

「ええ、そうなんです。それだけに、もしかしたら、澤田さんは結婚すれば多少は相続できると考えていたのかもしれませんね」

それはありえる。河口がトイレから戻って来たが、相変わらず顔色が悪すぎる。

「先輩、もう帰ってください。丸山さん、送って行ってくれませんか」

亀助はテーブルの上のファイルの山に目をやった。

「この中にヒントあるってことですよね。それなら、僕の出番だ」

「北大路さん、すみませんが、では、わたしは河口先生を送ってきますね」

「悪いが任せた。緒方先生の無念を晴らしてくれ」

二人を送り出した後、亀助はMａｃを開くと、これまでのまとめを読み返していく。

きっとこの中にヒントがあるはずだ。

フグの毒、女の毒。

そうか、そういうことか。ふと、母親の書き置きがフラッシュバックされた。〝女の毒はフグの毒よりも強い〟というあのメッセージだ。恨みや殺意は長年に渡って熟成されていたのだ。

糠漬けの香りや料理のインパクト自体に惑わされていたが、あの〝フグの卵巣の糠漬け〟に謎解きのヒントは隠されていたのだ。

犯人は、きっと何度もテトロドトキシンとアコニチンの配分について量を研究したはずだ。動物なんかを使って実験した可能性も高い。

必ず、犯人たちの動かぬ証拠を摑んでみせる——。

6

亀助は、iPadを抱え、やや緊張しながら《鮨 武蔵》の階段を降りていた。ここ数日、何度も降りている。今日も店は営業していないため、暖簾はかかっていない。完全に降りきってから、ひと呼吸置いて、ドアを開けた。一歩踏み込んだ途端、視線が一斉に集まった。

店には、G5の澤田、荒木、高桑の三人がいた。挨拶をしたが、反応が薄い。店内を見回してから、入り口近く、あの日緒方が座っていた席に移動した。

「亀助さん、遅いから不参加かと思って心配しましたよ」

近い席に座っていた高桑が言葉を投げかけてきた。

「ごめんなさい、ちょっと謎解きに時間がかかって……。でも、やっと、緒方さんを殺した真犯人を突き止めたんです」

「え、なんだって？　緒方さんが殺されたって？」

井上が不信感をあらわにしてきた。ざわめきが起きている。

「僕のレシピが正しければ、犯人はこの中にいるはずです」

「なに、それ？　亀助さん、どういうことすか？　冗談ですか？　マジなやつ？」

高桑が冷やかすような言葉を投げてきた。

「僕は最初、事件ではなく、緒方さんの過失による転落事故かなと思っていました。でも、調べれば調べるほど怪しい謎が次々に出てきた……」

「お前、何なんだよ？　素人が偉そうに！　うちで食中毒は起きてないって言ってるだろ！」

激昂《げっこう》した井上に反論したい気持ちを抑えて、亀助は大きく深呼吸した。

「僕はただのグルメバカです。ただ、食を愛してしているから、あなたをリスペクトしているからこそ、真実を明らかにしたい。思い出して下さい。あの日、いつもとは違うメニューがあった。それは、フグの卵巣の糠漬けです。井上さんが僕と高桑くんの分を握りにしてくれて、他の人の分は倉沢さんがスライスして提供した。あの時、恐らく、緒方さんと河口先輩のものに微量のテトロドトキシンが塗り込まれた。今日、体調を崩していた先輩からも微量の毒が検出されました」

亀助が板場に入って説明すると、誰もがその様子を凝視してくれていた。

「ただ、テトロドトキシンの即効性から計算すると、微量とはいえ、免疫力が低下していた緒方さんは店を出る前に倒れてしまう可能性があった。しかし、シナトリカブトの漢方茶に入った、やはり微量のアコニチンが両方の毒を拮抗《きっこう》させる役割を果たし、毒性を発現する時間を遅らせた。死因は急性硬膜下血腫だったのですが、このストレスで緒方さんは心筋梗塞を発症したと考えられます」

「もし本気で殺したかったら、そんな回りくどいことをしないでフグ毒をたっぷり盛るでしょうが」

倉沢が亀助を睨みつけた。

「もしそれをしていたら、殺人事件として捜査はスタートする。ここにいる全員が緒方さんとの利害関係を徹底的に洗われて、あなたは真っ先に足がつく」

亀助は、iPadを立ち上げると、倉沢がマウスを十匹分購入した時の領収書を拡大して見せつけた。

「あなたが新宿のペットショップで何匹もマウスを購入したことは警察が確認しました。きっと、何度も投与する量を調整して試したのでしょう。もし量を間違えれば、緒方さんは店から救急搬送されて助かってしまうケースもあった」

みんなの目つきがどんどん変わっていくのがわかった。

「それと、澤田さん。いつもあなたは緒方さんの行きつけのバーに同行していたのに、なぜあの日だけ、先に帰ったんですか？」澤田は感情を昂《たかぶ》らせた。

「それは、あなたにも、警察にも言ったけど、体調が悪かったのよ」

場は静まり返ったままだ。すると、じっと黙って聞いていた荒木が立ち上がった。

「亀助さん、わたしたちはお互い、美食が好きで集まった仲間なの。お互い、程よい距離感を保ちつつ、プライベートにはあまり踏み込まなかったから、よくわからない。でも、もしクララが緒方さんを殺したというなら、動機はなに？」

「そうですね、動機が問われる。そして、荒木さんの言う通り、みなさんはお互いのことをなにもわかっていなかった」

亀助が投げかけると、女性はみな表情を強《こわ》ばらせたが、男性陣は異論がないようだ。

そして、「確かに……」と、高桑が腕を組んだ。

「サークルは不仲になれば解散すればいい。でもこんな事件が起きれば、井上さんが窮地に立たされるし、実際、立たされた。倉沢さんがそれを想像できなかったわけがない。この店内で緒方さんを殺したくなかったのは、井上さんへのせめてもの恩義でしょう」

井上が険しい表情のまま硬直している。

「倉沢さん、失礼ですがあなたは三年前、離婚した際、相手に対するＤＶが問題になった。そして、相手側である元夫の弁護を担当したのが、緒方さんだった」

みんなの視線を浴びた倉沢がたじろいで、澤田に縋《すが》るような目を向けた。

「倉沢さんの元夫は、逃げるようにして家を出て別居状態になり、その後一切会うことを拒否した。緒方さんのアドバイスで、あなたの暴言などを録音していたので、あなたの担当弁護士はなす術《すべ》もなく、協議離婚は成立した。その後、彼は会社に転勤を願い出て、東京を離れたそうですね」

倉沢は、一言も発することなく、身を震わせている。

「お前、嘘《うそ》だろ。どうなんだよ。否定しろよ」

井上の怒声が倉沢に投げつけられた。

「井上さんに被害が及ぶことはわかりきっていたのに……。澤田さん、あなたも女優ですね。すっかり名演技に騙《だま》されましたよ」

狭い店内に、大きなざわめきが広がった。

「あなたは、緒方さんとグルメの会で出会い、猛烈なアプローチをかけた。しかし、緒方さんはあなたを友達としてしか見ていなかった。あなたは状況が変わるかもしれないと献身的に緒方さんの面倒をみてあげたのにそんな様子もなく、結婚できそうにないとわかって失望した。違いますか」

澤田が気丈に笑顔を見せた。演技派であることはわかっていた。事件の直後、澤田が亀助に探りを入れてきた時はすっかり騙された。

「いいえ、アプローチしてきたのはあっちよ。いい加減なこと言わないで」

「警察の捜査で、あなたが大量のトリカブトを入手したことが判明しています。庭での観賞用なら堂々と買うだろうけど、あなたはわざわざ店に口止めしていた」

澤田は、ただじっと唇を嚙み締めたまま、今度は亀助を睨み付けた。どうやら、反論する気はもうないようだ。

「澤田さん、あなた、そもそも、旦那さんがいて、病気で亡くなったって……」

荒木が澤田に問いかけた。

「ええ、全部、嘘よ。このサークルはただ純粋にグルメを楽しむ会でしょ。別に辛い過去のことなんて、わざわざ持ち込まなくたっていいじゃない」

「ふざけないで。わたしは、二人に会ったときに心に深い傷を抱えた人だとわかったから、なんとか、力になりたいと思って正直に向き合ってきたのに」

澤田が目を釣り上げて荒木を見据えた。

「余計なおせっかいをしないで欲しかった。わたしたちの心に土足でぐいぐい入ってきて迷惑だった。クララだって、前の彼以外考えられないのに、いろんな人を紹介しようとおせっかい焼いて……」

「どういうことなの、それ。わけわかんないんだけど」

荒木が声を荒らげると、倉沢が距離を詰めた。

「あなたにはわからないでしょうね。緒方のせいで、わたしたち夫婦の未来は引き裂かれた。何も問題なんてなかったのに。あの悪徳弁護士が問題をこじらせて……」

「このサークルに私情を持ち込みたくないと言ったのに、矛盾していますよ。だって、あなたは緒方さんに復讐《ふくしゅう》するために、井上さんの店やG5を利用したじゃないですか」

亀助は澤田と倉沢を冷ややかな目で見つめていた。

「あなたは何も知らないだけ。あの弁護士に恨みを持つ人は大勢いる。河口とかいう男だって緒方と同じ悪徳弁護士に決まってる。こうして、澤田さんと私が出会ったのも運命だった。わたしたちが裁きを下すしか方法はなかったの――」

倉沢はさも自分が正義だと勘違いをしているようだ。そんな妄想で河口まで巻き添えをくらったとは……。

「わたしは、緒方の尾行を続けて行動を分析して新橋の武蔵で近づいた。話をしているうちに、わたしたち夫婦の関係をぶち壊しておきながら、何の罪の意識も感じていないことを知った。そんな人、許せないでしょ」

倉沢が拳を震わせている。

「狂っている。なぜ現実を受け止められないんですか。相手はもう一緒にやっていけないから、離婚訴訟のために弁護士に相談したのに、相手側の弁護士に逆恨みするなんて」

「狂っているのはあの弁護士よ。金のためならなんでもする。わたしたち夫婦は、些細《ささい》な行き違いがあっただけで、話せば仲直りできたのに。そのチャンスすらくれなかった」

亀助は、いつ倉沢から右の拳が飛んできてもいいように身構えていた。

「ある日、澤田さんに出会い、緒方愛人関係だったのに、奥さんと離婚しても澤田さんと結婚しなかったことを知った。許せなかったわ。どうせ他にも愛人がいたのよ。だから、復讐をしなきゃいけなかった」

澤田はスイッチが入ったのか、不気味な笑みを浮かべ始めた。

「わたし、あんな病気持ちと幸せになりたかったわけではないわ。老後の安心よ。でも、あの人ね、わたしを口説いておきながら、結婚はできない。でも看病はしてほしいと言い出したの。何それ？　そんなの虫が良すぎるわよ！　だったら介護士でも雇いなさいよ。あのデブの面倒を見させられて迷惑したのはこっちの方なのよ！　自分の健康状態も自覚せずに、毎回暴飲暴食して、見ているだけでストレスだったわ。もう限界だったのよ」

澤田の本性はこれだったのか。確かに、フグの毒なんかよりよほど恐ろしい。

「終《しま》いには、〝俺は夢をもった若い人を応援したい〟だなんて言って、このお店や荒木さんのお店に出資して、腸《はらわた》が煮えくり返るくらい腹立たしかったわ！」

「気持ちはよくわかりました。しかし、法律のルールを守れない人には、それ相応の報いが待っている。お二人とも、取り返しのつかない殺人を犯してしまった。自首したらいかがですか？」

亀助の一言に、場が静まり返った。

「たった一度きりの人生をどうして棒に振ったのよ」

荒木が、澤田の肩を掴む。すると、澤田の表情が急に優しくなった。

「そうじゃないの。わたしは復讐しなければ、きっと後悔していた。あなたの〝やらずに後悔するなら、やって後悔したい〟の一言で、復讐を決行しようと背中を押してもらえたの。緒方をどうしても許せなかったの」

なんという皮肉だろう。

「途中までは、狙い通りだったわ」

すると、突然、澤田が亀助を睨み付け、距離を詰めてきた。

「緒方は泥酔して、まっすぐに歩けない状態だった。行きつけのバーに向かうのをつけて、階段から転げ落ちるのを見られて最高だったわ」

「悪趣味な話を聞くのは辛いが、潔く罪を認めてくれてよかった」

澤田と倉沢が目を釣り上げた。

「ええ、言ったでしょ。もう後悔はないの。あなたみたいに、運命のパートナーに出会ったことがない残念な人にはわからないでしょうね。本当にしがないグルメバカ」

「あなたに言われたくないですよ。そんな独りよがりなエゴは絶対許されない」

「うるさい！　いきなりサークルに入ってきて、わたしたちの計画を台無しにして！」

溜め息を吐き出した澤田の鋭い視線が、再び亀助の目を捉えた。

「もういいわ。クララ、とりあえず行きましょう」

澤田が倉沢の手を摑み、荷物をまとめて店を出ようとしたが、その足が止まった。外で待機していた築地署の山尾や桜川たちが店に入ってきたのだ。会話もすべてマイクが拾っていた。亀助が自分の推理と計画を伝えたところ、協力してほしいと依頼されたのだ。

「探偵風情の邪魔さえ入らなければ……」

倉沢はそう言い残すと、警察に連行されていった。店に残されたのは亀助を除いて、井上、荒木、高桑、たった三名になっていた。

「なんか、す、すみません……」

静まり返った部屋で、残ったメンバーはぐったりしていた。

「あんたは何も間違ったことはしてない。感謝してる」

井上が労《ねぎら》いの言葉を向けてきた。

「来るはずのなかった亀助さんが、こうして二人の犯罪を突き止めたことも、きっと運命だわ……」

荒木の目が亀助を見つめ、わずかに微笑んだ。

「運命とは、皮肉なものですね。三年の時を経て、フグの毒は消え去ったのに、人間の恨みは、全く消え去っていなかった。禍根を残し、毒となって、澤田さんや倉沢さんの心の奥に棲《す》みついてしまったようだ」

再び沈黙が訪れる。

「僕は、これで失礼します」

亀助は一人で、店を後にした。夜の風が心地よい。背後に急ぎ足が聞こえて、呼び止める声が聞こえた。荒木だった。

「亀助さん、いいの？　井上さんが、大トロを食べて行ってくれって」

すっかり忘れていた……。

「自分でもなぜだかわかりません。でもいまは、そんな気分になれないんです」

熟成されたせっかくの大トロも、いまはきっと美味しさが半減してしまう――。

会社に行くため、マンションの車庫からハイブリッドバイクを出す。事件が解決した上に、《鮨武蔵》を初めて紹介した記事によって、ワンプで過去最高のＰＶ数を記録したこともあるのだろうか。島田からは社長賞と金一封が贈られるという連絡が昨夜、直接あった。

心地よい風が通り抜けていく。大きな充実感がある。ハイブリッドバイクにまたがって、銀座方面に向かう。

するとと走り出してすぐに、クラクションが二度も鳴らされた。立ち止まり、振り返ると黒塗りのレクサスが横付けにしてきた。運転席のドアが開き、現れたのは姉の鶴乃だった。

「あなた、聞いたわ。やってくれたらしいわね」

いつも棘《とげ》のある声だが、今日は一段とそれが増していた。

「あ、いや、何も悪いことをしたわけじゃないんだけど」

「警察の面子《メンツ》がまるつぶれね」

「そうかな、そうは思わないけど。所轄の刑事さんたちも感謝してくれたよ……」

「まったく、探偵風情の暇人がなにやってんだか」

「悪かったよ、暇人で」

鶴乃は溜め息をついて、腕を組んでいる。

「近々、築地署の署長からお呼びがかかるでしょうね」

「え、なんで？」

「表彰されることになるわ。殺人事件よ。お蔵入りになる可能性すらあった。あのお父さんが、久しぶりにあなたのことを自慢していたわ」

「え、父さんが？」

「もしかしたら、あなたが、鬼平じいさんの血を引き継いだのかもしれないわね」

フグ毒に当たって命を落としたのが母方の祖父、平吉だ。いっぽう父方の祖父、鬼平は数々の難事件を解決した名刑事だ。鬼平は関西を揺るがした凶悪犯を追いつめた際、人質をかばって銃弾に倒れた。

「いや、食いしん坊だった平吉じいちゃんの血を引き継いだ可能性は高いけどな」

そっちは美食家で死ぬまで食べ歩いていたわけだ。

「あなた、家庭の味を知ったら、人生観が変わるかもよ」

「家庭の味か……」

鶴乃はドアを閉めるとレクサスを急発進させた。再びクラクションが鳴らされた。走り去るのを見届ける。

「事件も解決したし、〝サロン・ド・アンジェリーナ〟のモンブランでも食べるか」

ハイブリッドバイクを発進させる。糖質制限ダイエットでも始めるか。いや、無理だな――。

第二話「赤じゃなくて黒!?　ワイン投資詐欺事件」

1

「なんか、僕たち、本物の探偵みたいですね」

亀助は会計を済ませた河口に続いて、カフェを出た。場所は都営地下鉄・宝町駅の三番出口近くだ。ここから徒歩十分くらいの場所にあるビストロで、十九時に約束している。あえて、少しだけ遅れていく作戦だ。

「まあ、確かに、今日の俺たちのミッションは探偵だな。ワインにまつわる詐欺が行われているかどうかを見抜いて、仮に詐欺だとわかっても騙されたふりをして、その先の勧誘を受けなければならないから、難易度は高い……」

「それは先輩にまかせて、僕はマリアージュを楽しみますからね」

「タダメシのために来たのかよ。一人三万円の食事だぜ。ちゃんと働いてくれよ。クライアントに許可もらったんだから」

河口が眉間に皺《しわ》を寄せたので、「冗談ですよ」と返し、歩調を合わせた。

「今日は熟成肉が自慢のビストロですよね。〝赤ワインが苦手な人は参加厳禁〟っていうのがおもしろいですが」

「そうさ、怪しいとはいえ、コンセプトが最高のマリアージュなんて期待値上がるよ。しかも、ボルドーワインがメインで、〝シャトー・ラフィット・ロートシルト〟も出てくるらしい」

「それなんですけど、本当ですかね。だったら三万円は安すぎませんか。ワインにお金をかけすぎると、料理がしょぼくなるんじゃ……」

「そこが腕の見せ所だろ。現役CAの美人ソムリエがワインをセレクトしてくれるっていうからな」

河口が鼻の下を伸ばして、右の目でウインクしたので亀助はゾッとした。

亀助は常にコストパフォーマンスを意識している。キャバクラやクラブなど、女性からの接客に興味を微塵《みじん》も持たない亀助にとって、無駄だと感じるサービスだった。

「そもそも、いいワインを原価で持ち込むことでお得に楽しめるのがそのサービスの売りだからな。高いと感じるようだと、成り立たないだろ」

「でしょうね。ただ、ネットでは店の評価も微妙で……。実際どうなんでしょうね」

CA（キャビンアテンダント）のサービスはともかく、会場の店となる評価はグルメの口コミサイトを見ると、口コミ数が少ないとはいえ、お世辞にもいいとは言えなかった。店員の接客を酷評するものもあったほどだ。それで会費が三万円となると、二の足を踏みたくもなる。だが、今日は河口の事務所の経費だから、文句は言えない。

「ああ、あと、CAが会社にバレるとまずいからって、今回もSNSなどへの書き込みは禁止らしいから頼むよ。完全紹介制の完全口コミ制ってことでさ。まあそこが怪しいけど」

突然、河口が仕事の顔を見せたので、亀助は胸をなで下ろした。

「それにしても、荒木さんは顔が広いですよね」

河口が「本当だよな」と、大きく頷いた。もともと、河口の所属する法律事務所への相談からこの任務は始まった。ある会社役員の妻が、知り合いの紹介でマリアージュの会に参加したところ、同席したエリコと名乗るマダムからワインの投資話を持ちかけられて二百万円ほど投資したという。中長期でのリターンを目的にしていることもあり、まだ騙されたと決まったわけではないが、不明な点が多いため、夫が「もしかしたら詐欺ではないか」と疑心暗鬼になり、ワインの資格も持つ河口に調査を依頼してきたのだ。

「荒木さんとつながっていると、メリットが多いよ」

河口がマリアージュの会の情報を探そうとしてもネット検索は役立たずだったが、糸口は意外なところから見つかった。荒木奈央が件《くだん》のマリアージュの会を主宰するCAと友人だったのだ。しかも、聞けば荒木もすでに投資をいくらかしている様子で、ワインの投資ビジネスの成功を確信していた……。そのため、どこまで事情を話すか、河口は悩んだ。怪しまれるわけにはいかない。そこで自分たちも投資をしたいというスタンスにした。

「あ、あの店ですね」

ほどなく探していたビストロの看板が目の前に現れた。

河口と一緒に扉を開いた。やや強面《こわもて》の店長らしき中年男性スタッフがやってきたので、「マリアージュの会で」と告げると、「お待ちしていました。個室までご案内します」と言われ、ついていく。

腕時計に目をやると、十九時五分を指している。見渡すと、カウンターが六席に、ホールは二十席ほどだろうか。カウンターには男性客が一人と、男女が一組、ホールには三人組がいるだけで、満席にはほど遠い状況だ。

カウンターの脇にいる、背を向けた黒いスーツ姿の女性が目に飛び込んできた。黒髪はかなりの長さがあり〝夜会巻き〟をしている。男性シェフとなにやら話し込んでいる。シェフは亀助と同い歳くらいだろうか。ヒゲを整えた今風の格好だ。外見で判断するのはよくないが、これまで十分な経験を積んできたとは思えず、嫌な予感が増す。他に厨房《ちゅうぼう》にいるのは学生バイトらしき男子が一人だけだ。大丈夫なのだろうか。不安を募らせつつ、案内されるまま、十人ほどが入れそうな奥の個室まで辿り着いた。河口に続いて部屋に入ると、荒木が立ち上がった。

「二人とも、遅いよ、もう！」

奥の席に亀助たちを見つめるスーツ姿の男性が二人と、肩を露出した中年の女性が一人いた。男性は四十代前半と五十代半ば、女性は五十代後半くらいだろうか。ワインへの投資を検討している二組が来ると事前に聞かされていたが、河口の話からその中年の女性が投資の勧誘をするマダム・エリコではないかと推測された。

「遅れて、申し訳ありません。ちょっと道に迷いまして……」

女性が「構いませんよ」と微笑を浮かべたのに続き、男性も白い歯を見せて頭を下げてくれた。今日の参加者は、G5のメンバーは荒木と河口、そして、亀助の三人だ。そこに、今回のゲストであるCAのリサと、彼女の知り合いの男性二人、女性一人が加わる。だが、リサは単なるゲストというわけではない。むしろホストだ。リサが立ち上げようとしている〝BYO＋（ブリング・ユア・オウン・プラス）〟のサービスを体験する会なのだ。

挨拶を済ませた亀助は荒木の隣の席に座った。すぐに荒木の耳に口を寄せる。

「今日は言った通り〝探偵〟とか、変なこと言うのは絶対やめてね」

「なによ、わたし、けっこう空気読めるから。わかってるって」

リサらしき人物はテーブルにはいないが、どうやら、店のシェフと話していた女性で間違いないようだ。CAの象徴とも言えるスカーフを首に巻きつけている。シェフと最終の打ち合わせをしているのだろう。

やがて、当人が満面の笑みを浮かべ、背筋をピンと伸ばしたまま部屋に入ってきた。驚いたことに、キャリーバッグを引いている。空港で目にするあの姿そのものだ。

「どうやら、みなさん、お揃いのようですね」

荒木が立ち上がり、「そうなの」と言って、目線を亀助と河口に向けた。

「彼女がわたしの友だちで、リサちゃん。元読者モデルなの。めっちゃ、かわいいでしょ?」

河口も亀助も頷くしかなかった。顔が小さく、すらりとして背が高い。ヒールを履いているのだろうが、背丈は一七〇くらいありそうだ。

「奈央ちゃんって、いつも大げさなんだから」

河口が挨拶のタイミングを窺い、名刺入れを手に立ち上がろうとした。

「あ、今日は堅苦しい名刺交換なんかやめましょ。フランクにワインを楽しむ会にしたいんです」

河口が「そうですね」と応じて、名刺入れをひっこめた。

「改めまして、BYO+の代表、リサです。まだ試行錯誤の段階なんですが、簡単にサービスの説明をさせてくださいね」

胸に手を当ててなにかを思い出そうとしている。なにを言い出すのだろうか……。

「え、と、まずは、わたし、とってもワインが大好きなんです」

「それはみんな知ってるし！　血液がワインなんでしょ」

荒木が茶々をいれると笑いが起きて、リサがウインクで返す。

「そうなんです。もともと、フランス人の元彼がワインの輸入販売をやっていて。彼はボルドーワインを中心に扱っていたんです。で、それはいいとして、わたしの昔からの悩みは、日本では、リストランテもビストロもバルも、どうしてこんなにセレクトがいまいちで、しかも、高いの？　って……」

リサが腕を組み、顔を傾けた。一同が頷く。亀助もさほど高級ワインばかりを嗜《たしな》んでいるわけではないが、共感していた。

「で、その解決策として、海外でも人気の〝BYO〟、ブリング・ユア・オウンが日本に入ってきました。持ち込み料を納めれば、自由に好きなボトルを持ち込めるわけです。それで、わたしはBYOを活用して、マリアージュを楽しんできたわけですが、友だちみんなに喜ばれて、あるとき、〝リサ、それビジネスにすれば？〟って言われたんです」

「うん、絶対、した方がいい！」

荒木がまるで打ち合わせをしてきたかのような合いの手を入れる。

「ただ、いろいろ問題はあって。わたしは会社員で、副業は禁止なんです。こっそりやっても日本のエアラインは狭い世界だから、噂もすぐ広がります」

突然、声のトーンを抑えた。個室だというのに、なんという演技力だろう……。

「確かに、日本のエアラインは、情報がすぐまわるっていうよね。例えば、人気パイロットなんかがさ、海外で浮気すると、本人が日本に帰ってくる前にみんなに知れ渡っていたなんて笑い話を聞いたことあるよ。でもそしたら起業すればいいのに」

河口が嬉しそうに笑いながら問いかけると場が和んだ。

「順調にいけば将来的には会社を辞めて起業しようかな、なんて夢見ていますが……。いまは、そもそもビジネスとして可能性があるのかどうか探っている段階なんです」

「成功しそうだけどな」と、スーツ姿の年上に見える男が手を組んで発言した。

「正直、数年はやっていけると思いますけど、十年後がどうなっているかなんて、誰にもわからないですよね。CAはずっとやりたかった職業だから、簡単には手放せないし……。それに、CAだから、いいワインをいろんな国で見つけられるメリットもあって」

「確かに、CAは簡単には辞めてほしくない。だから両立できたらベストだよね」

リサと荒木はいかにも気が合いそうだなと亀助は感じた。

「だから、最初は、あんまり儲《もう》けたいという感覚はなくて、みんなにハッピーな時間をシェアできたらいいなって。でももっと可能性のあるワインビジネスも進めていて、わたし、本当に時間が足りないのが目下の悩みなんです」

それが、例のワイン投資だろうか。

「すごくおもしろそうで、応援したいな。ソムリエの資格も生かせますしね」

リサの黒いジャケットの襟元には、金色のソムリエバッジが目映《まばゆ》い輝きを放っている。

「ありがとうございます。仁先生も資格をお持ちらしいですね。奈央ちゃんに聞きました」

「いえいえ、僕はエキスパートの方なので」

河口は弁護士資格に加え、ワインエキスパートの資格を持っている。

「リサ、仁先生に、顧問弁護士になってもらったら？」

リサが「え、ぜひお願いしたいです」と両手を合わせると、河口が大きく頷いた。

「ぜひ、やらせてください。ワインに詳しい弁護士なら、東京で五本の指に入る自信がありますよ。尊敬する弁護士は、ロバート・パーカーですから」

リサが両手を組んで、「やった」と小さな声を上げた。

「わたしもパーカーを敬愛していますし、〝パーカーポイント〟も常に重視します。先生にお仲間になっていただけたら、光栄ですわ。今日もこうして、ステキなパートナーに出会えました。ワインの神さまに感謝しなくちゃ」

〝パーカーポイント〟とは、世界で最も有名なワイン評論家といわれる弁護士出身のアメリカ人、ロバート・パーカーが各ワインに付ける評価の指標だ。百点満点で、ワインの善《よ》し悪《あ》しが可視化される。この指標がワイン業界に与える影響力は非常に大きく、ワインの売り上げを大きく変えると言われている。リサが席を見回してから微笑んだ。

「それでは、シャンパンで乾杯しましょうか」

リサが洒落たワインクーラーで冷やしてあった〝クリュッグ〟を右手で取り出した。左手に持ったタオルで水滴を受け取る。「ドンペリよりクリュッグだよな」という声が聞こえる。フランスで、〝シャンパンの帝王〟と呼ばれる最高級ブランドだ。

すぐに亀助はボトルの形状とラベルに目を奪われた。スタンダードなクリュッグ〝グランド・キュベ〟ではない。なんて贅沢《ぜいたく》な……。

「こちらはシャンパーニュの当たり年、二〇〇二年のヴィンテージです。ご存知かもしれませんが、並外れた品質のブドウが収穫できた時、クリュッグで〝突出した特徴と個性を表現できる〟と判断された年にのみ作られる特別なシャンパンのヴィンテージです」

〝グランド・キュベ〟は収穫年の異なるブドウをブレンドするため年数表示はない。ヴィンテージは当然、価値が高く、当たり年だといったいいくらに……。

「これだけ上質のシャンパンは冷えすぎては味わいが減ってもったいないですから、十二、三度がベストです」と、リサはすました顔でラベルを見せてきた。

「銀座のクラブなら、グランド・キュベでさえ、一本、二十万円はくだらないからな。ヴィンテージは五十万円いくかな？」

河口が補足すると、あちこちから歓声が上がった。

「やだ、先生ったら、銀座の高級クラブによく行かれるんでしょうね」

リサが茶化すと、笑いが起きた。河口がまんざらでもない様子で笑ってごまかす。

「おっしゃる通りで、普通ならこの一本で今日の会費をオーバーしますよね。他の店よりも格安で楽しめる。わたしがやりたいのって、こういうことなんです」

亀助がこっそりiPhoneで〈クリュッグ　ヴィンテージ　格安〉と検索をかけると、相場は三万円と出てきた。これが一本目だ。このあと、何が出てくるのか……。

リサが、慣れた手つきで時間をかけず、一気に開けた。片手でボトルを傾け、グラスに次々に流れるような動きで注いでいく。

「それではみなさん、ご縁に感謝して。ステキな出会いに乾杯」

リサと目が合い、ウインクしてきたように見えた。亀助は頭を軽く下げて返す。グラスに目をやると、美しい〝黄金色〟に輝く液体が泡を立てている。グラスを傾けて鼻に近づけると、ローストしたナッツ類に加えて、カカオ豆も顔をだしていて、華やかな香りが鼻腔《びこう》を刺激してきた。目を閉じて口に流し込むと、イチジク、ライムやグレープフルーツなどの豊富な果実感がしっかりと感じられる液体が弾けながら食道を転げ落ちていく。蜂蜜、トースト、スモークといったニュアンスがバランスよく感じられる。クリュッグは泡がクリーミーできめ細かいのが特徴的だが、ヴィンテージは熟成が効いている分、酸味や発泡性は落ちている。だが、それこそが突出した個性が表現できると判断される所以だ。〝交響曲〟とも言われるほど複雑な要素が絶妙に絡み合う。切れ味はよいが、贅沢な余韻が長い。間違いなく本物だ。

リサに対する疑惑がまるで嘘のように晴れていく——。

2

「さあ、マリアージュを楽しみましょう。まずは、ベルーガのキャビアをどうぞ」

今度はキャビアだと⁉ 店のスタッフが、カクテルグラスに贅沢に盛られたキャビアを提供していく。キャビアとシャンパンはマリアージュの王道中の王道とも言えるものだ。チョウザメの中でも巨大なベルーガは卵も大きいのが特徴で、グレーがかっていて、明るいほどよいとされる。つまり、この艶のあるキャビアは上等なものだ。

亀助はスプーンですくうと、躊躇うことなく、一気に口へと運んだ。脂が豊富で、繊細でやわらかく、ほどけるような舌触りだ。クリュッグを口に含む。思わず、唸った。どちらも上品な味わいで、口当たりがきめ細かく、繊細だ。だからこそ、自分の良さを生かしつつ、相手を引き立て絶妙に絡み合う。これこそが、最高のマリアージュだ。

他にカプレーゼや生ハム、ドライフルーツを載せた皿も次々にやってきた。

果実感の豊かなクリュッグとドライフルーツの相性が悪いはずがない。あっという間にクリュッグのボトルは空になった。グラスに目配せしていたリサが立ち上がった。

「もう一本くらい、泡をいきますか？　セオリーでは順番が逆ですが、一応、二本目に〝モエシャン〟のロゼをご用意しています」

荒木が「わたしは飲みたいな」と言うと、みなが頷いた。確かに、高級な方を後にすべきだが、このケースはありだろう。すると、一旦個室から消えたリサが、〝モエ・エ・シャンドン〟を手にして戻ってきた。気づくか気づかないかの炸裂音《さくれつおん》であっという間に栓を抜く。音は立てないのがマナーだ。

「こちらは、よりスッキリ味わえるよう少し冷やしておきました」

シャンパンの性質を踏まえて適切な保存をしているところを見ると、一定の知見があるようだ。

「ねえ、リサのサービスをみんなが応援してくれるように、ちゃんと仕組みを説明してよ」

荒木が絶妙なパスを出すと、リサは笑顔でゆっくりと立ち上がった。

「では、お言葉に甘えてもう少しだけ。理想は、ソムリエの資格や知識を持ったCAがBYOをできるレストランと提携して、こうした食事会を開きます。最高のホスピタリティで、最高のマリアージュを提供しますよ。その代わり、幹事特権として、飲食費は無料にしてくださいね、ということなんです。重要なのは、美味しいお店限定というところ」

「うんうん、それは超重要ね」

荒木は頬をほんのりと赤らめて随分と上機嫌だ。

「事前に、お店のシェフと打ち合わせをして料理内容を聞いてから、ワインを選びます。わたし自身、ボルドー産の赤が好きなので、基本的にはお肉料理が美味しいお店を考えています。白やロゼも交ぜた方がいいかはみなさんにヒアリングしながら、ですかね」

それだけ汗をかいていますとアピールしているように亀助は感じていた。

「素晴らしいですよ。個人的には、赤に特化して大正解かな。ファンも多い」

「わたしも賛成。しかも、本人は言ってないけど、このサービスに参加してくれる女子たちね、写真見せてもらったけど、みんな、かわいいこばかりなの」

河口の後に、荒木が続けてフォローする。

「やりたいって、手を挙げてくれている友だちは、わたしなんかよりずっとかわいいこばかりで、それが最大のアピールポイントかも」

　河口が目尻を下げている。

「でもさ、ご馳走になるだけで、本当にお金を取らないつもり？　すごく筋のいいアイデアをカタチにしようとしているのに、それだと、もったいなくない？」

　じっと口を閉じていた出資検討中らしき男性の一人が、みんなの思いを代弁する。

「そこが悩みどころで、ご意見ほしくて。正直、わたしはいただかない方がいいかなって。美味しいワインとお料理をいただけて、人脈も築けるからわたしもハッピーだし、お店も、みんなもハッピーみたいなモデルにしたくて」

　さきほどの男性が再び、手を上げた。スーツの二人組で話をするのは片方だけだ。

「このサービスはすごくニーズあると思うよ。富裕層にとってもね」

　リサは両手を合わせて「嬉しい」とこぼすと、少女のように微笑んでみせた。

「昔から、コンパニオン的なものはあるわけでさ、頭のいい容姿端麗なこが、美味しいワインを提供してくれるって、最高だよね。でもさ、この仕組みを回すには、ホスト側のモチベーションが重要なわけでさ、結局、それってギャラになると思うけどな」

　リサが今度は口をとがらせて、腕を組んだ。

「みなさん、そうおっしゃるんです。サービス料一〇％とか、いただいた方がいいかしら……。ただ、一円でもお金をいただくとなると、趣味の延長じゃなくなるし、副業になりますから、いろいろクリアしなきゃいけない問題も出てきて……」

現実的で、真面目な悩みだなと亀助は感じていた。ソムリエ資格を持つCAで、儲け心のない人間がそんなにたくさんいるのだろうか。亀助は小さく右手を挙げた。

「いま、何人くらいの方が、参加してくれそうですか？ みんなソムリエ資格を？」

リサが指を折りながら、「まだ、二十、三十人くらい、かな」と首を傾げた。

「そういえば、わたしが体調崩して都合が悪くなった時に、ソムリエ勉強中の友だちが、代打でやってくれて。彼女は〝勉強になるし、もっとやりたい〟って言ってくれて。実は、CAには資格を取ろうとスクールに通っている人も多いんです。様々なワインを飲んで勉強しなきゃいけなくて、お金もかかるし、このサービスなら一石三鳥、四鳥になるって」

「そうだね、それは、その人たちにとっても、画期的なサービスだよね。なるほどな」

河口が何度も唸った。確かに、そのニーズはかなり実用的なものだろう。

「だから、ソムリエ資格を持ってる人限定にするかも悩んでいて、これも、このサービスの課題のひとつなんです。勉強中のメンバーにマリアージュを任せるのも現実的ではないし」

「確かに、難しそうですね。リサさんのレベルになるには、難易度が高そうだ」

亀助は本音をこぼしていた。一般的に、ソムリエの受験資格は飲食店で通算三年以上の勤務経験が求められるが、ＣＡはワインなどを提供することもあり、エアライン会社の社員は例外的に受験資格を得られる。

「それは現実的にも、ソムリエに限定する必要はないと思うな。世の中的に、ＣＡは接客やサービスが洗練されているっていう認識があるから、それだけで十分な気がする」

河口がもっともなアドバイスを加えた。相当、このサービスのアイデアに興味を持っているかのように伝わってくる。

「それか、人脈づくりをしたい女子大生バイトにするパターンもあるよね。リサちゃんが、セミナーでワインの知識を教育して派遣する。女子大生なら、客もそこまで質を求めない」

「さすがね。リサ、この顧問弁護士、最高じゃない？」

荒木がまた茶々を入れると、河口がお洒落眼鏡を右手でクイッと上げた。

要は、コンパニオンのカタチを変えた、新しいスタイルではないだろうか。そう考えると、ニーズはあるだろうが、顧客対象は自分ではないな——。

「今日はみなさんに最高のマリアージュを楽しんでいただく会ですから、そろそろ、ボルドーワインを入れますね」

頷くメンバーを笑顔で見回すと、リサがキャリーバックからボトルを一本取り出した。

カバーがかかっていてラベル部分は見えない。だが、肩にくびれがあるボトルのカタチから、どちらもボルドー産であることがわかった。

「今日は素晴らしい方ばかりいらっしゃると聞いていましたので、一九四五年ものの〝ロマネ・コンティ〟でもお持ちしたかったのですが」

みなが冗談だと察したようで、笑顔で頷く。河口が声を上げて引き笑いをした。

「だって、〝ロマネ・コンティ〟は一本、百万円とかするんだもんね」

荒木に同意を求められたリサが首を振った。

「残念ながら、百万円では、とても手に入りませんね。何年も前から、チャイナマネーに買い負けをしている状況です。それに何十万、何百万円のワインになんて気軽に楽しめない」

リサが両手にワインを持ったまま話し続ける。

「そうではなくて、手頃に素晴らしいお料理とのマリアージュを楽しめるワイン。それでいて、〝やっぱり、あのリサって女を呼んでよかったな〟と思っていただきたい。そこで、今日はこの一本から紹介させてくださいな」

ボトルからカバーを外そうとしたリサの手に注目が集まる。細い指の先の爪は短く、ネイルもしていない。エアラインの規則が厳しいのだろう。

「こちらは、九九年の〝シャトー・ラフィット・ロートシルト〟です」

河口から「おお」と歓声が漏れた。聞いていた通りの真打登場だが、九九年は確か当たり年ではなかったはずだ。一人三万円という価格を考えれば妥当だが……。

「わたしは、ボルドーワインが世界最高峰だと思っています。ご存知でしょうけど、ボルドーのメドック地区にあるシャトー、ワイン醸造所の中でもたった五つのシャトーだけが〝第一級〟の格付けを受け、五大シャトーと呼ばれます。そして、その筆頭格でキングといわれるのがこちら。最も高貴で格式高く、力強く、それでいて繊細と評される〝シャトー・ラフィット・ロートシルト〟。九九年はパーカーポイントが九十五点でした」

亀助は河口と視線を交わした。河口はテンションが上がっているようだ。

「二十万円以上でリストに置いているリストランテがほとんどでしょうけど、わたしは、特別な方法で入手してるんですよ」

興奮した河口が「どうやって？」と食い付いた。だが、リサは笑顔で片目を閉じた。

「それは企業秘密で。そちらが順調なので、BYOも利益を気にせずにできるんです。今日はすべて〝シャトー〟ですが、格付けは低いけど美味しい、五千円以下のものをご用意しています。わたしとしては、そちらをしっかり味わって欲しい。一般的に、ランクを上げていって、最後に一番いいものを飲むのがセオリーですから、最後にこちらをとっておきますが、みなさん、きっと、キングはいらないって言うと思いますよ」

河口が「楽しみです」と相好を崩した。だが、最後に最高レベルのワインとなると、そこまでのセレクトは難しい……。リサが一度退室してから戻ってきて準備し始めた。

「では、最初のワインは第五級ながら、時に〝スーパーセカンド〟と呼ばれることもある〝シャトー・ランシュ・バージュ〟から。まろやかさの中にも厚みがあって、力強いんですよね。ちょっと若い二〇〇〇年のものですが、こちらはパーカーポイントが九十七点です」

なるほど、ランシュ・バージュは確かに古くから過小評価されがちなワインだ。しかし、メドック地区のポイヤックで名立たるシャトーに隣接していて、恵まれた立地だ。

「では、よろしかったら、仁先生に開けてもらいましょうか」

リサが胸のポケットから煌《きら》びやかなソムリエナイフを取り出して、河口に差し出した。

「え、これって、もしかしてスワロフスキーかな？」

リサより先に荒木が「そうなの」と答えてしまった。

「〝プルタップス〟っていうブランドなんですよ。かわいいでしょう。でも、先生も、いいソムリエナイフをお持ちでしょ」

河口が「いえいえいえ、僕のなんて安物ですから……」と言って、レザーのバッグからナイフケースを取り出し、ゆっくりと、自慢のソムリエナイフを出した。

「まあ、安物って。〝シャトーラギオール〟じゃないですか」

リサが河口の冗談で口元を押さえた。世界で最も有名なブランドと言っても過言ではないだろう。フランスの最高級ソムリエナイフだ。

「僕の趣味ですからね。〝シャトーラギオール〟が二本と、あと、〝ライヨール〟も一本、持っています。でも、スワロフスキーが入っているソムリエナイフの方がいいな」

「ご冗談やめてくださいよ。〝シャトーラギオール〟と比べたら、比較にならないほど、お得なんですよ。でもね、手に馴染《なじ》むし、すごく使いやすいんです」

亀助にはどうでもいい自慢対決だ。リサの裏ビジネスと次の料理のことしか頭にない。

河口がみんなの視線を浴びながら、慣れた手つきでソムリエナイフをまわしていく。そして、コルクが抜ける音がした。リサを制止して、河口が一人ひとりに注いでいく。

「なるほど、七人がベストですね」と、あまることなく七人分のグラスに注がれた。

「間もなくステーキが到着しますので、マリアージュを存分にお楽しみあれ」

リサがグラスを持ったまま立ち上がった。

「では、改めまして、最高のマリアージュに」

「乾杯」と、亀助もグラスを掲げてから、口に近づけた。まずは、深い赤紫の色を楽しんだ後、神経を研ぎすまして匂いに集中する。ブラックベリーやカシスを思わせる芳《ほう》醇《じゅん》な香りが鼻腔を刺激してきた。スパイシーな香りがランシュ・バージュの特徴でもある。

口に含むと、芳醇なカベルネ・ソーヴィニヨンの味わいが口の中に広がる。ランシュ・バージュを口にしたのは久しぶりだ。舌に残っている記憶はかなり遠いが……。

若いうちからタンニンもまろやかだと言われる通り、口当たりがいい。これは、パーカーポイントで高得点を取ったのも頷けるし、間違いなく本物だ。

すると、タイミングを計ったかのように、男性スタッフが料理を運んできた。肉厚の垂涎《すいぜん》ものが姿を現す。ミディアムレア状態のロースステーキだとわかる。すぐにスタッフがさがり、リサが立ち上がった。

「こちらがメイン一品目です。お肉は佐賀牛を熟成させたロースですが、ボルドー風の〝ソース・ボルドレーズ〟に、付け合わせは、〝グラタン・ドフィノワ〟です」

〝ソース・ボルドレーズ〟は赤ワインの旨味を凝縮させ、ユリ科のエシャロットの風味を引き出したフランスの代表的なソースと言える。

ステーキにナイフを滑らせ、ソースを拾う。左手のフォークに刺さった赤身を口に運ぶ。肉汁が迸《ほとばし》る。そして、ワインを口に含む。脂分を最も引き立てるのに程よいタンニンが含まれ、強さとしなやかさを両方備えている赤ワイン、つまり、ボルドーワインになる。

食べ応えのあるロースと濃厚なボルドレーズとの相性も完璧だ。ジュ・ド・ブッフ、牛のブイヨンがソースにしっかりと生きている。元々、ボルドーワインが用いられるのが一般的であり、このしっかりとしたコクが、ボルドー産を物語っている。ただ、強火で煮ると渋みであるタンニンが強く出てしまうので、弱火でコトコトやらなければならない。それがしっかりできている。

そして、付け合わせはマッシュポテトやキャロットのグラッセなどが多いが、より手の込んだグラタン・ドフィノワを合わせてくるとは、シェフのこだわりだろう。美食の都リヨン近くのドフィノア地方の郷土料理だ。牛乳と生クリームのコクが出ていてニンニクの風味も食欲をそそる。シェフはそういった基本を押さえていることがよくわかる。

さらに、ワインを続ける。完璧じゃないか。リサはプロフェッショナルだ。

また、スタッフがやってきて、今度は、ストウブ社製の洒落た赤い小鍋が供されていく。中を覗くと、いい感じの半熟卵が顔を出している。

亀助の好きな〝ウッフ・アン・ココット〟だ。ウッフは卵、ココットは鍋を意味する。牛の赤ワインソースを使って鍋で軽く温めた料理だ。スプーンを入れると、黄身は半熟で、絶妙なとろみがきいている。今度は、フランスパンをくぐらせて口に運んだ。

食べログの点数は低かったが、これほど腕のいいシェフが隠れていたとは――。

3

「リサ、最高。もうね、あっという間に飲んじゃった」

荒木の方に目をやると、グラスが空になっている。斜め前にいる河口だけが、グラスを勢いよくまわしながらゆっくりと香りを楽しんでいる。視線に気づいた河口が「どうぞどうぞ、みなさんは次のを」と気遣う。すると、リサは次のワインを用意し始めた。

「はい、次のワインは、一級を脅かす存在と認識されるようになった〝シャトー・ポンテ・カネ〟です。近年、評価が高まって、パーカーポイントで百点を何度かとりましたからね。今日は、九十六点をとった二〇〇五年ものです」

シャトー・ポンテ・カネもランシュ・バージュ同様にメドック地区のポイヤックで輝きを放つスーパーセカンド。まさに、評価と価格が高騰している。いったいなぜ、そんな価格で仕入れられるのか……。特別ルートとはいったいなんなんだ。

何人かのグラスは底に近づいていたが、リサの話を聞いてみな一気に呷り始める。

リサがグラスに注いでいくと、そこに、どっさり盛りつけられた生ハムと、チーズの盛り合わせが到着した。チーズは、十種類近くあるだろうか。

「取り寄せてもらったんですよ。フレッシュ系のカマンベールとか、ハード系の〝ミモレット〟とか、スタンダードなのはちょっといいスーパーに行けばおいてありますが、わたしの好物に限って、お取り寄せになっちゃうの……」

「え、食べたことないチーズばっかり」と荒木が身を乗り出した。

「だって、マリアージュの真骨頂ですから。青カビの〝ブルーカステロ〟に、これが、白カビ兄弟チーズの〝ブリ・ド・モー〟で、こっちが〝ブリ・ド・ムラン〟。あとは、ウオッシュチーズの〝リヴァロ〟、そして、これ。かわいいシェーブル（山羊乳《やぎにゅう》）の〝バラット〟はシャトーにあうの。だって、ボルドー産ですから、基本よね」

バラットは小さな団子のような形をしていて、爪楊枝のようなピックが刺さっている。同名のバター作りの道具に似ていることからつけられた名前だ。ワインを片手に早速、手を伸ばした。口に放り込むと濃厚な風味が一気に広がった。くさみはまったく気にならない。優しい酸味が感じられる。

シェーブルには白やロゼも定石だが、提供されたポンテ・カネを少し、注ぎ込む。フレッシュなシェーブルのクリーミーな風味が、カベルネ・ソーヴィニヨンの濃厚なタンニンと相まって口の中に一気に広がった。

目を瞑ると、フランス南部の豊かな牧草の景色が垣間《かいま》見えるかのようだ。ん、あれはペータと、ハイジか？　いや、違う。クララ？　クララが立った！

「亀助くん、なんだか、恍惚《こうこつ》の表情だな。変な妄想していないか？」

「あ、いえ……」

ふと、我に返り、平然を装う。ハイジが暮らすのはスイスだったなと、亀助は溢れ出る妄想の広がりに驚いた。今度はブルーカステロに手を伸ばす。クリーム色の生地の断面には、青カビが均一に広がっていて、大理石を思わせる。口に運ぶと、つんとした香りが鼻腔を軽く刺激してきた。悪くない。嫌いではない匂いだ。舌にのせた。ブルーチーズとしてはマイルドな風味が広がる。口の中にワインを含んだ。カベルネ・ソーヴィニヨンの風味やコクがブルーカステロの塩気と絶妙に絡み合う。

ポンテ・カネも果実の力がしっかりと伝わってきて、口当たりもまろやかだ。亀助は空になったボトルを手にして舐《な》め回すように見てみたが、種も仕掛けもない。味わってみれば、こちらも間違いなく本物と言えるだろう。

自分のだけではなく、早速、荒木のグラスも底が近くなっている。リサがさっと立ち上がった。新しいボトルを手にした。

「次はこちら。〝シャトー・バタイエ〟は、ランシュ・バージュ同様に第五級と過小評価を受けながらも実力派のシャトーです。まろやかさとみずみずしさを兼ね備えているんです。これが五千円以下なんて信じられますか」

亀助の右手のフォークがいつの間にか動きを止めていた。

さきほどから、いたってまともなことばかりを言っているではないか。

「え、ウソでしょ？」と聞かれたリサが、「リストランテだと、二、三万円くらいはしますね」とドヤ顔で返す。亀助は疑念が払拭されて、むしろ疑っていた自分に罪悪感を感じ始めていた。

「最高のセレクトですね。僕も、ブルゴーニュよりもボルドー、ピノ・ノワールよりもカベルネ・ソーヴィニヨン派なんですよ。シャトー・バタイエも大好きだ」

河口がワイングラスを高く掲げて色味を確かめながら声を発した。

「わあ、好みがあって、嬉しいです。もちろん、ピノ・ノワールの上品さや、奥深さも好きですけど、わたしはタンニンがしっかり出ている方が個人的に好きなんです」

「ねえ、タンニンってさ、なに？　シンプルに解説して」

荒木に聞かれて、リサが答えようとすると、河口が「それはね」と、先に答えようとした。それに気づいたリサが「どうぞ、先生、お願いします」と笑顔で答えた。

「まあ、一言で表現すると、〝渋み〟だよね。赤ワインは黒ぶどうの皮や種や茎の部分を一緒にして生成する。一方、白ワインは基本的に、皮や種を取り除いてからジュースに漬け込む違いがある。さらに、赤でも例えばピノ・ノワールはブルゴーニュの王様と言われている品種のぶどうだけど、タンニンは少ない。基本的にブルゴーニュの高級ワインはピノ・ノワールの単一品種で作られる。酸味が強めで、タンニンの渋みが少ない。一方、ボルドーの定番、タンニンの豊富なカベルネ・ソーヴィニヨンを使用するシャトーは、基本的にカベルネ・フランやメルローなど他の品種とブレンドすることもあって、複雑だけどバランスが取れていて、長期間の熟成にも耐えうる」

「先生、パーフェクトですね。ありがとうございます。こういうワインの本質を知る人と食事を楽しみたいものです。みなさん、シャトーは一級だけじゃないってことを存分にご理解いただけましたか？　お伝えしたいのはボルドーの底力なんです。日本人は、みんなブランドばかりに囚《とら》われてしまうの。一級なんかなくたって十分でしょ」

ん、つまり、シャトー・ラフィット・ロートシルトは出さないということか。

「いやあ、せっかくだから、やっぱり、僕はシャトー・ラフィット・ロートシルトを飲みたいな」

空気が一瞬にして張り詰めた。それにしても、河口はリサのシナリオをぶち壊そうとしているが、大丈夫なのだろうか。ヒヤヒヤしてきた。まさか本来の趣旨を忘れてはいないだろうか。いや、意図があってのことだろうか。

「ええ、もちろんです。しっかり、これまでのワインと飲み比べてみてくださいね。実は、パーカーポイントは全て、今まで出したものの方がシャトー・ラフィット・ロートシルトよりも高いんですよ」

リサが不敵な笑みを浮かべた。

「では、シャトーの〝キング〟を開けましょうか。最後の一皿も到着します」

マリアージュを楽しめたからなのか、亀助も随分と酔いがまわっていた。店のスタッフと事前に打ち合わせもしたというし、これだけやってくれたら、三万円は安い。

そして、最後の大物料理がやってきた。

「こちらの料理、日本では、牛肉の赤ワイン煮込みですが、どなたか、フランス名をご存知の方はいますか？」

「〝ブッフ・ブルギニヨン〟ですか……」

うっかり答えたことで、全ての視線が亀助に集まった。

「まあ、素晴らしいですね、ご名答です。よかったら、少し解説をお願いできますか？」

「はい、ブッフは、牛肉、ブルギニヨンはブルゴーニュ風を意味する。つまり、ブルゴーニュの郷土料理で当然、現地ではブルゴーニュのピノ・ノワールを使った赤ワインが用いられる。でも、恐らく、リサさんは、カベルネ・ソーヴィニヨンを使ったボルドーワインを使うようシェフに依頼したのではないでしょうか。さきほどのステーキのソースと同様、〝ボルドレーズ〟に仕立てた。もし、僕のレシピが正しければ……」

リサが笑いを必死に堪《こら》えているのがわかる。居合わせた面々からは歓声があがった。

「すごい。すごすぎます。そこまでお見通しとは、参りました」

亀助も読みがあたり、褒められて、もちろん悪い気はしない。

「リサ、この人、グルメ探偵だから」

途端に河口に足で小突かれた。しまった。亀助は口を滑らせたことにハッとした。

「あ、いやいや、ぜんぜん……。ただ、ブログでグルメの探偵を気取っているだけです」

探偵は禁句だと、河口に口を酸っぱくして言われたことだ。リサは「そうなんですね」と言っただけで、話を深堀りされなかったので助かった。

気を取り直し、グラスに注がれた赤いガーネットの色をした美しいキングを舐め回すように見る。今度はグラスをまわしてシャトーで最も複雑と言われる香りを楽しんでから、口に含んだ。ん？　濃厚で濃密なワインのはずだが、どこかバランスを欠いている印象が入ってきた。今日、初めての違和感だ。飲み過ぎて舌が鈍ったのだろうか。ん、タンニンのしなやかさが思ったよりは感じられない。若いうちはタンニンに固くガードされているが、時を経て、丸みを帯びてくる、はずだが、それが幾分か弱いように感じられる。

しかし、これまでのシャンパンと、赤ワインは本物に違いないはずだ。料理とのセレクトも申し分ない。最後の最後だけ外すようなことをあえて、するだろうか……。

気を取り直して、料理に手を付けた。ブッフ・ブルギニヨン、いや、ブッフ・ボルドレーズは期待通りの美味しさだ。これだけ牛肉にカベルネ・ソーヴィニヨンの濃厚な風味が染み込んでいるということは一晩寝かせているに違いない。〝ソース・ボルドレーズ〟や〝ウッフ・アン・ココット〟に使ったであろう牛のブイヨンが基本をなしている。

店のスタッフがやってきて空いた皿とグラスを下げていく。

「うん、美味しいけど、ワインぜんぶ、美味しいからキングの特別感がもはやわからない」

荒木が笑っているが、亀助は笑えなかった。他のワインの方が実際、美味しかったのだ。

「みんな、わたしのこと笑っているけど、本当に味の違いがわかっているのかな？」

言われて、亀助は目を逸らした。ワイングラスを口に運ぶ。ワインのテイスティングは極めて難しい。生産年や保存方法が違えば味わいも変わる。利きワインをしたら、どんな結果になるのか、亀助も自信はない。

すると、リサが話題を変えた。

「こうして、三十年もの時を経て、生産者の想いを受け取るって物語を想像してしまいます。フランスだけにアートと似ているところもありますよね」

「確かに、価値が増すんですから、芸術品ですよね」

中年男性の言葉に荒木が相槌を打つと、リサの目つきと口調が真剣なものに変わった。

「その通りだと思うんです。すでに価値が上がっているものを一定数抑えておくことも大事でしょうけど、価値が上がることが目に見えているものにわたしは投資したい。奈央ちゃんが言ってくれたように、わたしはシャトー・ラフィット・ロートシルトよりも他の三本の方が美味しいと感じました」

「え、そうなの。リサもそうだったのね。超嬉しい！」

リサが荒木を見つめて嬉しそうに目を細めた。

「パーカーポイントは世界で使われていてぶれないんですよね。だから、わたしはCAの特権とネットワークをフルに生かして、しっかり値上がりを期待できる、お値打ちワインを現地で大量に仕入れて、月島にある契約倉庫にどんどん眠らせているんです……」

それこそが、ワイン投資ビジネスなのか——。

「そっちはさ、仕組み化して、投資を募るつもりはないのかな？」

「実はね、もうちゃんと仕組み化して動いているんだよね」

河口の問いかけに、荒木が代弁すると、リサが頷いた。

「はい、十数年前にその仕組みを考えて、運用しているやり手のオーナーがいらして、わたしは出資者でもあるんですが、お手伝いさせていただくことになったんです。一万本入る倉庫がいっぱいになってしまったので、新しいところを探しているそうですよ。最新のハイテクシステムで管理されています。オーナー自身が本当にワイン好きなので、信頼できる人たちと一緒に夢を見たいっておっしゃってて、すぐに賛同しました……」

リサがなにか思い立ったように立ち上がり、「もうワインはよろしいかしら」と言って、テーブルの上のワイングラスを確認した。誰も異論を唱える者はいないようだ。あとはデザートだけだろう。おなかはもう十分だった。

ホールスタッフが、空いた皿を下げていく。スタートからすでに三時間が経過しようとしていた。

「最後にデザートとカフェをお持ちしますので、みなさまお一人ずつ、デザートは、フランボワーズのシャーベットか、フロマージュブランからお選びください」

店のスタッフが、リサに気を遣いつつ、みんなに声をかけた。すると作り置きだったこともあるのだろう、すぐにデザートがやってきた。荒木が「わお」と歓声を上げた。

「ここのフロマージュブラン、美味しいの。……あ、この前のとちょっと違う」

リサが反応して眉をひそめた。今日初めて見せる表情だ。亀助も好物のフロマージュブランをチョイスしていたのだが、一目見てある疑念が過《よぎ》った。それを確かめるように一口いった。ここで作ったやつではないな——。

「奈央ちゃん、ごめん。パティシエが体調崩したらしく、フロマージュブランは残念なことに、調子落ちてるみたい……」

リサが荒木に向かってがっかりした表情を浮かべてから、目線を一周させた。リサは苛立っているようにも見える。しかし、あれだけソースにもブイヨンにもこだわってきたシェフが、なぜ、このデザートをよしとしたのかが気になる……。

スプーンをもうひとすくいして口に入れたが、やはり平凡な味わいだった。

「みなさん、本当にもうワインはよいかしら」

リサは、デザートの記憶を早く消し去りたいのではないかと思えてくる。

「承知しました。では、お会計をさせてください」

リサが、右手で三本指を立ててニッコリと微笑んだ。

「ねえ、本当に今日も三万円でいいの？」

荒木に促されるようにして、みなが財布を取り出した。

「ええ、もちろん、それが約束のはずですよ」

このリサの満面の笑みとサービス、ホスピタリティを亀助は計り兼ねていた。

亀助は、会計を河口に委ねると、席を立ってトイレに向かった。パンツを下ろして便座に座る。特別な時間を楽しんだのだが、最後の最後、何かがひっかかる。その理由ははっきりしていた。最後のワイン、シャトー・ラフィット・ロートシルトに対しての違和感と、デザートのフロマージュブランの平凡さが心残りで、どこか残尿感のようなモヤモヤがあるのだ。

戻ってくる途中、リサがスタッフとなにやら話し込んでいる。テーブルにいたときの笑顔は消えて、険しさが滲んでいる。「なんなのよ、あのフロマージュ」と聞こえた。

アルコールが回っている様子は一切ない。一方、シェフもひるむ様子はなく、「だから、俺はパティシエじゃなくて、シェフだって言ってるだろ!」と語気を強めて言っているのが背中ごしに聞こえてきた。

そうか、シェフはデザートを作らなかったということか。デザートまでのコース料理は妥協なく完璧だったのだから、筋は通っている気がする。だとすれば彼は働く店を替えるべきだ。というか、あれほどの技術があって、なぜ、ここで働くのだろうか。それが謎だ。

やがてリサが戻ってきた。

「今日は、みなさんと最高のマリアージュを楽しむことができて幸せです」

リサが頬を緩めて頭を下げた。

4

ビストロを出たあと、亀助は河口を誘い、近くのバルに入った。デキャンタの赤ワインをオーダーするとすぐにやってきた。

「いやあ、料理もワインも最高だったな。BYO+は課題が多いけど可能性がある」

河口は涼しい顔でグラスを傾けている。

「そうですね。料理が美味しかったし、ワインのセレクトもよかった。でも、あのサービスは彼女以外で運用できる人がどれくらいいるのでしょう」

「うん、なんとかして、手伝いたいな。あれはいいビジネスになる」

亀助はグラスを持つ手を止めた。河口は今日の目的を忘れているのではないか。

「ちょっと、先輩、それ、ミイラ取りがミイラになる的なやつじゃないですか。僕たちのミッションはワイン投資の真偽を探ることですよ。それに正直、彼女はあのBYO+を本気でやるつもりなんてないと思いますよ」

河口が「え?」と、キョトンとしている。

「すべては、あのワイン投資に興味を持たせるための餌というか演技だと思います。もちろん、今日は、法に触れるような詐欺は認められませんでしたけど……」

「なんで? 君はどこでそう思ったの?」

河口に動揺が走ったのか、右手のフォークから、オリーブの実がこぼれ落ちた。

「あの〝シャトー・ラ・フィット・ロートシルト〟に違和感があったんです。最後でかなり酔いが回っていたから断言はできないけど、本物ではない気がしていて」

河口は首を傾げつつ、手に持ったワイングラスの中の液体を覗き込んでいる。今度は鼻を近づけて匂いをかいだ。

「でも、そんなことする必要あるかな。だって、マリアージュの会では信頼させなきゃダメだろ。逆効果じゃないか」

もし、あの会に参加する前に、五級のワインだけだと聞いたら三万円は高いと感じただろう。〝シャトー・ラ・フィット・ロートシルト〟があるから興味を惹かれた。だが、実際は、なくても三万円の価値はあると感じた。だからこそ、皮肉なことに、あの一本がひっかかるのだ。

「君はワインのテイスティング、そんなに自信ある？」

「実は、つい最近、中田屋の社長と二〇〇〇年の〝シャトー・ラ・フィット・ロートシルト〟を飲んだんです。九九年なら、さらに熟成されて、もう少し、丸くなっていてもいいはずなんです。そういう深みが足りない気がして」

河口はまだ懐疑的な目を向けているようだ。

「ソースや牛のブイヨンなど、料理の基礎ができていたからこそ、マリアージュの違和感も引き立った。あとは、デザートの謎です。なぜ急激に質が落ちたのか……」

河口が「それは確かに僕も気になった。あれ、スーパーで売ってるレベルだよな」と言うと、持っていたグラスワインを置いて、腕を組んだ。

「仮にワインが偽物だったとして、どんなトリックを使ったと思う？」

「味が似ているものにすり替えたか。そもそも彼女がボトルを持ち込んでいるわけですから、偽装ワインだった可能性もあり得ますよね」

目の前の河口はまるで急速冷凍庫にでも入ったように酔いがさめていく様子だ。河口がデキャンタを持ち上げ、亀助のグラスに注ぐ。残りを全て入れきった。

「キャップシールはちゃんとついていたね。ラベルも問題なかったよ」

亀助もその様子はじっと観察していた。

「そうですね、一見、偽造ワインには見えませんでしたし、興味深いですね」

「まあ、本丸はワインの投資話だ。あの場にいたマダムには名刺を渡したから、早くお誘いがくるよう祈ろうか」

河口が険しい表情のままワインを飲み干した。

「ちょっと前にさ、派手にワイン愛好家たちから出資金を集めていた〝ワインファンド〟が自己破産の手続きをして話題になっただろ。僕はその話を思い出すよ。配当金の利回りが三〇%なんて謳《うた》ってさ、二千人以上が投資して、百億円近く集めたらしいからね」

「ニュースになりましたね。投資に興味がなかったので、あまり調べなかったのですが、利回りが三〇%だなんて、いったいどんなファンドだったんですか」

「つまりさ、将来値上がりが期待されるワインを買い付けて、そのワインの売却益の一部を配当します、ってわけさ。でも、利回り三〇%なんて無茶だからさ、実質は、ファンドの配当金に別の出資者から募ったお金を充当する自転車操業状態だった。あの頃は、チャイナバブルが起きていたから、偽造ワインと結びついて、そういうミラクルが起きるとワイン好きの金持ちに夢を見させるような勢いがあってさ。結局、はかない夢となったわけだけど」

河口がお通しで供されたナッツを口に含んだ。

「中国の爆買いが影響したわけか。無謀な配当金を設定したら当然破綻しますよね。その点、今回のワイン投資は、設備投資が必要だけど、堅実に座組みを設計して、配当金なしにすれば、それなりに成功しそうだ」

「うん、それなんだ。俺たちはまだ直接聞かされていないけど、うちのクライアントが出資したワイン投資は配当金なんかなくてさ、ワインの買い付けや保管を任せるような仕組みだから、よくできているらしい。欲しくなったら、手数料はかかるけど、ワインをいつでも引き出せる。高級ワインに特化するわけでもないから偽造する必要もない」

「確かに、それだけ聞くと、詐欺話には聞こえないな……」

「そもそも、ワイン投資のオーナーはリサではなく、別にいるようだからね」

「連携はしていそうだけど、ワインの偽造はまた別の問題ということですか……」

「そうだ、君は、こういう事件が世界各国で起きているのを知っているかい？」

河口がスマートフォンを操作し、画面を見せてきた。

〈フランス産高級ワイン偽装事件の闇を、ワイン界の名探偵シャーロック・ホームズが斬る――〉

「この人さ、本職はジャーナリストだけど、心眼で高級ワインの偽装を見破る専門家でさ、ワイン界のシャーロック・ホームズって言われているらしい」

「ワイン界のシャーロック・ホームズ、ですか……」

「中国は人口規模が違うから、お金持ちがめちゃくちゃ増えているわけだろ。偽造ワインが増えていて、最大五割が偽物だなんて話もあるらしいよ」

二本に一本が偽物なんて信じがたいが、サイトを見る限り信憑性《しんぴょうせい》がないとも言い切れない。

「偽物天国と言われてきた国ですからね。中身以外、キャップシールまで〝完コピ〟されていても驚かないかも。昔と違って偽造の技術もかなり上がってきたのでしょうね」

河口が亀助からスマートフォンを取り戻すと、身を乗り出してきた。

「ああ、結局さ、バイヤーにはワイン鑑定の正確な知識が求められるわけで、消費する人が急増する中で、専門家の量がつりあってない」

河口が再び、赤ワインのグラスを口元に運んだまま、一時停止した。

「当たり前だけど、高いワインほど、偽造したときの利益が高くなるし、五大シャトーなんかはすでに格好の標的にされている。中国では、実際に、〝シャトー・ラフィット・ロートシルト〟をはじめ、高級ワインの偽物が大量に出回っているのは有名だ」

そうだ、あのボトルを確保できないか……。亀助はふと思い立ち、立ち上がった。

「先輩、ボトルを確保しましょうよ。あのワインが偽物かどうかは付着している液体の成分を鑑定に出せばわかるはずだ。この際、彼女と僕、どちらが正しいか、白黒はっきりさせましょうよ。きっと、ワイン投資の信憑性にも関わってくる」

我ながら、名案ではないかと胸の高まりを禁じ得なかった。

「なるほど、そうだね。そうしようか」

「まさか、ボトルを水で洗うことはないと思いますが、とりあえず、急ぎましょう」

河口が頷くと立ち上がった。一緒に支度をして、会計を済ませると店を出る。二人とも早歩きになっていた。

「ただ、言い方には十分に気をつけなきゃね。店がリサと通じている可能性はある」

「確かに……。そう考えると、例えば、初めて飲んだから記念に欲しい、とか、ですかね」

「まあ、相手がグルの場合、どうやったって、怪しまれるだろうけどね。とりあえず、普通に客として入って様子を見ようか」

ほどなく到着して、店のドアを開けると、少しチャラついた雰囲気の男性スタッフがすぐにこちらに気づいた。

「ああ、さきほどのお客様。もしかして、お忘れ物っすか？」

「いえ、美味しかったもので、二人でもう一杯だけ、お邪魔してもよいですか？」

「当店は二十四時閉店で、料理のラストオーダーがもう終わっていますが」

腕時計に目をやったスタッフはあまり歓迎する雰囲気ではない。だが、拒絶する感じでもないため、河口がさっさと「じゃあ、本当に一杯だけ」と言って、空いているテーブルに腰を下ろした。亀助もあとに続く。

「一杯だけで、帰りますので。僕は、モヒート、ありますか」

「ええ、もちろん」とスタッフが頷いた。河口が、「僕は、グラスの赤ワイン」と声をかけた。もう客はほとんど帰っていたので、店内をよく見渡せるテーブル席にゆったりと腰を下ろした。ほどなくして、先ほどのスタッフがドリンクを持ってきてくれた。

「いやあ、料理がどれもすごく美味しかったです。若いシェフのようですが、ソースやブイヨンの基本がきっちりされていますね。感動しました」

「へえ、やっぱり、いいもの食べている人には、そんな細かいところまでわかるんですね。あいつ、まかない作ってもめっちゃ上手《うま》いんっすよ」

スタッフは満面の笑みを浮かべたが、やはり、サービスのレベルは高くはないようだ。

亀助と河口が厨房を覗き込んでいるのに相手が気づいた。

「あ、あいつなら、もう帰りましたよ」

「そうですか。シェフは、以前はどこか有名なフレンチで修業されていたのでしょうか」

「あー、あいつは、パリにちょっといたみたいっすね。ギャンブラーなんすけど、腕は確かなので、オーナーが惚れ込んで、口説き落としたんですよ」

パリ帰りで、ギャンブラーのシェフか……。確かな腕と、向上心があれば、帰国してからも質の高い人気レストランで修業するか、自分で店を構えて創作を追求するものだが。いったい、なぜこういう店にいるのだろうか。

「デザートもシェフが作るんですか？」

「いや、まあ、パティシエなんてうちにはいないから、そうですが……」

やはり、そうか。だとすれば、あれだけの料理を作れるシェフが、なぜ、デザートだけ手を抜いたのか。作れないということはないはずだ。

「リサさんはよく、こちらでマリアージュの会を開いているんですか」

「そうですね、まあ、たまに」

あまり、浮かない表情の様子だ。こちらを警戒しているのかもしれない。

「あの、お恥ずかしいですが、初めて九九年の〝シャトー・ラフィット・ロートシルト〟を飲んだもので、もしよかったら、記念にボトルをいただいてもよいでしょうか」

河口が思いの外早いタイミングで切り出すと、店員は途端に困惑した様子を見せた。

「どうか、されましたか？」

「あ、いや、実は、うちの店のバカがボトルを持ち帰ったんすよ。なんでも、五大シャトーのボトルを、自宅でコレクションしているようで」

亀助は河口と目を合わせた。

「そうですか。その方とは趣味が合いそうです。僕もコレクションにしたかったのに……」

カウンターにいた他の客から「お会計、お願いします」と、声がかかった。

「あ、すみません。ちょっと失礼」

スタッフが逃げるようにして、テーブルを離れてしまった。

「本当かな。隠したんじゃないかな……」

底をつきそうなワイングラスを持ち上げ、見つめたまま、河口が小声でつぶやいた。

「そうだとしたら、我々はどつぼにはまっていますね。投資話はこないかも」

亀助が距離を縮めて声をひそめると、河口が項垂《うなだ》れた。

「まあ、仮に偽造だとしても、本人が偽造している可能性は低いだろうな。キャップシールのことも考えると、個人でやるのは無理だよ。多分、海外で量産されているやつじゃないかな……」

「とりあえず、ここは出ましょうか」

一緒に立ち上がり、「ごちそうさまでした」とスタッフを呼んだ。

「また来ますね」と言って、亀助と河口は駅に向かって歩き始めた。

「君が言ったように、あのボトルを調べれば本物か偽物か見分けがつく。店は決定的な証拠を掴ませないために、適当な理由を付けて、ごまかしたんじゃないかな」

亀助は河口の推理に頷いていた。そうなると、店もリサも怪しいということになる。

「とにかく、彼女に再び会って確認してみないことには……。彼女がワイン投資ビジネスにどう関わっているのか。そのカラクリを暴きたいけど」

亀助が言うと、河口は立ち止まり、大きく頷いた。

「まあ、俺たちの今日の対応はまずかったかもしれない。とりあえず、様子を窺うか。荒木さんに相談しよう」

翌日、河口から荒木に依頼をしてもらうと、「しばらく仕事が忙しいから会えないの。ちょっと待ってて」という返事があったという。奇妙なのはリサの電話番号を荒木さえも知らなかったことだ。ＳＮＳだけでやりとりをしているという。

もしかしたら、徹底して足がつかない方法をとっているのではないかと亀助は疑い始めていた。

河口は帰り際、マダムや男性客にもさりげなく、一方的に名刺を渡していたが、そちらからのアプローチも一切ないという。やはり、警戒されてしまった可能性もある。疑念がさらに深まっていく。河口は調査を依頼してきたクライアントには証拠を摑み次第、警察との連携も視野に調査を進める旨の報告をしたという。いよいよ、本格的な探偵調査の域に入ってきた。

亀助は荒木に時間を作ってもらい、荒木のサロンの近くのチェーン店のカフェで、すでに投資しているというワイン投資の仕組みを教えてもらうことにした。

「荒木さん、あのワイン投資の仕組みを教えてもらえるかな」

「じゃあ、亀助さんもリサの虜《とりこ》で、ワインの投資をしたいってこと？」

亀助はあいまいに頷いた。そんなつもりはないがやはり、興味を示すふりをした方がよさそうだ。

「仕方ないな。あのね、投資っていうよりは、ワインを買い付けてもらって、保管してもらう仕組みって考えた方がいいかな。一本ごとに買うような感覚だからね」

「そのコストはどうなっているの？」

「まず、入会金が三十万円ね。で、保管料が無料なの。ボトルはほとんどが一本五千円以下なんだけど、保管料ってバカにならないからね。保管料は月百円くらいが相場だけど、それで計算したら、年間千二百円で、五年で六千円、十年で一万二千円になるでしょ。そのコストをワインに上乗せすると考えたらトータルではワイン一本の値段って割高に思えてきちゃうけど、それが一切かからないの」

「なんで、かからないのかな？　だって最新のハイテク倉庫って言ってなかった？」

荒木が目尻を下げて、顔の前で人差し指を左右に揺らした。

「それは入会金に含まれているの。だから、ワインを買えば買うほど、投資すればするほど得をする。わたしは、リサがおススメのものや当たり年のものを中心に八十本くらい買ったかな。五年後とか飲み頃になってきたらね、自分で飲んでもいいし、売ってもいいしね」

仕組みとしては悪くない気もするが、店で買った方が安い気もする。

「その倉庫というか、会社がつぶれちゃったらという不安はないの？」

「そんなリスクぜんぜん心配してないよ。だって、オーナーはめっちゃセレブな華僑《かきょう》なんだよ。自分の趣味で、別にこのビジネスで利益出そうとか最初思ってなかったんだって。でも、倉庫買ったら一緒にやりたいって人がたくさん現れて、これはビジネスになるってもう一つ倉庫買ったから、これから価格体系とか上がるはず。今入れるなら、お得だから絶対に入っておいた方がいいよ。月額で保管料とる仕組みも考えているみたいだもん」

「え、ちょっと話が出来すぎてないかな？」

「大丈夫よ。もしかしてさ、亀助さん、過去にあった怪しいワイン投資ファンドの記事とか見なかった？」

亀助は、「う、うん、見たことある」と正直に答えた。

「ほら、あんな怪しいのと全然仕組みが違うんだから。配当金とか一切ないし。倉庫からワインを出したければ、すぐに出してもらえるんだよ。わたし、こないだ飲んだ〝シャトー・バタイエ〟を何本か出してもらったもん」

「出すのには、手数料はかからないの？」

「一本、たったの五百円なの。六本で、三千円。安いでしょ？」

「でも、ワイン代は別だよね？　だったら、最初から自宅のワインセラーに入れておけば……」

「なによ、もう。それができたら最初から必要ないわ。このスキームのメリットは、シェアリングよ。倉庫のシェアリング」

「そ、そうだね。確かに、それは安心料かも」と、はぐらかす。

これは怪しい匂いがするぞ。そんなにすぐ倉庫から出す人はいないだろう。倉庫なんかなくても、依頼があった時にワインを他から卸して出せば済む話ではないか……。口コミで評判を広げて顧客を集めて、入会金とワインの投資分をある程度集めたら、持ち逃げするのではないだろうか。

「あと、マリアージュの会に居合わせた男性二人と、マダム風の女性がいたでしょ。あの人達は何者なのかな？」

「ああ、男性の一人は、あの店のオーナーでワンさんという中国人なんだ。女性はワイン投資のお手伝いをされている木村絵里子《きむらえりこ》さんていう方なんだけど、連絡先とかは知らないんだよね……」

やはり、彼女がマダム・エリコか。ワンも調べなければならないな。

「そっか、ありがとう。リサちゃん忙しそうだけど、よろしく伝えてね」

「うん、もちろん。亀助さんもソムリエも最高の仲間だって、ちゃんと伝えているから」

亀助は河口の法律事務所に向かった。秘書の丸山に促されて、部屋に入った。河口はデスクに向かって、仕事をしている最中のようだ。亀助に反応して眼鏡を取った。

「ワイン投資の件ですが、その後、なにか展開はありましたか？」

河口の返事の前に応接スペースのソファに腰を埋《うず》めた。すぐに丸山がコーヒーを運んできた。

「君はなんでそこまでがんばってくれるの？　ギャラは出ないよ」

亀助は苦笑いをして、丸山に差し出されたばかりのコーヒーカップに口をつけた。

「こないだご馳走になりましたからね。それで、あの店のオーナーのことを調べていまして。関係者の名前を知っているだけ教えて下さい」

河口は椅子から立ち上がり、デスクのひきだしから出した資料を手にすると、目の前のソファに移動してきてゆっくりと座った。

「ワイン投資に関係してそうな人たちの名前は調べたけど、特に有益な情報は得られなかったな……」

河口は背もたれに身を預けると、しばらく天井を見つめた。

「リサに会って話を聞きたいけど連絡が取れないからな」

「ええ、電話番号もわかりませんし、消息がわからない……。しかし、マリアージュの会にいたワンという中国人が店のオーナーらしいので間違いなくつながっていますね」

「そうか、あの店のオーナーか」と言って、河口が立ち上がった。

「荒木さんはリサのことをまだ信じているんだよね？」

亀助は、頭を抱えたまま「ええ、そうなんです……」と応じた。

「まだ問題も起きていないし、警察だって動きようがないしな」

「警察が動くのを待っていられない。僕が手がかりを見つけて先輩のクライアントや荒木さんを救い出してみせます」

亀助は、事務所を出ると、ｉＰｈｏｎｅで法務局を検索した。飲食店を開業する場合、物件を借りるために不動産契約を行う必要があるし、銀行から融資を受けることもある。そして、開業前に、保健所や消防など、諸官庁への届け出も必要だが、手っ取り早いのが登記簿謄本だ。

とりあえず、九段下に行くか。九段下の九段第二合同庁舎の中に東京法務局があるのだ。その上には平日夜十時までやっている千代田図書館がある。皇居を横目に、ハイブリッドバイクで内堀通りを北上するとすぐに辿り着いた。

備え付けの『ブルーマップ』であの店の建物の登記簿上の地番を調べた。すぐに見つけることができた。今度は、手数料がかかるが登記簿標本及び建物の登記簿謄本を申請する。取得した登記簿謄本を確認すると、土地と建物の所有者は別々だが、この場合、建物の所有者が経営者のパターンが多い。だが、会社になっている。再び、手数料を払って会社の登記簿謄本を申請する。もはやタダ働きの域を超えているがもう後には戻れない。

ほどなく求めていたデータを取得できた。会社の住所、事業内容、資本金、役員の名前と代表者の名前・住所があるのだが、この中に、〝ワン・ホウショウ〟の名前を見つけた。

翌日、亀助はひとりで、緒方の殺人事件でやりとりした築地署刑事課の桜川と山尾を訪ねた。熟成鮨の事件に亀助が世話になったのが二人だ。

「実は、いま怪しいワインの投資ビジネスを追いかけていて、お聞きしたいことがあって……」

「ワインですか。我々は美味しいものが大好きなのですが、なにせ、安月給につき、B級グルメ専門ですので、お応えできるかどうか」

桜川が少しおどけて答えた。二人はきっとグルメが好きなのだろうという直感があった。

「またまた、そんなことおっしゃって」と軽いノリで反応して様子をみる。

山尾は亀助のグルメサイトを見ていると言ってくれた人間だ。亀助の父親が警察庁次長であるとわかってから、署長も刑事たちもとにかく好意的に接してくれるので助かっている。

「実は、先日、おもしろい会合に参加しました。現役CAが企画したマリアージュの会だったのですが――」

リサの開催したマリアージュの会について説明する。亀助は、河口の事務所に調査の依頼が入り、友人の荒木に頼んで、リサのマリアージュの会に参加したこと、一本のワインが怪しかったことを伝えた。

「ほお、それはまたセレブな食事会ですな。さすがグルメ探偵さんだ」

「怪しいワインの味に気づくとは素晴らしい舌をお持ちですな」

「そういった偽造ワインの話は聞きませんか？」

　桜川も山尾も顔を見合わせてから、首を傾げる。

「あまり聞きませんな。日本は、ワインの輸入はなかなか厳しい制度になっていますので、そうそうバッタモンが大量に入ってくるようなことは難しいと思いますけどね」

「そ、そうですか……。ただ、ワイン投資ともつながっていそうで、関係者が怪しい人間ばかりなんです。例えば闇金の男です」

　桜川と山尾が顔色を変えた。山尾がゆっくりと顔を近づけてきた。

「実はその会が開かれた店のオーナーを登記簿謄本で調べたところ、ワン・ホウショウという中国人でして。さらに、新聞の記事検索では、闇金融を行う事業者として、違法な取り立てと恐喝容疑での逮捕歴があることがわかったんです。名前だけなので同姓同名の別人という可能性はありますが……」

「それは聞き覚えがある名前だな……」

　桜川がつぶやいた。

「詐欺や傷害事件の前科持ちだったらデータベースに入っています。調べてみましょうか」

山尾がノートパソコンを開いた。

「これがもし同一人物だった場合、怪しさ満点ですよね？」

「確かに、それは、怪しいですな」

頼む。のってきてくれ。警察に動いて欲しい。

「おや、おやおやおやおやおや」

ワンを見つけたテンション高めの山尾がパソコン画面を見て興奮している。

亀助はｉＰｈｏｎｅを取り出した。画像を引っ張りだすと、山尾に見せた。一枚だけ、マリアージュの会でトイレから戻った際に隠し撮りをした写真だ。

「その男ですね。間違いない。金に困った借り手に巧みに働きかけて、悪巧みをやってきたようですな。風俗に売り飛ばされた女性もいます……」

ビンゴだ！　これで、リサとの接点が見えてきた気がする――。

5

亀助はハイブリッドバイクをよく使う銀座六丁目の地下駐車場に駐輪した。そこからは徒歩で、まずは銀座の資生堂パーラーでクッキーの詰め合わせを買った。今度は、手みやげを抱えて、高級クラブがひしめく自社ビルの一階に店を構える《中田屋　草庵》

の暖簾を潜る。《中田屋》のブランドを引き継ぎつつ、カウンターメインで営業する店だ。十三時半でランチタイムは終わったので、この時間はアイドルタイムのはずだ。

明治時代の終わり頃、新橋の花街にて中田きくが店をだしたのがはじまりだった。現在は三代目である中田きくよが店を切り盛りし、その長男である貴幸《たかゆき》が株式会社中田屋の社長を務める。きくよは通称、大女将。亀助の祖母である。七十六歳にして現役だ。

「あら、亀助さん、久しぶりね。なんだか、亀助さん、話題になってるわ」

亀助の従姉妹《いとこ》でもある中田さくらがいた。歳は二つ下。黒髪の和装がよく似合う美人だ。大女将が引退したら、中田家の嫡男である豊松やさくらの母親である女将の紀子《のりこ》がその要職を担う。その次はさくらなのか、豊松と結婚した亜美《あみ》なのかは気になるところだ。

「悪い話題じゃなければいいけどな」

さくらの苦笑いを見る限り、よい話題ではないようだ。

「大女将も心配していたわ。おじいちゃんが乗り移っているんじゃないかって……」

「いやいやいや、中田屋に泥を塗るようなことはしないから、安心して」

《中田屋》は、老舗の名門料亭と呼ばれていて、政財界の重鎮も御用達の店だ。亀助の父や姉も仕事関係の会合でよく利用する。売り上げに貢献していないのは亀助くらいのものなのだ。変な噂を立たせるわけにはいかない。

「豊松の若旦那に呼び出されちゃってさ」

亀助は左目だけを瞑った。「これ、みなさんでどうぞ」と手みやげを差し出す。表情の硬かったさくらが「まあ嬉しい」と目尻を下げた。クッキーはさくらの好物でもある。

「さっき料亭にいて、もうすぐ来るって言っていたので、少々おまちくださいな」

カウンターに座ると、対面式の板場から懐かしい顔が出てきた。

「おい、亀ちゃんじゃないか。会社辞めて、探偵に転職したって?」

板長の野坂仁《のざかひとし》は板場を守って三十年のベテランだ。相変わらず、ゴシップが好きで、話をおもしろおかしく盛るのが野坂の癖だ。

「板長、冷やかしは、やめてください」

頭をかいて、笑ってごまかす。

「板長のまかない、また食べたいな。たまに、バイトさせてもらおうかな」

「いつでもいいよ。分かっている通り、俺は、仕事と女には厳しいけどね」

野坂は仕事にはめっぽう厳しい。逃げ出してしまった若者は数知れない。だが、目をかけた弟子には優しい。こういう職人が料亭のブランドを守っているのだ。

料亭で、名門と言われながらも、不祥事をきっかけに信用を失ってしまうこともままあることだ。そんな理由もあり、ひと昔前まで料亭は一見さんお断りで、宣伝はしないという暗黙のルールが一般的だった。だが、バブル崩壊以降、時代の変化とともに、老舗料亭の戦略は多角化しはじめ、総じて大衆化が進んでいる。まだ頑《かたく》なに古くからの仕来りを守り続けている料亭もわずかは残ってはいるが、《中田屋》はそのブランド力と人脈を生かし、攻め続けていると言える。

「やあ、亀ちゃん！　大丈夫かい」

店に入ってきた豊松の視線が、亀助の頭に向かった。

「ああ、平気だよ。心配かけてごめん」

「びっくりしたよ。まあ、ここじゃなんだし、奥の個室に行こうか」

豊松に促されるまま個室に向かう途中、ワインセラーが目に入った。

「ねえ、中田屋の料亭って、〝ロマネ・コンティ〟とかもあるかな？」

「ああ、いま一本だけあるよ。たまに一番高いワイン出してってお客さん、いるからね」

豊松がさらっと応えたので、亀助は度肝を抜かれた。

「本当かい。あるところにはあるんだね。さすが、中田屋だな」

個室に入り、腰を下ろしてからもワインの話を続けた。

「うちは料亭だからね。お客さんのニーズにしっかり応えなきゃいけないしさ。ビールは、各社のものを当然取り揃えているし、ワインも本来は豊富な種類を揃えなきゃね」

「中国では偽物が大量に出回っているらしいけど、中田屋はどこから仕入れているの？」

「うちは、ずっと新橋にある提携先の酒屋だから、間違いなく正規品だよ。東京にも偽造ワインが入ってきているらしいね。ワインバブルは去ったとはいえ、中国はすごいらしいからな。日本にも個人がこそこそ持ち込んでいるケースがあるって聞いたことがあるよ」

「個人で？　てっきり、コンテナでごっそりやるのかと思ったけど」

「いや、日本は、税関だって緩くないからさ。中国も偽造ワインの問題に関して、指を咥《くわ》えて見ていたわけじゃない。ワインを輸入するのも、輸出するのも、相当な制限をかけているようだ。だからさ、偽造ワインを正規ルートで日本に入れようなんて難しいよ。入れられたとしても、輸送料に通関手続き費用、成分検査料だなんだっていろいろかかるし、輸入業を営むのだって相当なハードルがあるからね」

「そうか……。旅行客なら三本までは免税で持ち込める。それに、一本あたりの単価も高いから元も取れそうだね。まして、よく行き来する職種の人だったら、わけもないか」

　もしかしたら、リサは、チャイナ系のエアラインにいるのではないだろうか……。

「去年、上海近郊で、偽造ワインの大規模な工場が摘発されたそうだ。最近はハイテクのＩＣタグが開発されているから、いずれは、完璧に予防できるようになると思うけどね」

「それは僕も調べているところだったんだ。イタチごっこも進化しているね」

「ああ、偽造ワインは外側はキャップシールまで作り込んでいたそうだ。実際、市場に出回る際には、弾かれるけど、個人で持ち込むものにまでは手が回らないのだろうね」

また、こうやって、リサのことばかり考えている自分に驚かされる。

「ごめん、そんなことより、お願いしていたものが見つかったって？」

豊松が頷いて古い封筒から資料を取り出した。新聞記事の切り抜きをコピーしたものだ。

「この土地や建物を巡って、かつてこんなことが、あったらしいよ」

記事を読み込んでいく。昭和四十年代、悪名高き地面師の謀略により、中田屋の持つ銀座の一等地が不当に売られそうになったのだという。土地の権利書が偽造されたのだ。

実際に売られたわけではないため、中田屋に実害はなかったのだが、「銀座の老舗料亭を土地付きで買える」と騙された北海道の資産家がその詐欺犯罪によって、莫大《ばくだい》な痛手を負ったらしい。

「この、被害に遭った人たちってどうなったのかわかる？」

「探偵によれば、この事件をきっかけに、資産家から転落してしまったらしいね。そのあとのことは、もうわからないな。だって、もう半世紀も前の話だよ」

「その頃って確か、借金が膨らんで、実際に中田屋は大変だった時期らしいね」

豊松が腕を組んだまま「そうそう。もちろん、身売りを検討したことなんかはなかったらしいけどさ、よく立ち直ったよ」と頷いた。

亀助はその資料を借りることになった。ちょっと話を聞く限り、この件がホームページの改ざんと関連があるとは思えないが、亀助自身、調べてみたい事件ではある。


亀助が《中田屋》を出ると、荒木から着信があった。

〈亀助さん、ごめん。言われてから、不安になってきて、何度もリサに連絡とってるんだけど、ぜんぜんつながらなくて……。怪しいかも。あとね、フランス人の彼というのもきっと嘘よ。リサに仕事を依頼されたCAの同僚を見つけたの〉

さすが、荒木の人脈は使える。

「マジで？　彼氏も偽物か。でも、どうしてわかったの？」

〈リサね、見栄《みえ》を張ったりして、職場でも、よく嘘をつくんだって〉

「なるほど……。仕事で忙しいのに調べてくれて、ありがとう」

〈だって、わたしは投資しているからね……〉

実際に荒木は入会金三十万円に加え、百万円近い投資をしている。亀助たちよりも怒りは大きいのだろう。

〈それでさ、いま、時間ある？　そのリサのことを知るCAとお茶してるの〉

「マジで？　もちろん、どこでもすぐ飛んで行くよ」

〈よかった。いま、わたしのお店にいるから、近くでなら時間取れるよ。お店にする？〉

「わかった。じゃあ、今すぐ向かうよ。行ったことないけどだいたいわかる」

逸《はや》る気持ちを抑え、荒木のエステサロンに向かった。銀座の地図なら、亀助の頭にマッピングされている。ほどなく発見できた。ビルも店のエントランスもセレブで洒落た内装だ。恐る恐る足を踏み入れると、受付の女性が亀助を見た途端、すぐに奈央を呼んだ。奥の応接室へと案内される。荒木の隣に黒いワンピースを着た美しい女性がいた。

「いらっしゃい。この子ね、〝ANA〟のCAしてるレミちゃん」

レミが目を細めて「はじめまして」と言うと、頭を下げてきた。

「あ、どうも北大路亀助です。なんか、急にごめんね」

荒木が大きく首を振った。

「もし詐欺だったら許せない。わたしも彼女を探すためなら、いくらでも頑張っちゃう」

「ありがとう。荒木さんにそう言ってもらえると、心強いよ」

「うん、それでね、ちょっとさ、現時点でわかってることや探偵の推理を教えてくれる？」

「僕のレシピが正しければ、マリアージュの会はワイン投資のための客寄せと面接の場で、本丸のワイン投資はクロで間違いない。そして、こうなることはある程度、予測して、偽名を使っている可能性もある。そもそもCAではない可能性もあるけど……。中国系のエアラインじゃないかと思ってる。なぜなら、偽造されたボルドーワインは圧倒的に中国産が多いんだ。その偽造ワインは、ある程度の軍資金を集めるための手段で、本丸はワイン投資だ」

荒木が目を見開き、同じく目を丸くしているレミを見た。

「やばいでしょ。この人、ガチの探偵でしょ」

亀助には意味がわからなかった。恥ずかしくなってコーヒーカップに手を伸ばす。

「探偵の推理通り、彼女、〝チャイナパシフィック〟のCAみたい」

そういうことか。チャイナパシフィックは中国では中堅のエアラインだ。

「奈央ちゃんからある程度、話は聞きましたので、被害者がこれ以上出ないように少しでも力になれたらって思っています。さきほどの推理を聞いて納得するものがあるんです」

レミがしっかりとした口調で優しく微笑んだ。背筋がピンとしている。

「それはよかったです。それで、リサさんの仕事を手伝ったことあるとか？」

レミが亀助の目を見つめてしっかり頷いた。

「実は、彼女、わたしが国際線に乗るのを知って、たまに上海とか、北京のフライトがあるんですけど、ワインを運ぶのを手伝って欲しいって言ってきて」

「ワインを中国から運ぶのを、ですか？」

「そうなんです。フランスからボルドーやシャンパーニュのワインを運ぶのを手伝ってというのならわかりますよ。でも、中国から、何本もって、おかしいですよね……」

「彼女はなんと説明したのですか」

「いま、高級ワインは中国に集まっているからって……」

「それで、手伝ったんですか？」

レミが表情を曇らせた。

「ええ、一度、高級フレンチをご馳走してくれるって言われて手伝ったんですけど……。

確かに美味しかったけど高級ではない、ランチで。宝町のビストロでした」

「あそこか。そこのオーナーは元闇金融業者で前科持ちなんです」

荒木もレミも、表情を一瞬で強ばらせた。

「向こうでの受け渡しは、どこで、どうやって？　本人ではなく、別の人に？」

「はい、向こうの空港で。日本語を話せる中年男性が来ました」

「それを受け取って、日本に運んで、宝町のビストロでリサさんに手渡した？」

「はい、そうですね。それで、次は倍の六本にしてほしいって頼まれたんです」

亀助も相手の心情を察して溜め息をついてしまった。

「でも、空港でよくCA一団を見かけるけど、あのキャリーバックって小さくない？　そんなに本数入るの？」

荒木が興味を持ったのか前のめりに割り込んできた。

「ああ、あのキャリーは三十二リットルね。大型のスーツケースは別途、預けるの」

「へえ、そうなんだね」と、奈央と亀助は大きく頷いた。

「ルール上は、乗客が機内に持ち込めるのは三本まで。それ以上持ち込んでいるのがバレたら罰金なの。はっきり言ってバレる可能性は少ないけど、そんなリスクを背負ってやりたくないし、仮に覚せい剤とかだったら、最悪じゃないですか」

「ヤバいね。それ、マジでヤバすぎる」

「彼女に高級ワインを買わされたパイロットやCAもいて。悪評も立って、わたしは彼女とは、自然と距離を置くようになって……。まわりもみんな同じ感じでした。だから、それで成り立たなくなっていったと思います」

「なるほど……。よくわかりました。そっか、それで、きっと、もっと手っとり早く大きな額を引き出せるワイン投資をやるようになっていったのかな」

レミが小さく頷いて、「ちなみに、ワインはわからないけど、その前は、ブランド品の偽物を買わされた人もいて、かなり嫌われています」と答えた。なるほどな……。

「ねえ、探偵。これでもう、追いつめられるんじゃないの？　頼むよ、ちょっと」

荒木は「わたし、百万円も投資しているんだからね」という言葉を必死に飲み込んでいるように思えてくる……。

「荒木さん、本当に投資したんだよね？」

「ごめん、本当は仕事を手伝ったら入会金を免除すると言われて……」

やはりそういうことだったか。なぜ、荒木ほどの経営者があっさり騙されるか不思議だったのだ。

「まだ証拠がないし、僕や奈央ちゃんが彼女を怪しんで探していることが伝わった可能性も高い。急がなきゃな。ちゃんと勤務はしているだろうから、場合によっては、空港に突撃するっていう最終手段だってあるかもな」

「そこまで悪いこには見えなかったんだけど、人は見かけによらないんだね……」

「うん、正直、話は上手だし、頭もいいこだと思うんだ。なんで、そんな悪事に手を染めるようになったのかが、僕にも不思議でさ……」

「それはたしかにそう思う。だから、信用しちゃった」

荒木が頭を抱えて溜め息をついた。

「荒木さんは、あのこを見ていて、どこか気になることとかはなかったかな。あのビジネスの話にしても、もしかしたら成功させたいっていうよりは、借金を返したいっていうのがあったんじゃないかと思って……」

「それは、あるかもね。わたしと色違いの〝バーキン〟持っていたし、時計は〝ショパール〟、靴も〝ルブタン〟だった。本当にブランド好き。だから気があったんだけど、二十八歳ならCAのお給料だけでは、ムリでしょ。パパみたいな人がいるんならわかるけどさ」

亀助は何度も頷いていた。そして、ひとつの推理が浮かび上がってきた。

「そうか、彼女は自分の意志ではなく、何者かに操られているのかも。例えばさ、最初はただ、ブランド品を持ちたくて、闇金に手を出したら、どんどん借金が膨れ上がっていって、弱みも握られて、抜け出せない、蟻地獄《ありじごく》にはまっているとか……」

亀助はすぐさま立ち上がった。

あの日、キッチンにいた若いシェフが路地裏で煙草《タバコ》を吸っていた。ゆっくりと近づいていく。目が合ったので頭を下げた。

「なんか用かよ？　あんた、誰？」

鋭い眼光で睨みつけてきた。胸元のプレートにサワという名字が読み取れた。

「あ、僕は以前、あなたが作った料理に感動して、また食べたくてお邪魔したかったんです。王道の〝ジュ・ド・ブッフ〟が全ての料理の起点になっていたし、肉の旨味を極限まで引き立てていた〝ソース・ボルドレーズ〟も、素晴らしかった。丁寧な仕事ぶりと、なにより、料理を愛する気持ちが伝わってきた」

突然、サワの頬が緩んだ。ヤニの混じった息が揺れながら吐き出される。

「そりゃどうも。あんた、よほど舌が肥えているってことだな。この店じゃ珍しい客だわ」

言葉に現状への不満や悔しさが滲んでいる。

「あなたはシェフとしてのプライドやパティシエに対するリスペクトがあるからこそ、わざとデザートは出来合いを使う。スペシャリストとしてのこだわりだ。違いますか？」

「よくそんなことまでわかったな……。パリには、すごいパティシエがゴロゴロしてるんだよ。俺は、せっかく肉や魚を任される〝ブッシュ〟をやれることになった。その腕を磨くので精一杯だったよ。スイーツはそんなに好きではない」

「あなたは勉強熱心だから、とても充実した修業を積まれたんでしょうね」

「いや、まあ、せっかくお金をかけて行ったんだからな……。ああ、そっか、例のマリアージュの会に来た客か……。やっと、思い出したわ」

「そうです。あなたの料理は間違いなく、本物だった。本物だからこそ、ボルドーワインとのマリアージュに違和感が生じた。本物ではないワインの味が引き立ってしまった」

サワが急に目線を逸らした。何か疚しいことがあるようだ。

「失礼ですが、あなたのような実力のあるシェフが、なぜこんなお店にいるんですか？」

サワが笑いを必死に堪えていたが、次第に声が漏れてきた。

「確かに、こんな店だよな……」

煙草の煙を亀助とは反対方向に大きく吐き出した。

「いや、そういうわけじゃ……」

亀助と目を合わせようとはしない。

「俺さ、昔からパリに修業に行きたかったんだけど、そんな金ねえし、諦めてて。そしたら、俺のためにって、くそ頭悪い女がさ、頭悪い借金の仕方をしやがってさ……。行って半年もしないうちに、帰らなきゃいけなくなってさ……。マジで笑えるだろ」

サワの手が煙草の箱を握りしめて震えていた。

「じゃ、じゃあ、もしかして、あなたの彼女さん、ワンの闇金に手を出したんじゃ？」

「なんでそんなことまで……。あんた、何物だよ……」

「やはり、そうですか。僕は食を愛してやまない、ただのグルメバカですが……。あなたが愛情を込めて作った一皿に、謎解きのヒントが隠されていたということだった」

亀助はサワの眼差《まなざ》しをじっと受け止めてつぶやいた。

6

制服に身を包んだ乗務員が到着しては、税関の前に並んでいく。そのなかには、機長や副機長と思われる男性もいるが、ＣＡの女性の数の方がはるかに多い。

「やっぱり、美人率が高いな」

あまり寝ていないはずの河口が白い歯をこぼした。一仕事を終えて疲れているはずなのに、誰もが背筋をピンと張っている。日本人らしい、いや、特に日本人らしさの枠を集めた、といえるのかもしれない。きっと自己統制できない人には続かない職業だ。

「確かに、日本らしく、美しい朝の景色なのかもしれませんね」

亀助は河口と共に、早朝の成田空港、乗組員専用の税関検査前で人を待っていた。乗組員専用ルートがあるのは世界的にも珍しい。そのため、相手は部外者である亀助たちがまさかこんなところで待ち伏せしていることは知る由もないだろう……。

ｉＰｈｏｎｅを取り出して時間を確認した。間もなく、六時を迎える。ほぼ定刻通り、上海発成田行きのチャイナパシフィック６２４便が到着したことを確認している。そろそろだろう。事前に、航空警察にも協力を依頼して、特別な許可をもらって、待機を許されていた。少し距離を置いた場所に、警視庁の桜川や山尾を含めた築地署の刑事たちが待機している。無線連絡を取り合い、こちらに合図を送ってきた。

「あれだな」

亀助が目星をつけていた一団に向かって河口も視線を固定した。

ほどなく、制服に身を包んだリサがやってきた。首にはピンクのリボンを巻き付けている。専門学校を卒業後、日系のエアラインに新卒で入ったが、二年ほど経って中華系エアラインであるチャイナパシフィックに移って勤続五年目だ。同僚との衝突が多いそうだが、英語と中国語が堪能なため、会社にとっては貴重な戦力で、ファーストクラスの担当まで一通りの業務をこなせる人材だと聞いていた。

ただ、本名は、リサではなく、山本紗理奈《さりな》だ――。

予想通り、緑色の申告カードを手にしている。つまり、申告はなしだ。もし、あの大きなスーツケースの中に、三本以上のワインが入っていた場合、アウトだ。

河口と二人で行く手を塞いだため、リサの足が止まった。「え」と声が漏れた。

「こんな朝から……、なんなの？　わたしの帰国を待ち伏せしていたの？」

「随分と探したよ」

河口がにこやかに話しかけた。

「どうやってここに入ってきたの？　やめてくれますか。あなたたちのモラルを疑いますけど。警察を呼ぶわよ」

リサがスマートフォンを取り出した。だが、亀助も河口も失笑をするしか術はなかった。その様子を見て、リサがさらに苛立ちを募らせた。

「どういうつもり？　こんなことして、いいと思っているの？」

「いや、その言葉、そっくり、そのままお返ししますよ」

河口に冷たくあしらわれたリサが、首を傾げた。そして、やっと亀助と河口の視線に気づいて背後を振り返った。

「警察なら、もう来ています。ヤミ金のワンが、あなたの犯行を供述した。ワイン投資の責任を全て押し付けようとしていますが、いかがですか。倉庫なんてないんでしょう？　集めたお金はどこに？」

リサの顔が一瞬で青ざめた。桜川や山尾も事態に気づいたようだ。

「会社にも報告済みですから。このあとのことなら、ご安心下さい」

河口に皮肉を投げつけられたリサが歯をくいしばっている。やっと事態を飲み込んだようだ。すると、今度は唇を震わせ始めた。目には涙を浮かべている。なにを思ったのか、急ぎ足で、二人の間を強行突破しようとした。警察が慌てて近寄ってきた。

「誰かに見られるから、お願い、移動させて。お願いします」

懇願されて亀助と河口は目を見合わせた。

「では、離れて前を行きますから、必ずついてきてください」

リサが頷いたのを確認してから、亀助と河口は早足で歩き始めた。

「女の涙は卑怯《ひきょう》だな。俺たちはやさしすぎるか」

「ああ言われると、断れないですよね」

成田空港内には千葉県警の成田国際空港警察署がある。そこの一室を借りることで警察庁や警視庁とも話がついていた。空港警察署内の一室に入ったリサが椅子に腰をかけた。

テーブルの上には偽造ワインと思われる十本が並んでいる。厳重な包装がなされていたが、包みを開けると、シャトー・ラフィット・ロートシルトと、シャトー・マルゴーの一九九六年ものがそれぞれ五本ずつ出てきた。開口一番、リサは、全員に聞こえるように大きな声を発した。

「わたしは、なにもやっていませんし、知りません。むしろ、被害者なんですけど」

亀助は期待を裏切られた気がして、天を仰いだ。黒幕ではないとしても、関与しているのは明らかだ。てっきり自供するのだろうと思っていたが、否定したのだ。

「いや、随分と嘘をついてくれたじゃないですか」

河口がまた笑顔で応じた。

「わたし、嘘はついていません」

「名前も？」と亀助が問うとリサが椅子に背をもたせかけた。強がっているようだ。

「リサっていうあだ名をあなたたちが本名だと勘違いしただけでしょ。本名を聞かれたら、ちゃんと答えていましたよ」

一歩もひくつもりはないようだ。

「では、山本、紗理奈さん。なぜ、荒木さんから逃げるようにして連絡を取らなくなったんですか？　僕はね、あなたのビジネスに興味を持っていたんですよ」

河口が嫌みな一言をぶつけた。

「失礼ですが、信用できないと思いました。数日前に、電話が壊れてしまい、連絡先が消えてしまって、困っていました。音信不通になってごめんなさい」

「ああ、そうですか。それは残念ですね」

河口が笑い声をあげた。だが、亀助は両手で握り拳を作っていた。

「そうですか。わかりました。では、僕からもいくつか質問をさせてください。あなたはヤミ金に一千万円を超える借金があったようですが、それは間違いありませんね？」

紗理奈が亀助を睨みつけてきた。

「それはあなたに話す必要がないことだけど、わたし、ほとんど返しましたから」

「そのようですが、会社員がどうやってそんな大金を返したのですか？」

「それはどうやったっていいでしょ。ちゃんと合法的にやりましたから、わたしには投資をしてくださる方がいるんですよ」

「そうですか……。そもそもヤミ金は非合法ですけどね。自己破産を選んだ方がいいのに、なぜヤミ金に？　彼らの思うつぼだ。現に、あっさり裏切られている」

亀助は興奮で自制できず、つい、いくつもの質問を重ねていた。

「あんた、なんなの？　なんで、あんたにそんなことを言われなきゃいけないの？」

紗理奈の顔がみるみる紅潮していく。

「あなたがお金を借りたワン・ホウショウさんという男性のことは当然、よくご存知ですよね？」

紗理奈の目が泳いだ。

「そんな人、知らないけど……」

亀助はｉＰｈｏｎｅを取り出した。山尾たちに見せた画像を引っ張りだし、紗理奈に向けると、舌打ちが聞こえてきた。

「僕のレシピが正しければ、あなたは偽装ワインをせっせと売って借金をなんとか完済に近づけた。だが、航空業界内での評判が落ちたから、偽名を使って、セレブを相手にワイン投資の詐欺で荒稼ぎするアイデアを思いついた……」

紗理奈が歯をくいしばっている。堪えきれず、自分の右手で口を塞いだ。

「そうよ、借金を完済できるはずだった。ワイン投資で最後にしたかった。お金なんて全部やつらに渡したわ。借金返済が名目よ。やっとやつらから逃れられるはずだったのに……。知ったようなことを言わないでよ。あなたなんかに、わたしのなにがわかるの？　なにがグルメ探偵よ、最低にダサい男」

亀助の心の奥底にグサリと刺さった。

「わたしは、言われた通りに動いただけ。マダム・エリコがお金を集めてる。わたしは一銭ももらってない」

亀助と河口は黙り込んだ。実際そうなのだろう。

「いま、警察が偽造ワインの購入ルートも捜査を進めている。同情はしますが、マリアージュの会で主導的な役割を果たしていた事実は変わらないんですよ」

亀助はゆっくりと立ち上がった。

「やっと、生き地獄から抜け出せると思ったのに……。あんた、何なの？　なぜ、ささやかな脱出を邪魔するの？」

「いや、ぼくはただのグルメバカですが、そういう不正とか、食への冒瀆《ぼうとく》が許せない」

紗理奈が俯《うつむ》いてしまった。一室の空気がシーンと静まり返る。

「僕の父は警察で、質素堅実で厳格だったので、嘘つきは泥棒の始まりだと言われつづけ、誠実でいることを常に求められました」

誰も言葉を発しようとせず、亀助の言葉に耳を傾けている。

「母方の祖父は、人を騙すくらいだったら、騙されるような人間でいいと言いました。

人間は人を騙す生き物だから、本質を見極める訓練をしろって」

亀助はリサの目を見た。

「日本人はブランドばかりに囚われているって言ってましたが、ブランドが好きなのはあなたの方だった。今までいろいろあったのかもしれないが、でも、これからの人生はもっと本質を見る目を養って、大切に生きて下さい」

紗理奈の顔が歪《ゆが》んでいく。亀助は立ち上がった。河口も立ち上がった。

「刑事さん、あとは、お任せしますね。わたしのクライアントもそうですが、出資した人々に返金してもらえるまで、安心はできません。倉庫なんてどうせないんだから」


亀助は、河口や荒木、高桑と一緒に、《中田屋》が展開する鉄板焼きの店《中半《なかはん》》の個室で〝シャトー・ラフィット・ロートシルト〟の九六年ものを飲んでいた。事件解決に貢献したことで、父親の重太郎からの差し入れだった。美しいルビーの色、複雑で贅沢な香りと、口に含む前から、これこそが本物だと実感するものだった。しっかり熟成されて、タンニンは丸みを帯び、深みが出ている。どこまでも繊細でエレガントなのだ。

マリアージュの相手は、佐賀牛を炭火で焼いたロースステーキだ。味付けはシンプルな岩塩だが、しっかりと肉の旨味を引き立てている。そして、濃厚で芳醇なワインとよくあう。重厚なボルドーワインにあわせるのに、繊細で薄めの味付けの和食ではもったいない。食通の祖父・平吉が言っていた言葉が蘇《よみがえ》る。

（亀助、日本とフランスじゃあ文化がまるで違う。結婚にしたって、日本では嫁が旦那から三歩下がるのが仕来りだろう。食においても酒が料理を邪魔しないという考え方だ。だがな、フランスでは男女が対等の立場なんだ。つまり、お互いに存在感を持って引き立て合い、高め合う関係性でなければならない。そして、重要なのはセクシーであることだ。お前が料理のセクシーさがわかるようになるまでには時間がかかるな——）

亀助はあのビストロのシェフ・佐和《さわ》が作ったソース・ボルドレーズの味わいを思い返していた。確かに、このシンプルな味付けのステーキ、そしてマリアージュは申し分ない。だが、佐和が作ったソースには奥深いドラマが垣間見えた。愛する女性のために、腕を振るうシェフの魂が滲んでいたのだ。それこそがセクシーかもしれない——。

彼はワンの店から移って再出発を切ることになったようだ。あの腕があればどこでもやっていけるだろう。

「今夜のステーキとワインはなんていうか、特別感があって、一段と美味しい」

荒木が上機嫌で亀助に視線を送ってきた。それはまさに、平吉の口癖で、亀助が心の拠り所にしている言葉を意味する。

最高の美食を楽しみたかったら、最高の人助けをしてからだ——。

「亀助さん、神ってますね。結局、リサって女もこれまでの悪事を全部白状したっていうし、亀助さん、彼女の人生を変えちゃいましたね。前回に続いて、マジですげえ」

高桑がいつもの調子で持ち上げてくる。

「いや、ホントに、たまたまだよ。荒木さんがいろんなヒントをくれて、それをもとに推理して、警察にパスを出せただけで、僕ひとりではなにもできなかったし……」

「そうやって謙遜しちゃっているけどさ、今回で、はっきりしたね」

「え、なにが？」

いじられるのはわかっていた。実際に事件の解決に貢献できたのだから、悪い気はしていなかった。亀助が推理した通り、紗理奈は、弱みを握られて理不尽な要求を飲まされていた。ワンらが主犯で重罪になるのは間違いない。

最初の借金はエルメスのバーキン欲しさだったのだという。巧みな話術に騙されて、借金をしたところ雪だるまのように膨れ上がっていった。自己破産してしまえば、クレジットカードを作ることはできなくなるし、社会的な信用を失ってしまう。

「亀助さんは、探偵になるために生まれてきたのよ」

荒木が嬉しそうに亀助を見つめてきた。

「だから、マグレだって」

「マグレで二回は、続かないっしょ。これ、みんなからのプレゼントです。着て下さい」

「え、なにこれ？」

セレクトショップの包みを開けるとマントやハットが入っていた。

高桑がスマホを撮影モードにして亀助に向けてきた。河口までのってきた。

「無駄使いして。これに金をかけるくらいだったら、極上の料理をご馳走してもらった方が嬉しかったな」

「あ、その決め台詞、いいっすね！　事件を解決して、お礼に、なにをすればいいですか？　とか言われたら……。だったら、極上の料理をご馳走して下さい。みたいな」

高桑が悪のりしてきて笑いが起きた。顔から火が出るほど恥ずかしい。

「やばい。ウケる。そこは、〝お礼はいりません〟って言ってほしいわ」

荒木がツボに入ったようだ。

「マジですよ。坊ちゃんなのに」

「いやいや、みんなわかっていないな。すでに、決め台詞ならあるんだよ」

河口が悪巧みをするような表情でみんなの気をひこうとしている。

高桑が「なんすか？」と食い付いて、前のめりになった。

「〝また罪深いシェフの魔法を暴いてしまった〟って」

また笑いが起きた。高桑が腹を抱えて「やべえ。かっけえ」と言って仰け反った。

第三話「哀しみのフラメンコ!?　結婚指輪盗難事件」

1

ＡＴＭが唸り声を上げげたあと、軽やかな音を奏でて蓋が開いた。亀助は吐き出された一万円札十枚を引っ張りだすと右手と人差し指を駆使して目を光らせた。〝ピン札〟として戦力になりそうな数枚を選ぶと、ご祝儀袋の内側の袋に入れた。

大学のサークルの後輩・山口智也《やまぐちともや》が結婚するのだ。理工学部の出身で、卒業後はＩＴコンサルタントをしている。仕事が忙しそうだったこともあり、最近では会うのは年に一度、サークルＯＢが集う忘年会だけだった。

聞けば、新婦の石川《いしかわ》みゆきはフラメンコのダンサーだという。山口と同い歳で、もとは銀行員だったが、東京にある老舗のスペイン料理店で月に一度開催されるフラメンコショーを観《み》てその魅力に取り憑《つ》かれてから一年ほどスクールに通い、家族の反対を押し切って銀行を退職すると三カ月間、フラメンコの本場アンダルシア地方セビージャに留学した。

そして帰国すると、求人をかけてもいないスペイン料理店に頼み込んで、ホールスタッフ兼見習いダンサーとして滑り込んだというからその情熱には驚かされる。いまはカルチャースクールで臨時講師もしているようだ。

亀助にとっての楽しみは初めて行くことになったレストランだ。〝ワンプ〟で紹介された記事は見たが、未訪だった。銀座七丁目にオープンした商業施設の最上階に鳴り物入りで誕生したのだから放ってはおけない。気鋭のシェフが率いるモダン・スパニッシュ〝ホセ・アントニオ〟だ。

企業レセプションなど、様々なパーティーを想定した造りになっていて、景観のいいテラス席もある。そして、レイアウトの調整で、フラメンコを踊るステージを作ることができ、もちろん、結婚式も開催できる。今日がその第一号だという。

スペインの結婚式と言えば、料理が美味しく、フランスほどのフォーマルさはなく、新郎新婦も招かれた客もみんながダンスを楽しむイメージがある。

レストランはとにかく料理が美味しく、見た目も美しいと評判だ。料理長を務めるのはマドリードにある、三ツ星のレストランで修業した名うてのスペイン人シェフ、ホセ・アントニオだ。数あるウエディングサイトで、注目の式場として評価を得ている。これは、期待に胸を膨らませずにはいられない。迷うことなく、銀座七丁目の一角の真新しいビルに入った。フロア案内板を見ると、ほとんどが飲食店で埋まっている。緊張しながらエレベーターに一人で乗り込む。一気に上昇を始め、ランプが〝15〟に到達する。

ドアが開いた。すでにここから店内のようだ。遠くからギターの演奏が耳に入ってくる。どうやら生演奏をしているようだ。その音色に導かれるように歩を進める。

黒を基調としたスタイリッシュな壁に、スペインの赤と黄色を基調とした国旗が貼られている。ローマ字で、アントニオの文字も見えた。エントランスに足を踏み入れて、右側に進むと写真入りのウェルカムボードを見つけた。

真っ赤な衣装を着てフラメンコを踊る新婦みゆきの凛々《りり》しい姿と、その傍らでギターを弾いている山口の写真がある。山口はギターを弾けたのか。いや、きっと練習したのだろう。

その隣のボードには、スペイン語で式次第が記載されている。式が始まるまでの時間は、小皿のつまみ料理〝タパス〟を楽しむ時間になっているようだ。期待はしていたが、いきなりテンションが上がる。iPhoneで何枚か写真を撮った。事前に案内されていた写真共有サイトにシェアする。

・Parte 0　Tapas（タパス）

・Parte 1　Expresión pública（人前式）
・Parte 2　Banquete（宴会）
・Parte 3　Entretenimiento（余興）
・Parte 4　Danza（ダンス）

聳《そび》え立つワインセラーを越えてメインフロアに辿り着くと、そこはクラシカルな内装でありながら、モダンで華やかな雰囲気に包まれていた。ところどころにひまわりが装飾されていて華を添えている。プロジェクターでは二人のプライベート写真がコマ送りで映し出されていた。

亀助の脳裏には、祖父と一緒に酒蔵をまわったときの記憶が蘇る。アンダルシアのひまわり畑は壮観で、素晴らしかった。祖父と二人だったが、あんな場所を恋人と二人で歩いたら気持ちいいだろう。

そして、先ほどから聞こえていた生演奏の主を見つけた。長髪のイケメンの西洋人がギターを弾いている。

亀助はご祝儀袋だけ抜き取ると、荷物をクロークに預けることにした。すぐ近くでご祝儀を受け付けている日本人の男女と目が合った。男性にどこか見覚えがある。

目を遠くにやると、テラス席には、生ハムや前菜のフィンガーフードがあるようだ。

スパークリングワイン〝カヴァ〟を手にして会話を楽しんでいる、その雰囲気が心地よい。

〈ちょっと、探偵、いま、どこ?〉

荷物を置いたところで、荒木奈央からのメールを受け取った。

〈ごめん、今日は、大学の後輩の結婚式なんだよね。いま、式場に到着したところ〉

素早く返信した。iPhoneをポケットにしまう。そのうち、また返信があるだろう。

ほどなく、受付に戻る。やっと思い出した。そこにいた男性の方は大学の後輩だった。グルメサークルには所属していなかったが、山口と一緒にいたところを目にしていたのだ。

「あ、どうも、久しぶり。今日はおめでとうございます」

亀助は胸ポケットからご祝儀袋を取り出すと手渡して、記帳を始めた。

「北大路先輩、俺のこと覚えていてくれたんですね。すごく嬉しいな。あ、今日はおめでとうございます。俺、山口と同じゼミだった寺田《てらだ》です」

気持ちのいい挨拶だった。

「もちろん、覚えているよ。元気だった?」

「ええ、おかげさまで。先輩、ぜんぜん歳を取りませんね」

「そんなことないよ。相変わらず食べ過ぎてるからな」

「じゃあ、後ほど、いろいろ聞かせて下さいね」

とりあえず、白の〝カヴァ〟のグラスを受け取って、テラスに出てみた。風を感じながら銀座の空を見上げた。都心でありながら、空がすぐ近くに感じられるような贅沢な造りだ。カヴァを喉に流し込む。ブドウは主要品種がいくつかあるが、そのなかで、酸味や果実感の強いマカベオ種を使ったものだ。スッキリとした味わいで、喉ごしも良い。

テーブルには、小さなガラスの器に美しく盛られたタパスやピンチョスが並んでいる。一口で食べきれるものばかりなのは、宴会の料理を考えてのことだろう。

ｉＰｈｏｎｅを取り出してカメラを起動すると、様々な構図で押さえていく。ワンプでは、レストランウエディングの広告ページを作る企画が進んでいる。そのモデルケースとなる記事を亀助はこの結婚式を取材して書こうとしているのだ。

さらに、ひと際目を引くのが、亀助の好物、〝ハモンセラーノ〟だ。美しいピンク色の生ハムが亀助を強力な磁力で引き付ける。骨付き豚肉を塩漬けにして熟成させたもので、イタリアの〝プロシュート〟よりも塩分が強い。ハモンは「ハム」、セラーノは「山の」を意味している。早速、フォークで一切れをすくって口に運んだ。

やわらかい食感、まろやかな塩気がちょうどいい。あっという間に口の中で消えた。すぐに二切れ目をいく。さらにカヴァを流し込むと、口の中でネットリと絡み付くような脂と、スッキリとした発泡の液体が交わりながら喉を転げ落ちていく。銀座の風を感じながら何とも言えない至福の時間を感じていた。このままいくらでもリピートできそうだ。

亀助はゴクリと生唾を飲み込んだ。後々、メインディッシュが控えているというのに、いきなり全力で食べてしまうと、影響がでる。しかし、ハモンセラーノに加え、この美味しそうなタパスを前に、その衝動を誰が抑えることができるのだろうか。亀助には、提供された料理を残すのは失礼だというポリシーがある。

タパスとは、もともとスペイン語で〝蓋〟の意味を持つ。かつて、グルメなスペイン人たちはワインの広口瓶の中に虫などが入らないようにパンで蓋をしながら飲んでいたそうだ。やがて、パンの上にハムなどのつまみを載せて食べるようになり、蓋の意味が転じて、小皿に盛られるちょっとしたつまみをさすようになったという。

一方、ピンチョスは、〝楊枝《ようじ》〟を意味するその名の通り、串刺しにしたつまみだ。基本的には、皿に載っているか、串刺しかの違いである。

〝マッシュルームのセゴビア風〟を一口でいただく。逆さにしたマッシュルームの上に、みじん切りにしたタマネギ、ニンニク、ピーマン、そしてハモンセラーノが載せられている。どれもオリーブオイルでしっかり炒《いた》めてあるが、野菜の旨味とハモンセラーノの塩気がマッシュルームに絶妙にマッチする。

グラスを傾ける。気づくともう、二杯目が空になっていた。ちょうどよいタイミングでスタッフがドリンクを運んできたので、三杯目を受け取る。

そして、他のタパスに目がいく。これを食べないのはシェフに対して失礼だ。赤ピーマンのオイル漬け。鶏肉とベシャメルソースのピンチョス。豚肉のオレンジソース煮。ムール貝のエスカベチェ……。右手が止まらなくなる。スペイン風オムレツ、トルティーヤに手をかけたところで、肩を叩かれた。

振り返ると、そこにいたのは河口と荒木だった。白い歯をこぼした。

「ちょっと、そこの探偵さん。今日も出会いのチャンスなのに食べてばっかりね」

「こっそり、見ていたんだけどさ、君、塩分高めのハモンセラーノを何切れもパクパクいったと思ったら、あっという間にタパスを全種類食べたよね……。ビックリしたよ、本当に……。いま、何時だと思っているんだよ」

腕時計に目をやった河口が呆《あき》れた様子で言い捨てた後、ロゼのカヴァを呷った。

「え、これって、つまり……」

「俺もさっき知って驚いたよ。今日の二人を結びつけたのは奈央ちゃんだったんだってさ」

「ということは、奈央ちゃんのクライアントってことですか?」

荒木が腕を組んで勝ち誇った表情を浮かべている。

「まあ、そうなりますかしら。今日で、わたしの縁結びでご結婚されたのは十六組目なの。しかもね、まだ一組たりとも、別れていないのよ。すごくない？」

「いや、それはすごいよ。ホントに」

「ビックリしたな。世間は狭いよ。こんなことがあるなんて……」

「わたしもよ。まさかね、彼がグルメ好きなのは聞いていたけど、ソムリエや探偵と同じ大学の同じサークルだったなんて」

「僕も山口とは、久しぶりなんだけどさ、まさか、あいつが、そんな情熱的でアグレッシブな婚活をしていたなんてな。サッカー好きなのは知っていたけどさ、ダンスなんて踊るイメージなかったよな」

河口が腰に手をあててから、今度は腕を組んだ。

「まあ、正直に言うとね、山口くんはわたしの彼の会社の後輩なの。みゆきちゃんは銀行を辞めたあと、一年ほど前にわたしのお店をバイトで手伝ってくれていた時期があって。それで、お互いの趣味とか理想にピンと来て、マッチングさせたってわけ。もう完璧でしょ」

荒木は白い歯を見せた次の瞬間、時計を気にし始めた。

「そろそろオープニングのプログラムが始まるわ。わたしたち、同じテーブルだよ」

亀助は慌てて配布された席次表をポケットから抜いて確認した。確かに、亀助の隣は河口と寺田で、その隣が荒木だった。

テラスから一緒に移動して、着席する。いつの間にか、ギターの生演奏は終わっていた。五人がけのテーブルで、空いている席の名前を見ると、もう一人は、小室敏郎《こむろとしろう》となっていた。どこか聞き覚えはあるが、ピンと来ない。会場全体がざわついている理由がしばらくわからなかったが、スクリーンの方を見てようやくわかった。

司会と思われる日本人の男性が赤と黒を基調とした衣装に帽子とマント、つまり、マタドールの格好をしているのだ。恐らく、亀助と同世代で三十代半ばだろう。体格がよく、顔は黒く日焼けしている。

「あの人、随分と体を張ってますけど、何者なんですかね？」

「ああ、山口のコンサル会社の先輩らしい。つまり、奈央ちゃんの彼氏ってことだよね？　彼が、小室敏郎さんであっている？」

河口に話を振られて奈央はしかめっ面を見せた後、舌を出して顎をひいた。

「司会ということで、スペイン風に、マタドールなんですね。主役の二人より目立っちゃいそうな衣装ですね……」

「宗教や形式に囚われない自由な挙式スタイルの〝人前式〟だから、いいだろってことだろうな。最近、増えているみたいだよ。こういう型破りなやつ」

席が埋まったところで、司会進行役の小室が深々と一礼した後、挨拶を始めた。

「みなさま、よろしいでしょうか。それでは始めたいと思います。僭越《せんえつ》ながら、司会進行役を務めます、新郎・山口くんの同僚、マタドール・小室と申します」

まだ場が温まっていないからだろうか、ややウケという感じの乾いた笑いが起きた。しかし、ひるむことなく堂々とした佇《たたず》まいだ。きっと、人前で話すことになれているのだろう。

「本日は、スペインを愛する新郎新婦が手作りする自由なスタイルの結婚式です。わたしも、こんな衣装が用意されていたので驚きましたが、二人の門出を祝い、決死の覚悟で臨めということでしょう。では主役のお二人の入場です」

全員が後ろを振り返り、注目が後ろのドアに集まった。新郎新婦が大歓声の中、入場してきた。フラッシュが焚《た》かれる。ほとんどの人が、スマホを掲げていた。山口は白いスリーピースのスーツで、新婦みゆきは鮮やかな赤を基調としたザ・フラメンコダンサーというイメージのドレスだ。招待サイトで確認していたが、山口と同様にみゆきも小柄で、激しいフラメンコを踊るダンサーのようには見えない。きっと内に秘めたものがあるのだろう。

ゆっくりとみんなの前に並び立つ。揃って頭を下げる。盛大な拍手が会場に溢れている。

「それでは、これより、山口智也くんと、みゆきさんの結婚式を行います。みなさま、どうか温かい目で、二人の門出をお見守りください。早速、新郎よりご挨拶を」

小室に一礼した山口が何歩か進んで、マイクを受け取った。大きく一礼をする。一緒に、みゆきも深々と頭を下げた。

「今日は、みなさま、お忙しい中、僕たちのささやかな結婚式にご参列くださいまして、誠にありがとうございます」

山口がみゆきの方に視線を飛ばした。

「それから、今日の式を迎えるにあたり、多大なるご協力をしてくださったみなさま、本当にありがとうございます。多くの方に支えられて、僕たちはここに立っています」

再び、二人揃って腰を折る。

「ご存知の方もいらっしゃるかもしれませんが、僕たちは理由があってまだ籍を入れていません。三カ月前から同棲《どうせい》していて、お互い結婚の意思がある、いわゆる事実婚の状態です。みゆきは、二年ほど前に、フラメンコに魅せられて、銀行を辞め、家まで飛び出しました。いま、やっと見習いダンサーとなり、小さな身体に大きな情熱を宿して、日々頑張っています。僕たちは半年前に出会い、僕は彼女の強い芯に魅せられて、プロポーズしました」

拍手が巻き起こり、山口が頭を下げた。

「石川家のご両親には、何度もご連絡しましたが……」

みゆきが、山口からマイクを受け取った。

「今回、実家に帰りましたが、昔から頭の固い父に、〝お前は、もうスペイン人で石川家の人間ではない〟と、言われてしまいました。銀行を辞めた時に勘当されたままです」

和やかだった会場に一気に緊張感が張りつめた。亀助も、まさかそんな複雑な事情があるとは知らなかった。

「智也さんは、そんな父が許してくれるまで、ずっと待つと言ってくれた優しい人です」

二人がわずかに視線を交じらせた。拍手が起こる。亀助も思わず手を叩き、二人の結婚を心から応援していた。

「でも、わたしたちの人生です。親のものでも、他の誰のものでもありません。もちろん、生み育ててくれた両親への感謝の気持ちは忘れません。いつかきっとわかってくれる日が来ると、そう信じて、結婚式を挙げたいと、智也さんにお願いしました」

山口が今度ははっきりと、みゆきを見つめる。二人で頷いた。拍手の中、「頑張れ」という声が四方八方から飛んでくる。マイクがみゆきから山口に再び戻った。

「それで、背中を押してくれるみなさんの声もあり、一つの区切りとして、みゆきさんを幸せにすると宣言するため、結婚式を開催することにいたしました」

一段と盛大な拍手が巻き起こった。

「フラメンコ界には、情熱的で、セクシーなイケメンがたくさんいるんです。例えば、あそこのギタリスト、アルベルトとか。ですが、もう他の誰にも指一本触れさせませんん」

アルベルトが両手を大きく開いて、お手上げのポーズを見せた。拍手が起こる。

「それは冗談ですが、今日は、みなさんに楽しんでもらいたくてこの会場を選びました。このお店のオーナーシェフのホセ・アントニオさんは、マドリードの三ツ星レストランで修業された超実力者です。とにかく、お料理とお酒が美味しいんです」

そう言うと、山口の視線が遠くに向かう。そちらに振り向くと、白い制服に身を包んだ恰幅のいいホセ・アントニオがキッチンから現れて右手を上げた。さらに拍手が起こる。

「それから、あとで、みゆきはフラメンコを踊りますし、僕は、下手ですが、カンテ、いわゆる、フラメンコの歌を精一杯やります。今日は六時間貸し切りと長丁場ですが、時間の許す限り楽しんで下さい」

大歓声のなか、山口が腰を折り、もとの席に戻る。入れ替わりに小室が立ち上がる。

「いやあ情熱的ですね。彼とは新卒で後輩として入ってきた時からの付き合いですが、一見クールで、最初はこんなに熱いやつだとは思いませんでした。でも、みゆきさんに出会って、何かが変わったんだと思います。二人に何か質問や言いたいことがある方は？」

突然、小室が不思議な問いを会場に投げかけた。ざわめきが起きた。いったい、誰が、質問をするだろうか。すると、すぐ近くから「はい」という威勢のいい女性の声があがった。視線が吸い寄せられると、手を上げているのは目の前の荒木だった。

「はい、それでは、そちらの美しい女性」

小室が指名すると、「はい」と、なんの躊躇いもなく、荒木が立ち上がった。会場がざわつく。いったい、なにが始まるというのだろうか。

「トモくん、本当におめでとう。情熱的な想いは伝わりましたが、二人で毎日生活を共にしていると、不測の事態があるかもしれません。重要なプレゼンの前日に夫婦喧嘩《げんか》をして眠れないということがあっても、朝出かける前には必ず、みゆきちゃんに感謝のキスをして、仕事に向かわなければなりません。必ず実行すると誓いを込めて、見せてくれませんか？」

会場にいくつもの大きな笑いが起きた。

「みゆきへの感謝の気持ちを忘れずに、いつも情熱的に気持ちを伝えることを誓います」

山口が右手を上げ、左手を胸に当てたまま、声を張り上げた。そしてみゆきの正面に立つと、抱き寄せて唇を合わせた。歓声が上がり、拍手喝采が起こる。

荒木が満足げにウインクをしてみせた。今度は小室と見つめ合い、白い歯をこぼす。

「それでは、指輪の交換に移ります」

小室の進行で、山口とみゆき、お互いが、左手の薬指に指輪を嵌《は》め合う微笑ましい瞬間が訪れた。そして、小室が結婚の成立を宣言した。賛美歌斉唱もなければ、聖書朗読や祈禱《きとう》もない人前式が終わり、歓談の時間になった。

なんて合理的なスタイルだろう。実際、日本人の半数以上が無宗教だ。コストも大幅にカットできただろうから、きっと、そのぶんが料理に注がれるはずだ。

2

あいつ、食を愛するだけに料理にこだわるのは予想していたが、やるじゃないか——。

「なんかいい意味で、くだけた結婚式ですね」

亀助はオーソドックスな結婚式を開いた河口に声をかけた。

「うん、賛成。現代的だし、こういうスタイルがあってもいいよね」

荒木がしみじみと言うと、みゆきの方を羨ましそうに眺めた。

「奈央ちゃんは、どこでやるのが理想なの？」

「うーん、リゾートもいいけど、あんまりお金はかけたくないかな。でも、指輪は絶対に、〝ハリー・ウィンストン〟って決めているけどね」

〝ハリー・ウィンストン〟はハリウッドのセレブ御用達という高級アクセサリーのブランドだ。結婚指輪となると、自分の給料の何カ月分なのだろう……。

「わあ、ちょっと。お酒もらいに行かなきゃ」

荒木が突然立ち上がった。バーカウンターでドリンクの提供が始まったようだ。パート2の宴会までは少し時間を置くと聞いていた。

亀助はサングリアの赤を、河口は白を手にして、席へと戻った。せっかくなので、今日はここでしか楽しめないスペインのお酒と料理を楽しみたい。サングリアは、スペイン語で、〝血〟を意味する〝サングレ〟という言葉に由来する。つまり、赤の方が王道と言えるだろう。白は、白ワインに、バナナや白桃を入れる。

亀助と河口が乾杯しようとしていると、ロゼのカヴァを手にした荒木が戻ってきて、グラスを合わせてきた。

「待って待って、いえーい、乾杯！」

赤のサングリアを一口、喉に流し込んだ。フレッシュなオレンジ、レモン、リンゴといったフルーツの甘みと赤ワインがけんかをせずにしっかり混じり合っている。シナモンの風味が効いているが、砂糖はほんの少し控えめに入れた程度に思われた。フルーツは漬け込みすぎると苦みが出過ぎてしまうが、その加減が絶妙だ。河口のグラスを見ながら、「あ、ちょっと、あそこ、見て」と、荒木が得意げな笑みを浮かべた。

「あのバーテンダーね、アルベルト・キムラっていうんだけど、プロのギタリストで、この店で、バーテンダーもやってるの。トモくんも言ってたけど、めちゃくちゃイケメンでしょ。甘い顔して、甘いスペシャルカクテル作っててウケる」

シェイカーを慣れた手つきで振っているイケメンに目がいった。名前を聞く限り、スペイン人と日本人のハーフということなのだろう。

どうやら、スペイン語でパイン畑を意味する〝ピニャコラーダ〟などのトロピカルカクテルを作っているようだ。「美味しい」という評判が耳に入ってくる。

「ここにもオリジナルのテイストが入っているんだね」

「そうなの。いいでしょ、すごくステキな結婚式だわ。ホント、最高」

そう言いかけて、荒木が急に視線を逸らした。黒いスーツを着て、インカムをはめて、会場をまわっている西洋人の女性と荒木が親しげな目配せをした。荒木がこっそりと手を振る。店のスタッフだろうが、あの女性とどういう関係なのだろうか。

「ねえ、あのこ、綺麗《きれい》でしょ。フランス人のクロエ。彼女がいたから、こんな短期間でこんなステキな式が開催できたの。日本大好きで、みゆきちゃんの大学の同級生なんだって」

そうか、てっきりスペイン人かと思ったが、フランス人なのか。河口が頰を緩めると、荒木が嬉しそうな表情を浮かべた。

「ああ、彼女だったのか。ウエディングプランナーの女性が、新婦の友人で、融通を利かせてくれたって聞いたけど、あの美女だったんだね」

河口が再び視線を向けた。クロエは他のスタッフと話し込んでいるようだ。

「いろいろと相談に乗ってくれたみたい。彼女も独身だって。カレは会計士だけどね」

独身なのか既婚なのか、ここにいる全ての男女の個人情報を荒木は把握しているのではないかとすら思われた。

スタッフの動きに緊張感が漂い始め、会場の雰囲気が少しずつ変化している。

宴会が始まる雰囲気が伝わってきたので、亀助と河口が席に着いた。すると、小室が脇目もふらずまっすぐに近づいてきた。

亀助が河口と一緒に立ち上がると、握手を求められた。両手でがっしりと握ってくる。

「河口さん、亀助さん、はじめまして。小室です。奈央からいつも聞いていましたよ」

「はじめまして、小室さん、さきほどの司会ぶり、素晴らしかったです」

「いいえ、お恥ずかしい。奈央はすぐ無茶ぶりをしますから邪魔されて大変でしたよ」

「でも、息がぴったりだったじゃないですか。〝そちらの美しい女性〟なんて」

「いや、昨日、段取りを確認していたら、絶対ウケるから言えと言い出して。いや、絶対、滑るからやだって諭したのですが……」

「てっきり、小室さんが考えたのかと思いましたが」

河口とともに、「奈央ちゃんらしいな」と、亀助までつい口元が綻んでしまった。

「そんなわけないじゃないですか。言い争いになったけど、大事な結婚式の前日に大げんかするのもなって、俺が折れましたよ……。あいつ、けんかっぱやいじゃないですか。俺、ドロップキックされたことありますから」

河口が声を上げて笑い出した。

「あ、これ言ったら、また怒るので絶対に内緒ですけどね」

小室が人差し指を鼻につけたまま後ろを振り返った。バーカウンターに並んでいる荒木がこちらの様子を訝《いぶか》しそうにじっと見つめていた。

やがて、宴会がスタートした。司会は、みゆきの高校の同級生で、地元のラジオ局でパーソナリティーを務めているという山本明子《やまもとあきこ》が担当するそうだ。ウエディングプランナーから、司会、ギタリストとプロフェッショナルが友だちに揃っている。

「今日はせっかく、フランクな披露宴ですから、堅苦しい挨拶や進行は似合いませんよね。みゆきからも、プロデューサーの荒木奈央さんからも、あ、失礼しました。荒木さんはさきほど、小芝居をされた、そちらの美しい女性ですね」

荒木が立ち上がり、腰を折ると笑いが起きた。

「司会もお酒飲みながらゆるーくやってと言われたので、お言葉に甘えますね」

さすが話し慣れているだけあって、スムーズな司会で会が進行していく。

山口の会社の上司による乾杯は、席で立ったまま、本当に「山口、おめでとう。じゃあ、乾杯!」だけだったので、笑いが起きたほどだ。

そして、待ちに待ったコースメニューが続々とテーブルに運ばれてくる。

プリメール・プラト(一皿目)は前菜の盛り合わせで、〝フォアグラのミルフィーユ〟がひと際目をひく。スペインのバスク地方はフォアグラが有名なフランスのランドと隣り合わせということもあり、縁のある食材だ。ナイフを入れて口に運んだ。穴子とフォアグラの濃厚な旨味が絶妙に合う。そして、りんごの酸味、キャラメリゼの甘みと複雑に絡み合い、なんとも贅沢な味わいだ。甘口のシェリー酒も入っているのだろう。

担当のスタッフがいくつもの種類のパンが入ったバスケットを運んできたので、小さなフォカッチャを一つだけ手に取った。「あれ、一つだけ」と河口に聞かれたが、「今日は炭水化物を少なめに楽しみます」と言って、白い歯を見せてあげた。

セグンド・プラト(二皿目)は、〝魚介とじゃがいものスープ〟だ。まずはひとすくいして口に運んだ。魚介の旨味がしっかり出ているが、素材を生かしたとてもシンプルな味わいだ。大きめの魚は、スズキか。旨味を吸い込んだじゃがいもも美味だ。

スクリーンには、二人を祝福するビデオメッセージが流れた。スペイン時代のダンス留学仲間が踊っているものもあり、いずれも微笑ましいものだった。

ここで、グレープフルーツのシャーベットが口直しとして、提供された。

「なんか、いいね。結婚式はフランス料理が多いから、スパニッシュは新鮮だな」

スペイン中央に位置するマドリードのやや南あたりが主な産地の、スペインの主要品種であるアイレンという白ブドウを使った白ワイン〝ラ・マンチャ〟のグラスをまわしたあと、河口が目を瞑ったままグラスを呷った。

「まったくですね。さきほどのタパスを踏まえたラインナップで素晴らしい。最高ですよ」

亀助は至福の時間に浸っていた。すると、司会が「みなさん、スクリーンにもう一度、ご注目ください」と言い、一面のひまわり畑が映し出されたので目を奪われた。

あれは、アンダルシアのひまわり畑だ。

「みなさん、この美しいひまわり畑が、実は、二人を結びつけたひとつのきっかけになったものなんだそうですよ。ちょっと、トモさんにそのあたりのことを聞いてみますね」

マイクが山口に向けられた。

「はい、みゆきと知り合う前のスペイン旅行で、いろいろまわった中で、一番感動したのが、このひまわり畑だったんです。もちろん、サグラダ・ファミリアやアルハンブラ宮殿、セビリア大聖堂、あと、僕はサッカーのバルセロナのファンで、観戦が一番の目的だったから、カンプ・ノウってスタジアムもよかった。でも、時間が余って訪れた、アンダルシアのひまわり畑がすごくよかったんです」

　亀助は白ワインを傾けながら、山口の話に何度も頷いていた。完全に同意する。

「それで、東京でみゆきと知り合って、話をした時に、やっぱり、みゆきも、ひまわり畑がよかったと言って盛り上がったんです。その時に、感覚があうなって」

「みゆきさんも、ピンときたんですか？」

「はい。わたしは、フラメンコ留学でアンダルシアのセビージャに行ったので、ひまわり畑があるカルモナはすぐ近くなんです。ちょうどシーズンだったこともあり、一目見て感動しちゃって」

「ステキですね。だから、今日は、店内にひまわりの装飾があるんですね」

　亀助には微笑ましいエピソードだった。亀助も祖父と二人でスペインを旅行したことがあり、祖父が畑を見て「ひまわり好きに悪いやつはいない」と言ったことを思い出した。

　スタッフが今度は、赤ワインをレコメンドしてくれた。スペインは、フランス、イタリアに次ぐ、世界第三位のワイン生産国だ。提供された赤ワインは、スペインの赤と言えばあげられる筆頭で、最高ランクと評されるリオハワインだ。フランスのボルドーやブルゴーニュに比べると知名度や人気で劣るが、そのぶん、手頃に楽しめる。リオハの中でも高い酸度を持つのが〝ラ・リオハ・アルタ　ヴィーニャ・アルベルディ・レゼルバ〟だ。芳《かぐわ》しいバニラの香りが鼻腔を刺激する。一口飲む。熟成を重ねたレゼルバだけに、奥行きのある深いコクが感じられる。ブドウの品種はテンプラリーニョだ。

テルセーロ・プラト（三皿目）は〝イベリコ豚のフィレ肉　マラガのワイン煮込み〟だ。ピカソが生まれた地として知られるマラガ。名産のマラガワインと干しぶどうを用いた郷土料理で、亀助が祖父と現地で食べた思い出深い料理でもあるため、嬉しさが込み上げる。見た目にもいかにやわらかい肉かわかるが、ナイフを入れると崩れそうになった。フォークで口へと運ぶ。フルーティーな強い甘みがしっかりと肉に染み込んでいる。パンを煮汁に浸して口へ運ぶ。リオハワインを飲む。

「さあ、今日はタパスから楽しんで、おなかいっぱいという方もいらっしゃるかもしれませんが、ここで、スペイン料理の外せない定番といえば、やはり、パエリアですよね」

亀助は視線を匂いの漂う方に向けた。バーカウンターの近くのテーブルに、大きなパエリアの鍋が二つ、いや、三つ目が来た。

「今日は、なんと、全部で三種類のパエリアが提供されます。えーと、ワタリガニのパエリア、豚スペアリブと自家製チョリソのパエリア、ベジタブルパエリア……です」

歓声が上がった。亀助は誰よりも先に立ち上がっていた。パエリアのために、胃袋のスペースをギリギリ、確保していたと言っても過言ではない。

大皿に、まずはちょっとずつ三種類いこう。二人目だったこともあり、しっかりと狙い通りの具材を攻めきることができた。ワタリガニの身はいつまでも残っているわけがない。

「三種類もしっかり盛るなんて、キミはまったく、遠慮というものを知らないよな」

河口に言われて振り返り、並んでいる人たちはどれか一種類か二種類を選んでいるだけということに気づいた。河口が立ち上がったので、亀助は無言で着席し食べ始めた。

まずは、ワタリガニのパエリアだ。しっかりと旨味がライスに染み込んでいる。ワタリガニに加え、イカ、アサリ、ムール貝……、そして、この食感は鶏肉か。うまい。続いて、スペアリブとチョリソのパエリア、こちらは、予想通り、チョリソがアクセントになっている。モロッコインゲン、白インゲンも食感が存在感を放っている。こちらもうまい。そして、ベジタブルパエリアは、ズッキーニ、ナス、プチトマトなど、十種類以上の野菜をたっぷり使っている。あっさりとした優しい味わいだが、ニンニクの芽がしっかりとダシの役目を果たしているように感じられる。

終盤に近づくにつれて、どんどんと、レストランの空気がスペインの結婚式に変わっている気がしていた。本場の料理がある。相性のよい酒を陽気に楽しむ人がいる。まさに、〝マリアージュ〟なのだ。

デザートは、スペイン風のフレンチトースト〝トリハス〟にアイスクリームをトッピングしたものだ。さすが、噂に違《たが》わぬラインナップと味わいだった。フランス料理のフルコースに比べて品目が少ない。それだけに一品一品を豪華にできるというわけか。

亀助は周囲を見渡してみた。笑顔が並んでいる。これで物足りないと感じる参加者はいないだろう。最初にタパスを楽しんだだけに、バランスとしてはちょうどよく感じた。

あっという間に、宴会が終了した。亀助は料理を楽しむのに集中しすぎたが……。

また、少し休憩を挟んでから、今度は豪華景品が当たる余興が始まると聞いている。トイレに向かうと、そこにいたのは主役の山口だった。後ろから見ていると、山口は立っているのが精一杯のように思えるほどふらふらだ。「トモ、大丈夫か？」と言葉を投げかけると、「あ、先輩、来てくれてありがとうございます」となんとか記憶は留めていたので安堵する。もともと酒は強い方だが、飲まされすぎたようだ。

トイレを済ませて戻った亀助はコーヒーを飲みながら、余韻に浸っていた。

「あれ、なんでコーヒーなんて飲んでいるの？」

荒木に言われて苦笑いした。

「いや、主役の山口なんて、相当酔っていたよ。僕も休憩しなきゃと思ってさ」

荒木がｉＰｈｏｎｅを見て、次の準備をしている様子だ。
「次のパートで、またなにかやるの？」
「わたしはね、ゲームの司会だよ。ちゃんと当ててよ」
「いや、当てられるものなら当てたいけどさ……」

3

亀助はバーカウンターに向かい、今度は、コーヒーをやめてシェリーに手を伸ばした。オロロソタイプと呼ばれる辛口のシェリーだった。

シェリーは、紀元前千年からの古い歴史があると言われている。白ぶどうのみが用いられる、白ワインの一種で、酒精強化された強いアルコールだ。琥珀色の液体を一口含むと、喉がかっと熱くなった。アルコール度数は十七度以上あるはずだ。もう一口いくと、徐々に喉に馴染んできた。豊かな香りと、デリケートなコクが感じられる。

考えてみれば、みゆきが留学したアンダルシア地方がメインの生産地か。厳密には、ヘレス・デ・ラ・フロンテーラとその周辺だ。

腕時計に目がいく。十九時を回ろうとしたところで、フラメンコの音楽が流れてきて、参加者の注目がステージに集まる。

「はい、みなさーん、余興タイムがスタートします！」

荒木のハイテンションな挨拶で、第三部がスタートした。

「さあ、ここからは、二人の運命がかかったゲームです。ボックスの中に何が入っているかを当ててもらいますよ！　いわゆる、ミステリーボックスゲームですね。みなさん、これはただのゲームじゃありませんよ。全部で、三問やります。全問完璧に正解したら、トモくんの毎月のお小遣いは十万円。二問正解で三万円、一問正解で一万円です」

荒木が新郎新婦の二人の席に近づくと、「自信はどうですか」と、山口に向けてマイクを近づけた。すると、「頑張りたいけど、ちょっと、飲みすぎたのが影響しないか不安ですね」と、山口の頼りない声に、会場から笑いが漏れた。

「全問不正解だと、お小遣いは〇円ですからね。みゆきちゃんはその方が嬉しいだろうけど！　ちゃんと、危機感をもって、覚悟して挑んで下さいね」

再び、荒木がマイクを山口に向ける。

「いや、それはないっすよ。生きていけないし！」

「だからもう、そこをなんとかやるんですよ。それが結婚だからね。みんな、半分はトモくんの味方なんだから」

山口が腕をまくりはじめた。注目が集まる。

「さあ、いきますよ。最初は、こちらです！」

小室がボックスをみんなに見えるように頭の上にあげると、会場から共感とも取れる「うんうん、なるほどな」というリアクションが起きた。

亀助も少しだけ近づいて覗き込んだ。そうか、タワシだ。早速、手を入れた山口が反応して、「イテッ。これは、あれだろ」とつぶやいた。

「はい、これは簡単なので、すぐ答えて下さい」

まだ首を傾げたままの山口に荒木がマイクを向ける。

「うーんと、新婚さんいらっしゃい的な？」

「いや、そういうヒント求めるのとか、こんな一問目でやめてくれますか」

「じゃあ、タワシ！」

「はい、ドラムロール。ないから、自分でやります、ドルルルル……。正解！　みなさん、トモくんがお小遣い一万円をゲットしました」

会場から拍手と歓声が沸き起こる。

「でも、これは練習みたいな、超サービス問題ですから、当てて当然ですよね。はい、目を瞑って」

寺田が一度ボックスを引き揚げてから、何かを高らかに掲げた。目を凝らすと、カスタネットのように見える。なるほど、フラメンコの大切なアイテムだ。中身を入れ替えてから、再び同じ位置に設置した。

「さあ、気を引きしめて、次は、なんでしょうか？」

山口が手を突っ込むと、やや首を傾げている。そして、いじっているうちに、音が出た。すかさず、荒木に「ヒント出しちゃいましたが」とマイクを向けられた。

「ああ、これは、フラメンコに使うカスタネットです」

荒木が「それをスペイン語で？」と迫る。

「あー、なんだっけ、うーんと……。あれだ、パリージョ？」

お、という声が会場からあがる。あいつ、酔っ払っているというのに、なかなかやるじゃないか。

荒木が素早く、「誰の？」と質問を投げる。

「もちろん、みゆきの」

会場から冷やかしの歓声が上がる。

「はいー、ドラムロール、ドルルルルル、正解！　お小遣い、三万円にランクアップです」

拍手と歓声が沸き起こる。

「さすが、トモくん、クールに見えてやりますね。どうですか？　酔っ払ったとか言っていたくせに、余裕じゃないですか？」

「ええ、まあ、酒はガソリンみたいなものなんですかね。ははは。余裕ですね」

荒木がマイクを戻すと、嬉しそうな表情を浮かべた。

「さあ、みなさん、ついにラスト、次が重要ですよ。これが正解すれば、なんと十万円です。難易度は高めですが、かすったら五万円で、パーフェクトなら十万円ですよ」

会場から笑い声が起きて、山口は右手を上げて余裕の表情だ。

「あの、すみません、ちょっと質問いいですか？」

山口が上機嫌で手を上げて、荒木に向かって質問を投げた。

「お小遣いですが、ランチ代は別？」

荒木がしたり顔で、マイクを持って、みゆきのもとに向かった。

「いや、それを決めるのは、みゆきちゃんですが、どうですか？」

「え、と、もちろん、ランチ代込みだけど、これから、わたし、お弁当作りますから」

会場から拍手喝采が起きる。

「でました！　愛妻弁当宣言です。これで、ランチの不安もなくなりますが……。トモくん、まさか、外食したいとか言いませんよね？」

「あ、ムリはさせたくないけど、それは、すごく、嬉しいです。ありがとう」

「じゃあ、もう最後はやらなくてもいいですかね？」

「いや、それは、絶対、やらせてください」

山口はお酒が入ってテンションが上がっているようだ。

ゆっくりと箱が運ばれてきて、中身が明かされた。荒木が「みなさんには、正解を先にお伝えします」と言って、画用紙を見せてきた。そこには、〝唐辛子のデスソースをたっぷりかけたチョリセロ（パプリカ）〟と記されていた。つい、亀助も顔が歪んでしまった。

なるほど、これは、さすがに完璧な回答、つまり、十万円は難しい。意地悪すぎると言い換えることもできる。なんとか、チョリセロに辿り着いて五万円を獲得できるかどうか。

「はい、では、ラスト、ミステリーボックス！」

山口が箱に、ゆっくりと手を入れた。恐る恐る触れる。

「はい、どうですか？　もうヒントとか、一切なしですよ」

マイクを向けられた山口が目を閉じて、じっと黙りこんだ。熟考しているようだ。

「うーん、なんか、なんか、やばい……、俺、わかっちゃったかも！」

会場から拍手が起きる。完璧に答えたら奇跡に近いが、そんなことが、ありえるのか。

「これは、絶対、辛いやつだな……。だって、なんか、手がヒリヒリしてきたもん」

歓声が上がる。さすがだ。さすが山口だが……。

「たぶん、じゃなくて、これは、唐辛子ですね。あれ、唐辛子って、スペイン語で、なんだっけな……。え、これ、スペイン語じゃなくてもいいんでしょ？」

「いや、ダメに決まってるでしょ」と荒木に突っ込まれる。

「うーん、これは会場のみなさんたちに聞いてみましょうか。みなさん、今日は特別に、日本語でもオッケーにしますか？」

そこかしこから、「仕方ない」という声が上がった。

「ということですので、唐辛子でいいですか？　ファイナルアンサー？」

「はい、ファイナルアンサー」

荒木がしてやったりという表情を浮かべた。

「ドラムロール、ドルルルルル。はい、正解は、デスソースのかかったパプリカなので、ブブブー。パプリカだったら半分の五万円でしたが、唐辛子は、なしでしょ……」

正解を確信していた山口が、表情を一変させて肩を落としている。

「え、マジすか？　だって、唐辛子のソースが……唐辛子が……」

山口が突然立ち上がり、両手を広げ、「ヤバいヤバい」と表情を一変させたので、会場が大爆笑に包まれた。

「はい、山口さんのお小遣い、三万円に決定です。いや、よくがんばりましたよ。ごめんね、十万円はさすがに贅沢だから、わたしの一存で、あえて、難しくしちゃったの。どうですか、まんまと引っかかった感想は？」

会場から拍手喝采が沸き起こる。

「やられましたね……。ていうか、手がヤバい」

「匂いは？」と荒木に促された山口が両手を顔に近づけて咳《せ》き込み、顔を歪めた。

「ヤバっ。これ、ガチでやばいです。ちょっと、ちょっと、お手洗いに行ってきます」

山口の応答に会場から爆笑と拍手が沸き起こった。山口は照れながらも気まずそうにトイレに向かった。

「はい、トモくん、行ってらっしゃーい」

すると、今度はすぐに会場の空気を読んで、荒木がマイクをみゆきに向けた。

「みゆきちゃん、結果はどうですか？」

「さすが、奈央ちゃんですね。完璧でした」

「はい、本人には内緒ですが、みゆきちゃんから事前に十万円は本当に勘弁してということで、そうならないように、夢だけ見せてあげる難問にしてしまいました」

「まあ、妻としては、マンションを買うために貯金をしたかったので、十万円は論外ですが、五万円もさけたかったですし、三万円でちょうどよかったですね」

会場から笑い声がこぼれる。

「確かに、いい感じにまとまりましたよね」

そうこうしている間に、やっと山口が戻ってきて席に腰を下ろした。よほど強烈だったのだろうか、あるいは十万円を摑み損ねたからか、冴えない表情だ。スタッフがウーロン茶と思われるドリンクを差し出す。すると、今度はビンゴゲームが始まった。

「今度は、みなさんがスペインにまつわる豪華景品をゲットするチャンスですよ。二人が、ガラガラポンをひいてくれますからね」

そうして、亀助はビンゴゲームに興じることになったのだが、思わぬ展開が訪れた。なんと、あれよ、あれよ、という間に、リーチがかかったのだ。空洞がいくつも掘られた小さな用紙を持つ左手に力が入る。番号が五回コールされて、センターの穴を含めて空いた穴は四つ。右下の一ブロック、あと、たったひとつ、49番が空けば斜めのラインが揃う。そして、全体の二番手でゴールできるのだ。

一等の銀座の高級スパニッシュ〝スリオラ〟のペアディナー食事券は、すでに、みゆきの元職場の先輩という男性に持っていかれた。狙うは二等、新宿のモダン・スパニッシュ〝小笠原伯爵邸〟のペアランチ食事券だ。三等の高級パティスリー〝ブボ・バルセロナ〟のマカロン詰め合わせもいい。十分、射程圏内に捉えている。

「さあ、盛り上がってきましたねー。いま、リーチしている人は何人くらいいますか?」

亀助は控えめに右手を上げかけたが、そこからは一気に突き上げた。すると、荒木の視線が亀助をしっかりと捕らえた。

「はい、一、二、三、四、五……、五人くらいですかね? お、どうやら、わたしの知り合いもリーチがかかっているようですので、当たったら、わたしも連れてってもらいますね。それでは、トモさんに幸福のガラガラをポンしてもらいましょうか」

荒木の高いテンションとは裏腹に、山口は酔いが回っているようだ。今日の日を迎えるまで、相当な疲れが溜《た》まっていたのだろう。山口がガラガラを回すと、ボールとボールがこすれ合う音が響き始めた。荒木がマイクを近づけている。

「はい、出ました。えーと……」

亀助は前のめりになり、三歩前に進んだ。

「な、な、なんと、7番です。ベタベタのラッキーセブン！」

すると、ドレスで着飾ったみゆきの友人と思われる女性が手をサッと上げた。どこか見覚えがあるが、受付にいた女性のようだ。さらに、スーツを着た男性もやや遅れて手を上げた。荒木のもとに、喜び勇んで二人が近づいていく。

「ラッキーガールは、なんと、受付を務めた千尋《ちひろ》ちゃん！　とりあえず、前へどうぞ」

脱力した亀助の手から、カードがこぼれ落ちた。遅れて、視線も一緒に、地面へと引《ひ》き摺《ず》り下ろされる。ひらひらと床に舞い降りて、裏向きに着地した。

「ここは、やっぱり、レディーファーストですよね。だって、受付頑張っていましたもんね。はい、じゃあ、簡単に自己紹介と、新郎新婦へのメッセージを」

荒木のテンションの高い声が聞こえてきた。

「なんか、すみません、みゆきの高校時代の同級生の千尋です。トモさん、みゆき、本当におめでとう。今日は、このあと、みゆきのダンス、とっても楽しみにしてますからね」

当選者の千尋から喜びの声が聞こえてきた。

「え、こんなに美女なのに独身なんですか？　って、わたしは知ってますけど！」

荒木にネタにされた千尋が恥ずかしがって両手で顔を覆っている。

「みなさん、ペアの相手がいないようですよ。ステキな紳士はしっかりアプローチして下さいね。男性が結婚したい職業ナンバー1のナースさんですよ！　こんなにスタイルよくてお酒も好きなのに、いまはダイエットで禁酒中なんです。意識超高い！」

次から次に出てくる荒木の援護射撃もあり、会場の男たちが色めき立った。さすがに千尋も困惑している様子が伝わってくる。

「そして三等が、バルセロナに本店を構え、いま世界中で評価を高める高級パティスリー〝ブボ・バルセロナ〟のマカロンですね。日本には表参道に初上陸しましたが、このお店は、有名デザイナーがインテリアを手がけているので内装もとってもオシャレ。もちろん、スイーツは見た目もかわいいし、インスタ映えしますよ。さて、すでに三等まで出てしまいました。でも、みなさん、安心して下さい。スタバのコーヒーチケットを十人分用意していますので」

亀助は、がっくりと項垂《うなだ》れて、覚束《おぼつか》ない足取りで、客待ちの少ないカウンターに辿り着くと、スペインの定番カクテル〝カリモーチョ〟をオーダーした。

バーテンダーがワイングラスにロックアイスを落とすと、赤ワインを半分までいれて、そこにコーラを流し込んでいく。最後にスライスレモンを落として出来上がりだ。グラスを片手に、テラスへと向かう。落選のショックを爽やかな風で吹き飛ばしたい。

余興中ということで、テラス席は、人がほとんどいない。だが不意に、泣きそうになっている若い女性が目に入ってきた。どこか見覚えがあると思ったら、山口の妹らしき女性だ。その隣にいる女性は誰だろうか。隣の女性が肩を抱いて、必死に慰めている様子だ。

亀助はカリモーチョを傾けると、左の胸ポケットからハンカチを引っ張りだした。そして、静かに様子を窺いながら、近づいてみる。左手のグラスを引き寄せ一口、喉に流し込む。そして、泣いている女性との距離を詰めた。

「あの、もしよかったら、これ、使って下さい」

隣の女性が頭を下げると、「のんちゃん、優しいお兄さんが貸してくれたよ」と言って、泣いている女性の顔にハンカチを近づけた。〝のんちゃん〟が躊躇なく〝バーバリー〟のハンカチを受け取ったので、亀助はホッと胸をなでおろした。

「あの、どうかなさったんですか?」

「あ、いいえ、なんでもないんです……」

感動の涙には見えない。なんでもないはずがない様子だ。

「もしご迷惑でなければ、なにがあったか、教えてもらえませんか？」

なだめている方の女性が躊躇いを見せている。

「実は、わたしは山口智也の従姉妹で、彼女はトモくんの妹の山口のぞみです。それで、トモくんから頼まれて、のぞみが、ご祝儀を預かって鍵のかかる部屋に保管していたんですけど、鍵が壊されていて、ご祝儀の中身が見あたらなくて……」

「えっ！　そ、それはいつ、どのタイミングでですか？」

のぞみが首を傾げる。

「それは、その、受け取って、事前に、更衣室に鍵がかけられるからって、そこを使わせてもらうことになっていたんです。受付の二人から受け取ってすぐにそこに置いてました。そしたら、店の人が鍵が壊されていることに気づいて……」

「山口くんと、みゆきさんは、知っているのですか？」

のぞみが、こっくりと頷いた。

「お前のせいじゃないって。晴れの舞台だから、とりあえず、今日はみんなには黙っていようって……。だから、他の人には言わないでくださいね」

「わ、わかりました。誰にも言いませんが、自分としては事件のことを聞いてしまったからには、微力ながらお役に立ちたいのですが……」

のぞみが驚いた表情を浮かべた。

「失礼ですが、あなたは、いったい？」

「あ、申し遅れました。北大路亀助と言います。山口くんの大学時代の先輩でして」

4

亀助は腕時計に目をやった。ウーロン茶に替えて酔いを醒《さ》ましていた。

「それでは、ここで、新郎の智也さんより挨拶です」

山口は頷いて立ち上がると、マイクを手にした。

「あの、すみません、今日はいろいろあったのと、どんどんお酒を注がれたせいもあって、ちょっと飲み過ぎました……」

参加者から、「頑張れー」「しっかりしろー」と声がかかる。笑いが起きる。

「参加してくれたみなさん、本当にありがとうございます」

拍手が起きる。亀助もグラスを持っていたので音は出せないが、手を軽く叩いた。

「自由なオリジナルウエディングにしようと、小室さんや奈央さん、そして、クロエさんにもたくさんアイデアをもらいながら、いろいろ考えて今日の日を迎えました」

会場から割れんばかりの歓声が飛んだ。

「そして、結婚指輪には、今日の日付と二人の名前の他に、〝Girasol〟〝ひまわり〟という言葉も刻印しました。花言葉は、君だけを見ているって意味なんだそうです」

「すみません、それで、ちょっと展開がわかんないですけど、サプライズなのかな？　さっき、ミステリーボックスで、パプリカ触って、痛かったんで、トイレで指輪を外して、手を洗っていたら、突然、電気が消えて……。それで、指輪が消えていたんです。そろそろ返してもらえませんか？」

　会場に失笑が起きる。だが、亀助は違和感が胃から込み上げるのを意識していた。

　こんな冗談を言う男だっただろうか――。

「このあとは、ダンスタイムなので、早めに返して下さい。マジでみゆきを哀《かな》しませたくないので」

　みゆきの視線が山口の手に釘付《くぎづ》けになっている。表情は強ばらせたままだ。そして、会場の雰囲気が少しずつ変わってきた。

「え、どういうことだろう」

　河口が亀助の顔色を窺ってきた。山口はマイクを持ったまま無言になった。荒木が席を立つと、駆け寄って何やら話しだした。見守っていたクロエ、スペシャルカクテルを作っていたバーテンダー役のアルベルトも慌ててやってきた。

「なんか、やばい雰囲気だね。どういうことかな？」

すぐ目の前の参加者が隣の友人に声をかけている。もう荒木が司会進行をやめてから、十分くらい経っているのではないかと思われた。

「マジかよ……」

「みゆちゃん、かわいそう」

今度は別の女性が反応した。

「どうなるんだろう。なんか、警察に通報したらしいよ」

女性の声に反応して後ろを振り返った。店のスタッフが通報したようだ。

「全員が警察から聞き取り調査とか、受けるのかな」

「え、そんなことになったら、今日、帰れるのか……」

幸せな結婚式が一転して悪夢と化した。会場は騒然としている。

そういえば、このエリアは、築地署の管轄か――。

刑事が出てくる事件ではないだろうが、亀助の脳裏に知り合いの刑事の顔が浮かんだ。頼りにしている桜川と山尾だ。

山口の妹、のぞみが鍵付きの部屋で保管していたご祝儀に加え、山口の結婚指輪も何者かに盗まれた可能性がある。この二つの盗難が無関係だとは思えない。

亀助は新婦側の受付を担当した女性、千尋を探すことにした。ビンゴを当てただけに、よく覚えている。席次表で名前を確認した。みゆきの高校時代からの友人で、看護師の井上千尋だ。エントランス付近にいた。盗難の件で、のぞみと話をしているようだ。近づくと、振り返った。二人に頭を下げる。

「あ、あの、急にごめんなさい。僕は、山口君の大学の先輩で、北大路と言います。ご祝儀が盗まれたと聞いていたから、今度はこんなことが起きて気になってしまい、なにかチカラになれないかと思って……。ちょっとだけ、話を聞かせてもらえませんか」

千尋はやや困惑の表情を浮かべたが、頭を揺らして「ええ、もちろん」と同意してくれた。のぞみが「ありがとうございます」と頭を下げてきた。「ここではなんですし」と、千尋をテラスへ連れ出した。さきほど荒木に、ダイエット中で禁酒をしていると言われていた通り、お酒は入っていないようだ。

「わたしもなんだか気持ち悪いし、申し訳ない気もしていて、もし盗んだ人がいるんだとしたら、早く犯人を捕まえて欲しいんです」

「なにがあったかはもう聞いていますか？」

「はい、大体は……。のぞみさんが更衣室に保管したのに、なくなっていたって」

亀助が聞いていた情報と同じようだ。

「特に受付の最中に、異変などは感じませんでしたか」

千尋の視線が宙を彷徨《さまよ》ったが、少し自信なさげに首を振った。

「わたしは、今まで二回ほど結婚式の受付を担当したことがありますが、特にいつもと変わらなかったですね。寺田くんもですが、しっかりチェックしたので、わたしたちがご祝儀を受け取って、妹さんにお渡しするまでに、なにかあったとは考えられません。ただ……」

「ただ、どうされましたか？」

「あなたも違和感があったでしょうけど、ご祝儀の保管は基本的に、親族の父親が披露宴の最中もするのが一般的です。だから、鍵がかかるとはいえ、大金を部屋に置きっ放しにするなんて、それを任されたのぞみさんが可哀想《かわいそう》です」

千尋の視線が亀助の背後に向かったので振り返ると、山口の両親がこちらに向かってきている。父親が「のぞみ、帰るぞ」と強い口調で言い放った。怒りが滲んでいるようだ。

亀助は、両親に向かって頭を下げたが、母親の方だけが応じてくれた。

次は寺田に話を聞きにいく。小室や荒木たちと会話をしていたのですぐに見つけられた。聞くと、ダンスなどは中止にするようだ。

こういう状況になったのだから、それは仕方のないことだろう。今度は寺田をテラスに連れ出した。

「大変だったね。ご祝儀の話は聞いたよね？」

「ええ、もちろん、聞きましたよ……」

すっかり肩を落としている。気を遣ってか、山口に料理を運んだり、酒を注ぎにいっていたのを何度か見たが、寺田自身はほとんど酔っていないようだ。亀助と同じように、事件を聞いて酔いがさめたのかもしれない。

「受付中は特に問題もなく、大丈夫だったんだよね？」

「はい、僕は新婦側よりも早めに全員のご祝儀をもらったので、最後の一人から受け取ったタイミングで、のぞみさんに手渡したんですよ。だから、新婦側の受け渡しとかはまったく見ていないけど……。でも、向こうも受付や受け渡しには問題なかったみたいですよね。いったい、なにがあったんだろう」

「千尋さんとはいろいろ話をした？」

「そうですね。もともと知り合いですし、ずっと僕らとも会話はしていましたが、でも、お互いちゃんとご祝儀は見張っていましたよ。それに最後、ご祝儀はしっかり数えてからのぞみさんに手渡したはずですから」

「うん、うん、そうだよね……」

「俺、ちょっと嫌な予感がしていたんですよ。普通、ご祝儀って、両家が別々に保管して、親が見張るものなのに、のぞみさんばかりに負担がいくなって。まあ、見張るよりは安全な場所に保管できるならいいのかなと思いましたが、結局、安全じゃなかったですし……」

「本当だよね。彼女も相当、ショックを受けていたよ」

後ろから、今後のプログラムは全て中止にするので引き上げるようにというアナウンスがあった。寺田によれば、警察が来るのだという。

亀助は、寺田に別れを告げると、逃げるようにしてクロークに向かった。荷物を受け取って、店が入っているビルを出ると突然、腕を掴まれた。振り返ると、荒木だ。

「ねえ、探偵、わかっているでしょ」

道端で荒木が亀助の耳元に顔を近づけてきた。

「え、なにが？」

「なにって、探偵の出番でしょ」

「え、どこが？　いや、僕の出る幕じゃないよ。警察も来るみたいだし」

「なに言っているの？　どう考えたって、出番でしょ」

荒木が本気で顔をしかめている。亀助も否定はしてみたものの、事件の真相が気になって仕方ないことに気づいた。近くを車が走り抜けて、スペインの陽気な空気から現実に戻ってきたことを実感する。

「あのさ、そもそもなぜ、このレストランになったの？　決め手は？」

「それは、クロエかな。ウエディングプランナーである彼女のレコメンドを踏まえて、もちろん、予算的な事情も加味してここになったの」

「あ、あと、イケメンのギタリストで、バーテンダーがいたでしょ。ほら……」

「アルベルトね」

「そう、アルベルトさん。あの彼はどこ？　今から、会えるかな？」

荒木がビルに視線を向けてから、「彼は、たぶん、まだ店だね。彼はあそこのスタッフでもあるからね」と言って顎を上げた。そうだったのか……。

「じゃあ、クロエさんは？」

「クロエも警察に話を聞かれているみたいだよ」

空気がすっかり淀《よど》んでいるようだ。

「みんな、続々と帰って行くみたいだけど、いいの？　帰しちゃって？」

参加者が続々とエレベーターから降りて家路につこうとしている。

「いや、それは、警察が関係者だけ集めて話を聞いてさ、現場検証とか、するんじゃ」

亀助の話を聞きながら、荒木は表情を強ばらせていく。

「ってことは、わたしも帰っちゃダメなのかな？」

亀助が「たぶん」と言った次の瞬間、荒木のiPhoneからメロディが流れ始めた。

「ほら」と、つぶやいた亀助の視線を察して、荒木が電話に出る。

「え、あ、はい。うん、まだ、すぐ近く。うん、荷物も置いてきたし、戻るよ。うん」

電話を切って、うんざりした表情を見せた。きっと小室からの呼び出しなのだろう。

「探偵は、店に戻らないの？」

「うん、僕は単なる招待客だから」

「わかった、また連絡するね」

後ろ姿を見送る。荒木と別れてすぐ、河口と落ち合った。一杯飲もうという話になり、亀助と河口がよく行くバルに入った。着席した途端、溜め息がこぼれた。

「なんか、また変な事件に巻き込まれたね。呪いでもあるのかな……」

亀助が言いそうになった言葉が河口の口からこぼれた。


翌日、クロエにアポをとって表参道の事務所まで会いにいった。真新しいビルの一室を借りているそうだ。事前に荒木にいろいろ聞いたが、クロエは日本の漫画やアニメが好きで、大学から日本に来たのだという。それを聞いてぐっと親近感をもつようになっていた。

「すみません、警察でもないのに、急にムリを言って話を聞きにきてしまい……」

クロエにコーヒーを差し出された。

「いいえ、奈央ちゃんからとてもグルメで、優秀な人だと聞きましたよ。事件解決のために協力してあげてって」

亀助は改めて頭を下げた。

「とても残念ですね。せっかくの結婚式だというのに……。こんな治安のいい国で、晴れの舞台であんなことが起きるのは、プランナーとして、とても辛いです」

「そうですよね……。二つの盗難が同時に起こるなんて……」

「でも、北大路さんは、凄腕《すごうで》の探偵さんだって。きっと、あなたが、事件を解決してくれるって、奈央ちゃんが言っていましたよ」

我が物顔でそう言っている荒木の表情がありありと目に浮かんだ。

「あ、いいえ、冗談ですからね。僕はプロの探偵ではありません。奈央ちゃんは話を大きくする癖があるから……」

亀助の反応が頼りないと思ったのか、「そうですか……」と、クロエは顔を曇らせた。

「もちろん、職業が探偵というわけではないと聞いていますから」

「ですよね、ならよかった。クロエさんは、奈央ちゃんとはかなり前から面識があったのですか？」

クロエが目を細めた。

「そうですね。奈央ちゃんとは三度くらいかな、お食事したことがあります。とてもバイタリティがあって、ステキな女性ですよね。〝敏郎さんと結婚式を挙げる際は、ぜひうちでお願いします〟とお伝えしています」

「それは、いいですね。お二人のときはまた個性溢れる式になるんでしょうね」

「間違いありませんね。きっと、エンターテインメントどっぷりの世界になるのでしょう」

クロエが目を細めて口元を手で押さえている。

「北大路さんは、ネットで活躍するライターさんと伺いましたが」

「ええ、そうなんです。僕は出版社を経てグルメサイトで編集ライターになりました。〝ワンプ〟ってサイトを聞いたこと、ありませんか?」

「ああ、あのサイトですか。わたしもよく見ます。マーケティングの観点からも、グルメサイトは重要視しています。口コミがネットですぐ広がる時代です。今回の出来事はセキュリティの問題が問われますから、どうしても早く事件を解明して欲しいですね」

とにかく、ご祝儀の管理について重点的に聞かなければならない。

「それで、本題ですが、仮にご祝儀も指輪も盗まれたとすると、窃盗事件じゃないですか。一体なぜあんなことになったか気になっています。まず、ご祝儀を受け取る係というか、受付って僕は今まで一度もやったことがなくて、その役割について教えていただけますか」

「ええ、いいですよ」と言って、クロエが両手を組んだ。

「受付係には、大きく三つの役割があります。まず一つ目が、ご両家の〝顔〟として、新郎新婦両家に代わって、ゲストを最初にお迎えする大切な役目です」

「あ、すみません」と断ってから、亀助は慌ててＭａｃを取り出して開くと、メモ帳を立ち上げ「続けてください」と伝えた。

「はい、そして、二番目は、ゲストに芳名帳への記帳をお願いし、ご祝儀を受け取って、お金を管理します。そして、ラストは、ゲストに席次表を渡して、会場の案内をする。この三つがポイントですね」

「なるほど」と言って、亀助は要約をメモした。

「それで、預かったご祝儀をどうするかという流れですが……。基本的に、受付係はご祝儀を見張っているんですよね？」

「はい。これは事前に全員で確認して必ず決められた人、今回であれば両家ともに、山口さんの妹であるのぞみさんに渡すルールになっていました。とっても気の毒です」

　亀助は頷いた。

「一般的には、お父様が預かりますが、今回は諸事情で石川家のご家族は来ていません。ご親戚が数人、お忍びでいらっしゃっただけなんです」

「本来、結婚式場なら金庫とかがあるんでしたっけ？」

「そうですね。全ての結婚式場にあるわけではありませんが、受付が終わってから式の最中はお父様などのご家族がご祝儀を見張るというのが一般的なんですね。お手洗いにいく場合も必ず、誰かが残るルールになっています」

亀助は大きく頷いた。聞いていた通り、クロエがこの受け渡しの際に立ち会っていた。

「なるほど、よくわかりました。あ、それと、一般的に、指輪の管理って、どうなっているんですか？　二人は人前式でしたが、一般的にはチャペルで、みんなの前で交換して、そのあと、当日は外す機会ってありますか？」

「いいえ、ないでしょうね。二人の誓いを表現する大切なモノですから、よほどのことがない限り、外すことはまずないでしょう」

亀助は、「そうですよね」と、大きく頷いていた。

「あの、ちょっと事件とは関係ないんですが、小室さんや奈央ちゃんの司会って、山口から依頼したのですか？」

「もちろん、山口さん側から依頼をしたいとおっしゃったんですよ。人前式をやることになって、じゃあ、誰にお願いしましょうかとなった時に、〝トシさんしかいない〟と」

「それだけ、信頼を寄せているというわけですね」

クロエが大きく頷いた。

5

「つまり、整理するとさ……企画会議に参加していたのは、小室さん、奈央ちゃん、寺田、千尋さん、クロエさん。ミステリーボックスをやろうと言い出したのは奈央ちゃん、パプリカを入れようと言い出したのは小室さんで、デスソースをかけようと言ったのは奈央ちゃんってことで、間違いないよね？」

亀助が言うと、荒木は表情を曇らせて頷き、「なんか、それ聞くとさ、わたしが仕組んだみたいだけど……」と、肩を落とした。

「うん、それは置いておいて、なんでそんなことしたの？」

荒木が「だって、パプリカは当てられるかもしれないけど、さすがに、デスソースがかかっているのまではわからないだろうねって……。お小遣い十万円は絶対高いから、せめて五万円にしたいってみゆきちゃんに言われていたから……」と言って視線をずらした。亀助がＭａｃのメモ帳に入力していく。

亀助と荒木、そして、アルベルトは結婚式が開かれたレストランで、振り返りを行っていた。やがて、オーダーしていたランチがそれぞれに届けられた。

亀助がチョイスしたのは〝赤パプリカの肉詰めロースト〟だ。見た目にも美しく、ｉＰｈｏｎｅで撮影せずにはいられなかった。これは、ワンプにも堂々と書き込める。

「とりあえず、食べよう。食べよう」

〝鶏もも肉のチリンドロン〟が到着した荒木のかけ声に頷く。亀助が迷いに迷ったのがメニューだった。〝チリンドロン〟とは、スペイン語で〝カードゲーム〟を意味する。

赤パプリカやトマト、タマネギ、ピーマンなど、野菜を炒め煮にしたソースで骨付きのもも肉を煮込んだ絶品の料理だ。しかし、亀助の〝赤パプリカの肉詰めロースト〟は、メニューの写真で見ると、見逃せない逸品だった。赤パプリカのヘタをカットして中をくり抜き、その中にたっぷりの挽《ひ》き肉を詰め込み、チェダーチーズを載せてオーブンで焼いているのだ。

ナイフを入れると肉汁が溢れ出てきた。オリーブオイルの香りが広がる。切り分け、口に運ぶ。これは、牛と豚の合い挽きだ。食感まで、亀助の好みだ。パンを肉汁に浸してから口に運んだ。美味しい。美味しいが、楽しい食事のために来たわけではない。アルベルトの聞き取りに来たと言った方がいいのだろう。目の前にいるのは整った顔立ちに、長い黒髪、シンプルな白シャツに、細身のデニムを穿《は》いて長い足を優雅に組む、やや横柄な男……。口調からは、女性に慣れているのが伝わってくる。

「あ、そうだ、更衣室の鍵が壊されたから直したいんだけど、警察にちょっと待ってと言われていてさ、女子が困っているよ」

「あ、鍵は確か、アルベルトさんがのぞみさんに貸したんですよね？」

「うん、まあそうだけど、まさか壊されるなんて思わなかったからさ」

やろうと思えば、合鍵ならアルベルトが事前に簡単に作れるなと心の中で亀助は思った。アルベルトは警察に当日いたスタッフ全ての指紋を採らせるなど、あらゆる協力を行ったと聞いている。陽気なホセ・アントニオもすっかり参っていたらしい。悪い評判でも広がったら店の営業にはマイナスだろう。

亀助自身、何度もトイレの間取り、ライトの位置をチェックした。トイレの中の洗面台の前に山口がいる状況で電気を消した場合、犯人自身も身動きが取れなくなる。だが、亀助が気になった点は、あれだけ多い出席者がいたなかで、よくあの日の主役が一人だけになるタイミングがあったなという事実だ。

状況を振り返ると、手が汚れて山口がトイレに駆け込むことが事前にわかっていた者による計画的な犯行に思える。もし誰かが不審な状況を目にしていれば、警察が来たのだから聞かれなくても名乗り出たはずだ。だが、目撃者はいなかったようだ。

「でもさあ、犯人もまさか、出席者の中に探偵がいたとは思ってもみなかったでしょうね」

荒木が亀助を見つめたあと、突然、アルベルトに向かって言葉を発した。アルベルトが亀助の方を一瞥《いちべつ》したので、亀助は苦笑いした。首を振って、手にしていたフォークを置いた。

「亀助さんはね、いまや、警視庁だって一目おいちゃうような存在なんだよ」

さすがに、口を挟まずにはいられない。グラスを傾けて勢いよく水を喉に流し込む。

「奈央ちゃん、ちょっと嘘はやめよう」

「嘘じゃないし。この前も明快な推理で事件を解決したじゃない。わたしがこの目で見たんだから。ちょっと今回も頼むよ」

亀助は左手で頭をかいたまま、グラスに右手を付けた。

「でもさ、なんだかんだやる気でしょ？　一人でいろんなところに調べに行ってさ」

「いや、かわいい後輩が困っているわけだからさ、なんとかしてやりたいだけだよ」

アルベルトが眉間に皺を寄せると、長い髪をかきあげた。

「あ、それなら、あいつら、ピンチに陥っているみたいだよ。ちょっとヤバいかもって」

「え、どういうこと？」

荒木に問いかけられ、アルベルトが周囲を見回して、大きく頷いた。

「これは、絶対、ここだけの話にしてくれよ」

亀助は荒木と目があって、一緒に頷いた。

「俺も昨日聞いたんだけど、なんか、二人とも、疑心暗鬼になっているというか……。みゆきちゃんが、誰かを疑ったのかな。指輪を外すために、あのミステリーボックスを選んだんじゃないかって……。それで、友だちを疑われて、トモは許せなかったみたいで、〝ふざけんな〟って、怒ったみたいなんだよ」

「え、ちょっと待って。わたしやトシがみゆきちゃんに疑われているってこと？」

アルベルトが気まずそうに頷く。

「みゆきちゃんは、受付をやった千尋ちゃんとも大げんかしたらしいよ」

亀助は腕を組んでじっと二人のやりとりに耳を傾けていた。状況を振り返ると、確かにそうなるのも頷ける。

「それで？」

「今度は、みゆきちゃんの親戚含めてみんながさ、やっぱり、〝籍を入れないのに、結婚式するなんて、非常識な男だ〟って、言い出したみたいでさ……」

荒木が身を乗り出した。自分が疑われて心外なのか、表情に怒りが滲んでいる。

「それで、どうなったの？」

「それでさ、事件を知った父親が家に一度説明しに帰ってこいと言って、みゆきちゃん、帰ったみたいなんだ。詳しいことはわからないけど、トモの印象は最悪みたいだな」

「え、なにそれ？　なんでそうなるの？　そこは、トモくんがさ、石川家に乗り込んで、かっこよく決めて、認めてもらって一件落着ってなるでしょ」

「いや、そんな簡単にいかないでしょ」

荒木のあまりに楽観的な発言に対して、亀助とアルベルトのツッコミが被《かぶ》った。

「トモもああ見えて、けっこうプライド高いじゃん。面子を潰されたというか、みゆきちゃんの願望で結婚式挙げたのに、いまさらなんだって言っててさ」

亀助は頭痛がするのを感じていた。両家の衝突が目に浮かぶようだ。

「え、それさ、もう最悪じゃない。大丈夫なの？」

アルベルトが目を閉じたまま首を振った。長い髪が揺れる。

「だから、大丈夫じゃないよ。スペインへの新婚旅行、キャンセルしようとしているらしいからね。籍も入れてないし、夫婦やめる？　みたいな」

「ウソでしょ？」「マジで？」と亀助は荒木と顔を合わせた。

「ああ、俺だって、〝冷静になれ〟って言ったけどさ……」

アルベルトが冗談を言っているようには見えない。事態はそれほどまでに深刻とは……。亀助はあまりの悲劇に目眩《めまい》に襲われそうだった。

「ちょっと、ねえ、探偵が早くなんとかしてあげないと……」

亀助が目を開くと、荒木が縋《すが》るような目を向けていた。

「それがさ、ちょっと言いにくいんだけど、亀助さんが調べているのがあんまりよくないようなことを、トモが言っていたんだよな」

アルベルトが少し遠慮がちにつぶやいた。

「はあ？　なんでよ？」

荒木が亀助の疑問を代わりに叫んだ。

「亀助さんが聞きまわっているのが、みんなを疑心暗鬼にさせているって……」

そうか、だから、会いたいと伝えても、山口も、寺田も亀助に会おうとしなかったのか。「バタバタしていて」という言い訳を信じてしまっていたが、あまりにそっけない対応が気になっていた。

「そんなの八つ当たりだよ。探偵は二人のためにやってるのに。探偵のせいにして、それはないでしょ」

亀助は下を向いたまま立ち上がった。

「ごめん、帰るわ。もしも僕のせいで、そんな、新婚のカップルの仲が壊れそうになっているのだとしたら、手をひくよ」

「ちょっと、探偵、いじけないでよ」

荒木が立ち上がった。

「だってさ、刑事でもないのに、事件を調査してさ、それで人を不幸にするなんて、そんなことして、いったいなんのためになるんだよ」

荒木が怯《おび》えた表情を浮かべた。亀助は荒木を睨みつけていたのに気づき、慌てて目を逸らした。気まずくなって、席を後にした。ビルから出た途端、溜め息が漏れ、地団駄を踏んだ。

いったいなぜ、こんなことになってしまうのか。

亀助の調査が邪魔だと言ってきた山口に対して、少し怒りを感じている。

仮に単独犯の場合、アリバイがないと言えば、アルベルトではないのか。少なくとも、ミステリーボックスの進行時はみんなの前にいなかった。あれだけ背が高くオーラがあれば目立つ。絶対にいなかった。そして、更衣室の鍵も持っていたのだ。だったら、なぜ鍵が壊されていたのか。いや、自分に疑いが向けられるのをカモフラージュするため、作業を終えてから、壊した可能性もある……。

亀助は、日比谷公園のベンチでしばらく黄昏《たそが》れて鳩《はと》を見ていた。だが、すぐに疑惑が脳裏を支配する。その謎を抱えたまま、立ち上がり、勝手に歩き始めた。そして、築地署に足を踏み入れた。

受付で、桜川か山尾がいないかと聞くと、不在だったが、受付の男は亀助の素性を知っているようで、詳しく用件を聞かれた。以前、警察署長にも挨拶をしたことがある。隠すわけにもいかず、スペインレストランで起きた盗難事件の話をした。すると、「一時間ほどお待ちいただけるのなら」と打診されたので、「もちろん、待たせて下さい」と即答し、待合室のイスに腰を下ろした。一時間ほどしてから、二人がやってきた。頭を下げる。

「北大路さん、また……巻き込まれたようですな。我々も驚きましたよ」

「二度あることは、三度あるとは言いますが……」

いつもの個室に案内された。

「一課のみなさんは出る幕がないかもしれませんが、捜査状況がわかってたら、なにか教えていただけないかと。新郎が大学の後輩なのですが、早速離婚の危機にあるようで」

じっと黙り込んでから桜川が口を開いた。

「我々も担当外で。ご存知の通り、盗難事件ですからね。殺人や詐欺といった事件と比べると、警察としては割ける人員が限られます」

「だからこそ、お役に立てないかと……。」

桜川が「参ったな」と頭をポリポリとかいている。

「正直に言いますと、捜査はあまり進んでいないようだ……」

桜川が顔を曇らせて申し訳なさそうに言う。

「そうですよね……。盗難事件の場合、現行犯じゃないと、つまり、はっきり目撃されたとか、ビデオカメラに写っているとかじゃないと難しいんじゃないかと思いました」

「まったくその通りですよ」

「だからこそ、僕の出番だと思うんです。いいように、使って欲しいんです」

「我々としては本当にありがたいことですが……」

桜川と山尾が愛想笑いを浮かべたように見えた。

亀助は、築地署を出ると、その足で今度は従兄弟の中田豊松に会うために、《中田屋》を訪れた。電話で二日前、急に「会って直接話したいことがある」と言われていたので、どんな用件なのかが気になっていた。

案内された個室に入ると、豊松がやや神妙な面持ちで待ち構えていた。

「ごめんね、ちょっと警察に行ってたら、遅れてしまって」

豊松が途端に顔をしかめた。

「え、警察って、またなんかあったの？」

「ちょっとね。参加したレストランウエディングで、ご祝儀や指輪の盗難があってさ」

豊松が口を開けたまま静止してしまった。ややあって、溜め息をついた。

「ご祝儀はさておき、結婚式で指輪が盗まれるって、いったい、どんなシチュエーションで、どんなタイミングで盗まれたの？　そんなことあり得るのかい？」

「ああ、そんなことがあったんだよ。余興の、ミステリーボックスっていう、箱の中に入っているものを当てるゲームでさ、新郎が辛いソースのかかったパプリカを触って、トイレで指輪を外して手を洗っている時に、盗まれたんだ。お酒も入っていて」

豊松が「信じられないな」と、腕を組んで首を傾げている。

「あ、それより、大事な話ってなに？　もしかして、例の記事のことかい？」

「ああ、そのことなんだけど……」

結婚式の盗難事件の調査で忙しくて、中断していたことを悔やんだ。

「これなんだけどさ……店に送られてきたんだ」

豊松が封筒に入った新聞記事を見せてきた。亀助が借りているものと同じ記事だ。

「え、これは僕がいま借りてるやつだよね」

亀助は慌てて自分のリュックを探すと、すぐにその資料は見つかった。

「あれ？　僕が借りたやつはここにあるよ」

見比べてみると、同じ記事をコピーしたものではあるが、全く同じものではない。

豊松が再び溜め息をついた。

「誰が、何のために、こんなことをしてきたと思う？」

不気味な問いを投げかけられて、亀助は生唾を飲み込んだ。

「女将が早速、亀ちゃんの親父さんにも相談して、うちがお世話になってきた探偵事務所にも正式に調査を依頼しようということになったんだけど、亀ちゃん、今までの調査でもしなにか気づいたことがあったら、教えてもらえないだろうか」

そんなものは何一つない。結婚式の盗難事件に追われていたのだ。

なぜか、悔しさが込み上げてくる。

「豊松くん、ごめん。ちょっと他のことでいっぱいいっぱいで、気づいたことなんて、何ひとつないや」

「そうだよね。変なお願いしちゃって、ごめんね」

豊松が頷いて目尻を下げ、湯のみをゆっくりと持ち上げて、遠くを見つめて口を付けた。

「あ、そういえば、さっきの話に戻るんだけどさ、事件の話ね。結婚指輪だけでなく、ご祝儀も盗まれていたんだろ。そっちの容疑者はいないの？」

亀助は頭《こうべ》を垂れた。

「うん、ご祝儀はまとめて、新郎の妹に手渡された。で、レストランの鍵のかかった部屋で保管されて、長丁場の結婚式だったので、途中で確認に行ったら、鍵が壊されていて、中身だけ全部なくなっていたんだ……。目ぼしい指紋は出てきていない」

豊松が目を瞑ったまま、天を仰いだ。

「それでいうと、容疑者は、その妹さんとか、受付係とか、店のスタッフとか？」

「うーん、ご祝儀に関しては、アリバイがない店のスタッフが一人いて……」

そう言いながら、山口の妹という選択肢はほとんど考えていなかったことに気づいた。仲が良さそうだったが……。

「あとは、自作自演は？　新郎新婦も関わっていたりして」

亀助は腕を組んでいた。その可能性も何度か考えた。だが、それなら最初から結婚式をやる必要がない。

「それは、僕も一応考えたけど、きっと理由がないよね。まあ、結婚経験がないからさ、よくわからないけど。例えばさ、結婚したくないけど、もう話がどんどん進んでしまって、断れなくなるケースなんて、あるのかな？」

「まあ、なくはないよね。断れなくてさ、男がすでに別の女と結婚しているのに、外堀を埋められて、結婚式しちゃう人もいるくらいだからね。ニュースでたまにあるだろ」

山口は、学生時代から誠実な男だった。自作自演などはありえないだろう。

その山口以外の近い関係者にしても指輪をなくした時には、小室も荒木も、みゆきも、あの場にいた。

「まあ、お酒と、色恋が絡むと、人間っていうのはね……。スペイン料理みたいに、なんかもう複雑なスパイスが混じり合っちゃって、なんだかな」

「いや、豊松くん、それはちょっと違うよ。スペイン料理はスパイスがたっぷり使われているって誤解をされがちだけどさ、むしろ新鮮な素材を楽しむものが多いんだ」

「あれ、そうだっけ？　ごめん、スペイン行ったこともないし、日本で食べるメニューで先入観をもっちゃっていたよ。グルメ探偵はさすがだな……」

ふと亀助の胸に、なにかがすっと入ってきて、「ビンゴ」とつぶやいていた。

複雑に考えていたけど、もっと、シンプルな構造なのかもしれない。あれだけ開放的で陽気な雰囲気のなか、酒好きが、あんな美味しい料理と酒を前に、ダイエットとはいえ飲み食いを控えたりできるだろうか……。

きっと、あの美しいピンチョスに謎解きのヒントは隠されているのだ。

「え、なに、突然、どうしたの？」

豊松が慌てふためいている。

「ビンゴをしたんだよ、ミステリーボックスのあとで。あ、ごめん……。行かなきゃ」

亀助は立ち上がっていた。

「とりあえず、中田屋をめぐる不穏な動きについては、また進捗あったら教えて欲しいな。ぜんぜん役に立てていないけど、なんとか貢献したいんだ」

「うん、ありがとう。でも、プロの探偵に頼むからさ、亀ちゃんは責任を感じなくていいからね」

そう言われて、なぜか、悔しさが込み上げてきた。確かにプロではないのだが……。

亀助は《中田屋》を後にすると、すぐにiPhoneを引っぱりだした。荒木に電話をして、みゆきとどうしても話をしたいと伝えた。ほどなく、連絡先を教えてくれた。すぐにみゆきに電話をかける。

「あ、もしもし、僕は、北大路亀助と言います。先日、結婚式でお会いしました。山口くんの大学の先輩ですが、わかりますか？」

〈ええ、もちろん……。お名前が特徴的でしたので〉

「それはよかった。あの、いきなり不躾《ぶしつけ》な質問ですが、お二人はちゃんと話し合えましたか？」

立ち入った話ではあるが、荒木の言う通り、遠慮している場合ではない。

〈え、ええ、お互いそれなりに納得して、このまま別れようと思っています。もともと、籍も入れていませんしね……。もう、いろいろな情熱が冷めてしまって、フラメンコも引退しようかと思って……〉

「なんてことだ！　それだけは待って下さい。あの情熱はそんな簡単に消えちゃうものだったのでしょうか。なんでそんなことに？」

〈わたし、今回の盗難事件のあらましが推測できているんです。それで……〉

「あなたは犯人が誰かわかったということですか？　それは、誰なんですか？」

間が空いたが、亀助はじっと待っていた。

〈言いたくありません……。もう忘れたいんです〉

「もしかして、山口と千尋さんが裏切ったと考えているんじゃないですか」

小さく、「へえ、さすが」と感嘆の声が漏れ聞こえた。同じ推理だと勘違いされたのかもしれない。だが、きっと事実は違う。山口、千尋との対立のどちらかは、不毛なものだ。そんな勘違いのまま、この事件を終わらせるわけにはいかない。

「そうなんですね。今から会って、話を聞かせてもらえませんか？　このまま意地を張って仲違いしていいことなんかない。そうでしょう？　どうか、お願いします」

〈無理です。親には家から出してもらえないので。ごめんなさい〉

「もしもし、もしもし」

電話が切れたのでかけ直したが、つながらない……。絶対に、このままでは終わらせない。亀助はすぐ、荒木に電話をかけた。

6

亀助と山口、のぞみの三人は重い空気を振り払うようにしてエレベーターを降り、歩を進めた。結婚式が開かれた〝ホセ・アントニオ〟だ。そのまま、奥のテラスへと向かう。小室と荒木に、みゆき、千尋、寺田を連れてきてもらっていた。アルベルトとクロエもいる。

山口とみゆきとの間には高い壁があるようだ。目を合わせようとすらしない。

「探偵さんのご依頼で、結婚式の主要メンバーが勢揃いってわけか……」

アルベルトが長い髪をなびかせながら低い声を上げた。亀助は「急に呼び出してごめん」と頭を下げる。アルベルトが席から立ち上がり「緊張感すごいから、一曲弾こうか」と軽口をたたいた。荒木が、「そういうの今日はいらないから」とシャットアウトする。きっと、彼なりに場を和ませたかったのだろうと感じた。

「亀助さんが、今回の事件を調べてくれていたのはみんな、知っているでしょ。絶対に、二人は別れちゃダメだって言って、自分のことのように頑張ってくれたの」

　荒木が立ち上がり、呼びかけた。

「僕はただ、力になりたかっただけで……」

「うん、わたしもみんなも同じ。不幸な出来事だった。せっかく、みゆきちゃんのフラメンコと、トモのカンテを楽しみにしていたのにそれまで犯人に盗まれた。でも、不幸中の幸いよ。だって、仲間に、こんな名探偵がいたんだから」

　名探偵という言葉が虚《むな》しく、どんよりとした銀座の曇り空に消えていく。

「あの、亀助さんって、プロではないんですよね？」

　亀助を歓迎していないと思われる後輩、寺田が声を上げた。

「いや、目の前で事件が起きたので、見過ごせなかった。これから幸せになるはずの、後輩が困っていたから、なんとかしてやりたいと思って調べたんだ」

「先輩、すみません。僕たちなんかのために、ありがとうございます」そう言って、山口が頭を下げてきたが、感謝されているようには感じられなかった。

「ただ、もう僕たちは別れることに決めたんです。こいつ、正式に、実家に帰って暮らしくて……」

「家族は関係ない」と、みゆきが感情をむき出しにして山口に言い返した。

「関係なくないだろ。お前なんなんだよ。ご祝儀の管理をのぞみに押し付けて、自分は縁を切ったはずの実家に戻って、それはないだろ。のぞみがどれだけ傷ついたか」

「ちょっと待ってちょっと待って。落ち着こうよ」

アルベルトが投げかけると、山口が振り返って「お前は、黙ってろよ」と睨みつけた。

今度は、みゆきが山口を睨みつける。不穏な空気が漂ってきた。

「あなた……、千尋と浮気してたでしょ」

千尋には予想外の切り返しだったようで、うろたえている。

「だから、俺はしてないって！」

「嘘つき。もう信じられない。結婚式当日に、大切な指輪をなくすとか意味がわからない！」

空気が張りつめた。亀助は空を見上げたが、変わらず曇ったままだ。

「あなた、自作自演なんじゃないの」とみゆきが投げかける。

「はあ、バカか？　だったら、はじめから、結婚式やらなければいいだけだろうが」

「籍だって入れようと思ったら入れられたのに、軽い気持ちだったんじゃないの……」

みゆきはそう言うと、ポロポロと涙を流し始めた。荒木が介抱する。

「俺は石川家に許してもらえるまで籍も入れないし、結婚式もしないって言っただろ。

お前がどうしても式は挙げたいって言うから、やったのに。一方的に責任を押し付けやがって……」

亀助は目を瞑って、両家の押し問答の様子を想像していた。

「わたしのプロデュースしたウエディングで、みんな不幸になってる」とクロエが泣き出した。

「いや、クロエさん、みなさんには素晴らしい結婚式にしてもらって、それで、こんなことになって、本当に申し訳ない。悔しいですよ、俺は」

山口が唇を噛みしめたままクロエに頭を下げる。

「ちょっと待って。みんな落ちついて。またハッピーになる方法を一緒に考えませんか」

亀助の問いかけに、場が静まり返った。

「事件の真相が解明されれば、別れる必要はなくなるかもしれない」

「いい加減にしろよ」と、寺田が突然声を張り上げた。

「あんたのせいじゃないのか！　警察でも、探偵でもないのに、余計なことをしやがって。俺は、もう帰る」

寺田は亀助を一瞥すると、急ぎ足でエントランスに向かった。

「いや、お前、待てよ。逃げるのか」

亀助は自分でも驚くほどの大きな声を上げていた。

「二人がどうしても別れるならそれでもいい。ただみんなには僕のレシピを聞いてもらう」

誰も否定しようとする人はいないようだ。

「ご祝儀の盗難事件。そして、指輪の盗難事件。犯人がどうやって、盗んだのか調べていくうちに、少しずつ見えてきたんだ」

荒木と目が合うと、頰を緩めているのがわかった。

「誰が、何のためにやったのか。ご祝儀に関しては、手を出せる人は限られる。まして、指輪を盗むのは、ご祝儀に輪をかけて大変だし、深い意味があるように思えてくる。二人の絆《きずな》の象徴だからね。山口が言った通り、あの指輪には二人の名前と、『君だけを見ている』というメッセージが刻まれている……。そんなの誰が欲しいだろうか。誰が奪いたいだろうか」

「あの指輪の行方、探偵はわかったの？」と荒木に問われ、亀助は頷いた。

「行きがかり上、みんなの関係性についても調べさせてもらったよ。まず、最初に出会ったときは六人の飲み会だった。銀座の老舗スペインバルで参加者は、男性が、小室さん、山口、寺田だった。女性は、みゆきさん、井上千尋さん、そして、奈央ちゃん」

「確かに、そうでしたけど」と、顔を強ばらせたままの小室が頷いた。

「千尋さんは、山口に魅かれた。それから、寺田は、千尋さんに魅かれた。奈央ちゃんに聞きましたが、そういう複雑な関係性があったことは認めてもらえますか？」

荒木がおおげさに声を荒げて「だけど、それは第一印象だからね」と笑い出した。

「素人の推理を最後まで聞かなきゃダメですか。皆さん、帰りませんか？」

寺田が顔を真っ赤にして、いまにも立ち去ろうとしている。

「いや、君は立ち会わなければならない。それは君自身が一番よくわかっているはずだ……」

亀助は千尋の前へと半歩だけ移動した。

「千尋さん、あなたは山口のことを、いまも……」

千尋が目を逸《そ》らした。言葉は発しない。

「え、嘘でしょ？　なに言ってるの」と、荒木が言って飛び上がった。

「山口、過去にちょっと気持ちがなびいたことあるんじゃないか」

亀助が投げかけると、山口は唇を噛み締めたまま身じろぎもしない。

「それは間違いなくありました。だって、千尋が関係を持ったって白状しましたから」

みゆきの発言に対して山口は驚いた表情と、そうではない表情が入り交じった。

「いや、それは嘘だ」と山口が否定した後、千尋が「嘘じゃない」と真っ向否定した。

どちらかが嘘をついている。

「言われてみれば、みゆきちゃんと千尋ちゃんの間に隙間みたいなものがあったかもしれない……」

荒木が言うと、居合わせた面々が記憶を手繰りよせようとしている様子だ。

「千尋は、はっきりとは言わなかったけど、早い段階で気づいたの。つき合ってはいなかったけど、二人は関係をもったんだなって、ずっと千尋のことを見てきたから、好きなんだってわかった。それで、かまをかけたら認めた」

みゆきが瞳に涙を溜め込んだ。そして、ボロボロと涙を流し始めた。

「だから、正直、自分が意地悪だってわかっていたけど、今回の結婚式は、念押しの意味もあった。わたしはトモと籍は入れなくても一緒になるから、千尋には絶対に渡さない。近くで見てなさいよって……。そしたら、当日あんなことが起きて。式の直前には、千尋から妊娠を告げられて……」

やはり、そうだったか。亀助が疑っていたように、千尋は妊娠していたのだ。だから、受付が終わった後も結婚式で一切アルコールを飲まなかった。

静まり返ったテラスに、みゆきの洟《はな》をすする音が響いている。

「夫と親友の裏切りが背後にあるのではないか。もしかしたら、千尋さんのお腹の中には山口の子どもがいるかもしれない。そんな受け入れ難い疑惑を突き止めたくなくて、怖くなって、あなたは逃げ出した」

だが、亀助のレシピが正しければ、それはみゆき一人の妄想でしかない。

「ねえ、千尋ちゃん、それって、ホントなの？」

荒木が千尋に迫った。両手を肩にかけたが、視線を合わせようとしない。

「つまり、トリックは、なんてことはない。寺田と千尋さんが、受付の最中、人目を盗んで、中身をすべて抜き取ってから、平気な顔をしてのぞみさんに渡した。係だし、二人が連携してやる分には誰も怪しまなかったはずだ。そして、隙を見てあの部屋のドアの鍵を強引に抉《こ》じ開《あ》けた。それは力仕事だから寺田の役割だっただろうね」

亀助が言うと、「嘘でしょ」と、荒木がようやく千尋から手を放した。

「そして、指輪のトリックも二人のしわざだ。ミステリーボックスをやるのを知っていた寺田は山口が手を汚したあのタイミングで、トイレに行くのはわかっていた。だから、寺田が事前にトイレ内の個室に身を潜めていた。ドアを開けたままね。そして、山口が入って、指輪を外したタイミングで、千尋さんに電気を消させた。スマホで連絡を取り合いながらね。寺田があの日、やたら山口にお酒を注いでいたのは、みんなが見ていたはずだ」

亀助がｉＰａｄで当日の写真を見せると、食い入るように視線が集まった。参加者が撮った写真をクラウドに共有するサービスを山口が活用していた。

「山口はそこまでお酒が弱い男じゃない。あそこまで泥酔するなんて、お酒に何か混入したんじゃないかと思って探したらさ、共有のアルバムにこんな写真があったよ」

寺田がシャンパングラスをマドラーで掻き混ぜている写真。次の写真はそれを山口に手渡している写真だ。いまの時代、結婚式では、みんながスマホで写真を無数に撮る。

「僕はいろんな可能性を考えてきたけど、友人の裏切り、これが最悪のパターンだ。正直、こんなのは二人に否定してもらいたい……。頼むよ、僕のレシピを否定してくれないか」

亀助は、息が詰まる想いがしていた。目の前にいる寺田は唇を震わせたまま全身が大きく揺れている。一方、千尋は魂が抜けたように固まっている。

「本当なのか。だとしたら、罪を犯したことをわかってるのか」

突然、小室が寺田に摑み掛かった。

「おい、お前、どうなんだよ。俺のかわいい後輩になにしてくれたんだ」

山口が止めに入り、亀助も駆け寄ったが、すぐに小室が手を放した。

「先輩、やめて下さい」

小室の目だけを見据えた寺田の声は震えていた。

「なんでこんなことになったのか、俺にもわかりません……。好きだった千尋ちゃんに話を持ちかけられて、つい……。何度も関係を持ってしまっていて……。そしたら、妊娠したっていうし、どんどん言いなりになるしかなくて……」

千尋が妊娠するとしたら、寺田の子どもではないかと亀助が予想していた通りだ。

「千尋ちゃんは、どうなの？　全部、探偵の推理でオッケー？」

荒木が問いただすと、千尋が右手で涙をぬぐった。

「何もかも、ぶち壊してやりたかった……。レストランウエディングで、会費制にすべきだよって言ってあげたのに、無視されたのにも腹が立った」

そんな些細なことが引き金になるのか……。

「寺田、お前、なんでそんな大切なことを俺に相談しないんだよ」

山口が拳を振り上げると、自分の右の腿《もも》を思い切り殴りつけた。「くそったれが」と言って、再び、右の腿に拳を振り下ろす。

「言えよ、お前……。俺は親友だと思っていたんだぞ。バカやろう……」

「トモ、ごめん。俺、どうしていいかわからなくて、言われるままに、取り返しのつかないことをしてしまったんだ……。従わなかったら、俺の人生をぶち壊すって……」

寺田が地面に這《は》いつくばって頭を下げた。

「申し訳ない。俺が悪い。ぜんぶ、俺のせいです。俺がこの手で盗みました」

「お前、一発だけ殴らせろ。そうしないと、俺の腹の虫が収まらないわ」

小室が鬼の形相で間合いを詰めた。

「小室さん、それはやめましょう」

居合わせた男が全員止めに入る。寺田は観念したようで、抵抗する気力はないようだ。

「トシ、やめて」

荒木が叫びながら小室の右手にしがみついた。

「お前ら、一生かけて、二人に償えよ。俺が、一生見張っているからな」

小室が震える拳で寺田の頬にわずかに触れた。居合わせた全員から溜め息が漏れる。

「寺田、それから、千尋さんも」

亀助は、深呼吸してからｉＰｈｏｎｅを取り出し、二人の方に向けて差し出した。

「このあと、すぐに自首して欲しい。君らは、根は悪い人間でないとわかってる。人は誰だって過ちを犯す。君らが冷静な判断をできないまま、悪魔のささやきに心を流されたことには同情するよ。ただ、君たちは罪を認めた。そして、見放さずに、支えてくれる仲間がいる。それはとても幸運で、重要なことだと思う」

二人が縋るような目で見つめてくる。千尋は涙を流している。

「みんな優しいから、見逃してやるというかもしれないけど、真実を知った僕にそれはできない。それが社会のルールだから。そんなことしたら、君らは一生、後ろめたさを抱えて生きていくことになる」

場がすっかり静まり返ってしまった。

「それから、山口、みゆきちゃん」

二人だけでなく、全ての視線が亀助に集まった。

「僕も、アンダルシアのひまわり畑を見て、感動したんだ。結婚したことないから、夫婦円満の秘訣《ひけつ》とか、僕にはわからないけど、家のリビングにひまわりを飾ってみたらどうかな？」

「それなら、もうやっています」と、山口から白い歯がこぼれる。

「そっか。でも、仲直りして、二人の歌とダンスを改めて見せる場所を設けてよ。家族も呼んでさ」

みゆきが「はい」と、亀助に深々と一礼してから、亀助が山口に視線を送ると、山口は唇だけを「ごめん」と動かした。みゆきの瞳にまた涙が滲んでいる。すぐに山口が駆け寄り、抱きしめた。みゆきの手が山口の背中に伸びて、力強く締め付ける。

「じゃあ、次こそフラメンコだな」

亀助はそこで、踵《きびす》を返した。気恥ずかしくて、つい急ぎ足になる。

「ちょっと、待ってよ、探偵！」

亀助は、荒木に呼び止められたが、右手だけ軽く上げると店を後にした。エレベーターを降りてビルを出る。前に進むと、再び「待ってよ」と声をかけられた。振り向くと、荒木が駆け寄ってきた。もう一台のエレベーターで急いで追いかけてきたのだろう。

「カッコつけちゃって。事件を解決したのに、なによ、自分から逃げちゃって」

荒木がいつもの調子で冷やかしてくる。

「あ、いや、なんとなく、いづらくなっただけで……」

「まあ、今回も、名推理が冴《さ》え渡りましたけどね」

荒木が肩から体ごとぶつかってきたので思わずよろけて転びそうになった。

「いや、そんなんじゃないけど……」

「先生、どこがポイントだったんですか？」

荒木がニヤニヤしながら顔を傾けてきた。

「やっぱり、お酒好きの千尋さんが、ダイエットで飲まないっていうのが気になっていたんだ……。だって、あんなに陽気な雰囲気で、美味しいスペインの料理とお酒が充実していて、受付の一仕事も終わったのにさ……。理由はたったひとつ、妊娠じゃないかと疑い始めたんだ」

「なるほどね、確かに。わたしは司会に集中していて気づかなかった」

亀助の脳裏に荒木のマイクパフォーマンスのシーンが蘇ってきて頰が緩んだ。

第四話「銀座の黒歴史!?　老舗料亭恐喝事件」

1

「やばい、めっちゃテンション上がるんだけど！」

荒木がｉＰｈｏｎｅを片手に背後から声を弾ませた。高そうな白のコートを着て、黒いロングブーツをはき、両手には黒い手袋をはめている。いつもより上品な装いだ。

新橋駅の銀座口で待ち合わせてから、亀助が先導して《中田屋》へと歩を進めていた。今日はかねてからのリクエストで、河口に加え、Ｇ５のメンバーである荒木奈央、高桑啓介と一緒に料亭《中田屋》で昼会席を楽しむことになっている。

三人には別に服装はいつもの感じでいいと言ったのだが、河口はいつものスリーピースで驚かないとしても、高桑はカシミアのロングコートの下に上下セットのスーツを着ているようだ。普段はカジュアルな高桑がスーツで来たのには理由があるそうで、荒木がくどいくらい「スーツじゃなきゃダメだ」と言ったのだという。

亀助にとって《中田屋》の本店に行って食事をするということは、大女将のきくよに会うことへの覚悟が必要だった。亀助は出版社を辞めて以来、一度もきくよには会っていなかった。一度挨拶に行こうとしたのだが、断られてしまったのだ。姉の鶴乃は「破門にされたんだ」とか、「縁を切られたんだ」だとか言ってきたが、ただ、きくよの予定が合わなかっただけのようだ。

そして今日、亀助には別の緊張感があるのを他の三人にはひた隠しにしていた。初めて、《中田屋》を自分が関わるグルメサイト〝ワンプ〟で紹介することになっているのだ。代表の島田にとって、名門の高級料亭である《中田屋》をワンプの広告枠で紹介することはかねてからの悲願であった。「うちのサイトにはあの名うての料亭も入っているんですよ」というのは宣伝材料としてかなり大きい。

しかし、《中田屋》にとってはリスクを伴う広告戦略でもある。《中田屋》が新興のグルメサイトであるワンプに勝手に書かれたのではなく、自らの公認情報として載せたとなれば、「あの中田屋もそこまで落ちたのか」などと言われかねない。「頼むから、お前の力で載せてくれよ」という島田からのプレッシャーを受け、「誰でも気軽に行ける店ではないので、難しい」と、かわし続けてきた。変なクレームにもつながりかねない。

実際、どの口コミサイトでも、料亭に対する書き込みについてはレビュアーたちもみな、悩みを抱えていた。単純に料理だけを楽しむ場所ではないのだ。

もともと河口とは大学時代からの親交があるのだが、サークル活動を通じて、荒木や高桑との関係性も築いた。《中田屋》に行きたいという二人の希望を叶《かな》えたいという想いもある。

「啓ちゃん、スーツなんて着ちゃってさ、わたしたち政治家にでもなった気分じゃない？　本来、わたしたちなんて、普通は絶対に入れないからね」

「いや、それはちょっと言い過ぎだよ。いま中田屋は、ランチだったら一見さんお断りみたいなことはやっていないから、予約状況次第で入れるんだよ」

亀助はよくある誤解を解こうとしたが、難しい説明ではある。

「いやいやいや、そんなこと言われたって、なんだかんだ、敷居が高いでしょ」

「まあ、そりゃあ高いよね」

ランチといえども、価格は決して安いわけではない。

「どんな格好で行けばいいのか、なんか作法でもあるのか、そんなこと何一つわからないもんね」

「うん、それに、いくらかかるかなんかも、わかんないもんな」

「カードは使えるんだろうけど、お会計が、一人、二十万円ですみたいなこと言われたら、無理でしょ。四人で八十万円とかさ」

「いや、そんなことはないって。仮に、お酒をたくさん頼んだとしても、せいぜい、五万円くらいじゃないかな」

　ほどなく、高い塀に囲まれた数寄屋造りの屋敷が姿を現した。背後にいる荒木からカメラのシャッター音が響いている。

「え、ちょっと、誰か、店の前にいるんじゃない。まさか、あれって、わたしたちのためじゃないよね？」

「もちろん、そうだよ」

　亀助は自分で言って、少し気恥ずかしさを感じていた。

「嘘でしょ。こんな寒い中、すごいよ！　こんな体験、我らが探偵と一緒じゃなきゃ絶対できないよね」

　荒木がいつもよりテンション高めに白い歯をこぼした。

「いや、実は、そんなことなくてさ、誰でも、ああやって迎えるものなんだよね」

「そうなの？　なにそれ、やばくない？」

　目の前に風格ある門が現れた。右側に〝中田屋〟と名の入った木札がある。

　待っていたのは、亀助の伯母にあたる女将と、亀助の従姉妹にあたるさくらだ。二人が揃って深々と頭を下げた。

「まあまあ、嬉しいお客さまですね。本日はお越しいただき、ありがとうございます」

「おばさん、さくらちゃん、今日は客としてお邪魔します。よろしくね」

さくらは、《中田屋 草庵》にいることもあれば、こうして本店にいることもある。いろんな店で修業をさせたいというのが大女将の狙いだろう。

「やばい、めっちゃ美人さん！」

荒木がいきなり握手を求めたが、さくらは笑顔で応じる。

「どうも、ご無沙汰してました。何度かお邪魔しています、河口です」

河口は何度か女将やさくらと会ったことがある。

「ええ、河口先生、どうもご無沙汰しておりました」

「ど、どうも、はじめまして、高桑といいます」

高桑が背筋をピンとのばして腰を折る。女将とさくらが笑顔で応じる。

「ちょっと、啓ちゃん、フォーリンラブしちゃったんじゃないの。あんた、清楚系の和風美人が好きって言ってたじゃん」

いきなり、荒木が高桑の変化を察知して鋭いツッコミを入れた。

「いや、まったくですね。やばい、おれ、今日のために着物買おうか迷ったんだけど、やっぱり買えばよかった。マジでしくったわ」

高桑は柄にもなく少し恥ずかしそうな表情を浮かべた。

亀助はその様子を眺めながら、手みやげを抱えて、敷居をまたぐ。

「竹だよ、銀座に竹が生えているよ」と小声ではしゃぎながらも、荒木はｉＰｈｏｎｅ

での撮影をやめてしまったようだ。こちらに気を遣ってくれたのかもしれない。モラルやプライバシーが問われるので、万が一、他の客と遭遇することを考えると、廊下などでは遠慮してほしいと考えていた。《中田屋》のしきたりでは、他の客と玄関などで鉢合わせすることは基本的にない。出る時も入る時も調整するし、表玄関ではなく、裏玄関を使うこともあるのだ。

コートや靴を預けてから、まずは、金屏風《きんびょうぶ》の前で撮影を行った。そして、案内されるまま、二階にある個室〝月光の間〟に入った。十四畳ほどと、四人では十分過ぎる広さだ。四畳ほどの〝次の間〟、つまり控え室が隣り合わせになっている。

部屋に入ると、それぞれ、調度品に見入っていて、席に着こうとはしない。

「てか、この壺《つぼ》、割ったらマジでやばそう」

「バカ、そういうの近づいたらダメだよ」

特に荒木は興奮が収まらない様子だ。

亀助が下座に腰を下ろしてからしばらくすると、やっとそれぞれが席に着いた。この部屋は掘りごたつになっているので、楽にしていられる。

「女将さんも、さくらさんも、めっちゃ美人なんだけど、なんなのあの美しさ」

そう言った瞬間に、さくらが部屋に入ってきた。

「あの、いま、さくらさんが美しすぎるって、話をしていたんですよ」

「あらやだ。お世辞でも、嬉しいですね。あなたの方がとっても素敵ですよ」

荒木が立ち上がって、財布から名刺を取り出した。

「いいえ、そんなそんな。あの、わたし、こういうエステサロンをやっていまして、もし良かったら、サービスしますから来てくださいね。お代とかいただきませんから」

「あらあ、銀座でサロンを経営されているのですか。お若いのに、素晴らしいですね」

「もしよかったら、うちのサロンのモデルになってもらえませんか。もう肌のつやとか、わたしと同じ人間とは思えないんですけど、どんな化粧品を使っているのかとか、すっごく気になります」

「また、ご冗談を」

「いいえ、冗談ではないのですが……。ごめんなさい。失礼ですよね」

冗談ではないのを亀助はよくわかっているが、空気を察したのか、荒木は　あっさり引き下がるようだ。

「あの、わたし、中田屋草庵さんには行ったことあるんですよ。あちらは、紹介制ではありませんし、こちらに比べたらわたしでも行ける！　って」

引き下がったかと思ったら、今度は、別の話題でアプローチを始めたようだ。

「まあ、そうですか。ご贔屓《ひいき》にしてくださって、ありがとうございます」

「でも、ずっとこちらの店に来たかったんですよ。こちらは、〝お料理、芸能、調度と日本文化の粋を極めた〟とありますよね。〝中田屋草庵は、そこからお料理だけを抜き出しました〟って表現されています。だったら、こちらで、全てを満喫したいなと感じていたんです」

さくらが、「荒木さん、本当によくご存知で」と言った後、亀助と荒木の視線が交差した。

「わたし、父親が料理人で、地元で店をやっていたんです。それで、一度だけ赤坂にある料亭に連れていってもらったことがあったらしくて、それが夢のような世界だったって、何度も聞かされたんです。だからわたしもいつか料亭に行きたくて……」

「そうでしたか……。ステキな料亭だったんでしょうね」

響きの良さや高級感のイメージからだろうか、〝料亭〟とつく店が増えてきた。だが、料亭と名乗るところがすべてそうなのかというと、そういうわけではない。つまるところ、本物の料亭とは、格式や威厳が伴わなければならないのだ。伝統ある日本料理やおもてなしを提供できるのは当然のこととして、数寄屋造りに、日本庭園があり、さらに客人の要望に応じて芸妓《げいぎ》衆を呼べるか、そういった点も不可欠な要素になる。その土地の政財界、近隣の名士たちに、認められているかどうかが問題なのだ。

「中田屋さんって、ブランドを安売りしていないところがわたしは素晴らしいと思うの。ブランドをちゃんと守りながら、時代に合わせて、新しいコンセプトの店をいろんなスタイルで出しているじゃないですか」

「ちょっとさ、奈央ちゃん、持ち上げ過ぎじゃないのかい」

亀助が苦笑いする。

「まあ、そんなことないよね。実際、俺もそう思うよ。中田屋ほどブランディングをうまくやっているところはないと思うな」

河口が荒木の味方についたようだ。

「俺も、マジで、亀助さんに会っていろいろ調べてから、ずっとそう思っていました」

さらに、高桑まで続いた。さくらが噴き出した後、手で口を押さえて震えている。

「みんなして、持ち上げてくれるなあ」

「だって、四代目社長も敏腕らしいですし、それが、さくらさんのお父さんなんですよね？」

荒木に切り込まれ、さくらが、「まあ、そんなことまで」と言って目を丸くした。

店の切り盛りは大女将や女将に任せつつ、経営を担う中田貴幸社長は元銀行マンで、業界でも有名なやり手だ。都内に限ってはいるが、格式のある外資系ホテルにも出店し、いまでは特色の異なる五店舗を構える。勉強熱心で、料理専門学校に通ったこともあるし、板場でも修業を積んでいる。

亀助の二つ歳上の従兄弟で、次の社長と目される中田豊松は、大手の広告代理店に入社後、マーケティングを学び、三十歳で会社に入った。このことからも、《中田屋》がいかに、時代の変化を見据えて進化しようとしているかがわかる。

亀助も姉の鶴乃も高校生や大学生の頃、よくここでアルバイトをした。厳格な父親も社会勉強になるからと言って止めなかった。年末は、おせち料理の仕込みを手伝ったものだ。

「では、始めますね。お飲み物はなにになさいますか？」

とりあえず、ビールをオーダーする。

ほどなくすると、ふすまが開いて、亀助のよく知る板長が現れた。

「若、お待ちしておりましたよ。皆さま、ようこそ、いらっしゃいました」

「若だって、かっこいい」と、荒木が冷やかしてくる。

「では、本日の御献立をご紹介させてください。みなさまのお手元にありますように、酒肴《しゅこう》から始まりまして――」

全十品の昼会席を予約していた。献立表がすでに、それぞれの前に置かれていた。酒肴、椀、造り、鍋、口替わり、焼き物、飯、水菓子という順序だ。

そのなかには、期待通りに、〝白子の茶碗蒸《ちゃわんむ》し〟に加え、〝フグの荒揚げや白子唐揚げ〟が入っていたので、亀助は胸が躍った。

「今日はみなさま、アレルギーや苦手なものも特にないと伺っておりますが、お間違いないですか」

すぐに同意を示すように、すべての頭が下がった。「どうぞごゆっくりお楽しみ下さい」と言って下がった板長が、心なしかやや疲れているように見えたのが気になった。

よくよく考えてみれば、忘年会に、お歳暮、おせちと一年で最も忙しいシーズンである。そんな時期に来てしまったことを少し心苦しく思ってしまう。

また、さくらが別の中居を連れて入ってきた。それぞれのグラスにビールが注がれたので、まずは乾杯をする。

酒肴は三品だが、まずは、その最初の一品、笹の葉に載った〝松坂牛の焼霜造り〟がやってきた。表面はピンクでレア状態だというのがよくわかる。

亀助は忘れないうちにと、すばやく、様々な角度から撮影を行った。

「うわあ、いきなり霜降り松坂牛のお刺身ってこと？　ちょっと炙《あぶ》ったのかな」

「はい、こちらは、松坂牛の中でも最高等級を決める共進会で最優秀賞をとったお肉なんですよ。部位はフィレですね。軽く火を通してあります」

さくらが、「時間をおかずにぜひ」と促すのでみな、箸をつけた。亀助もカメラを置いて一切れを口に運んだ。

「なんかもう、お肉の王様のなかの王様みたいなやつですよね。それをいただくわたしって、王女のなかの王女になった気分だわ」

高桑が、酒を噴き出しそうになった。

「前半はわかるけど、後半がなに言っているのか、ちょっとわかんねえわ。たとえが、奈央ちゃんらしくて、ウケる」

「だって、これ、最高峰のお料理だよ。みんながみんな食べられるわけじゃないのよ。いろんな巡り合わせでこういう機会をいただけたことに感謝しなければいけないし、これを食べる場所も、雰囲気も、相手も全てがもう最高なの」

荒木は言い終わると、二枚目を口に運び目を瞑り、恍惚の表情を浮かべている。亀助はカメラを手にすると、ズームしてその姿を捉えた。食事の相手として最高だと褒めてくれたのだから、悪い気はしない。

場が和んでいるその光景を見るだけで、亀助は仲間を連れてきてよかったと実感していた。天井を見上げると、和モダンの明かりが照らしていた。天井の意匠は正倉院《しょうそういん》にも通じるものだ。客層としては比較的若い我々を、様々なコンセプトの部屋がある中でこの部屋に通してくれたのは店側の配慮だろう。まさに、〝おもてなし〟であり、こういう特別な空間が、こういう時間には相応《ふさわ》しい気がしてくる。

亀助は、カメラを荒木に向けて一枚撮った。いい表情だ。続いて、高桑、河口とカメラ目線ではない自然な表情を撮っていく。

「ちょっとちょっと、探偵が珍しく撮影してるじゃん」

「今回は、記事にすることになっているからさ。ちゃんと仕事しなきゃね」

襖の奥から「失礼します」と声が聞こえて、すっと開いた。

入って来たのは大女将のきくよだ。なぜか急に背筋が伸びて、すぐに亀助と目があった。

「あらあら、みなさん、今日はようこそいらっしゃいました。わたくしは、亀助の祖母の中田きくよと申します。いつもこの子がお世話になって」

深々と頭を下げる。顔を上げてから一人の存在に気づいた。祖母は記憶力が抜群なのだ。

「あら、河口先生じゃありませんか」

「大女将さん、ご無沙汰しております。お元気そうで、なによりです」

「わ、わ、わ、大女将さん、お会いできて光栄です」

また、荒木が興奮して立ち上がり、握手を求めた。名刺を出し出す。

「あら、あなたが、荒木奈央さんね。お若いのに、銀座で、エステをやってらっしゃる」

「なんで、そんなことをご存知なんですか？」

「さきほど、さくらに聞きましたから」

そう言って、きくよが白い歯を見せた。今度は、高桑が立ち上がり、恥ずかしそうに頭を下げた。

「どうも、高桑といいます。自分もお会いできて光栄です」

「なんだか、亀助が探偵の真似事《まねごと》みたいなことをしているそうで、河口先生やみなさまにご迷惑をおかけしていると伺いました」

荒木が右手を振る。

「いいえ、こちらこそ。わたしたちは亀助さんの名推理にいつも助けられているんです」

「あら、優しい方ですね。このこったら、何の因果でそんな真似事なんかしているんでございましょうか。おじいちゃんこでしたから、うちの三代目がミステリーなんかを読ませたのがいけなかったのかなと、お恥ずかしい限りでして」

「大女将さん、それって、運命だと思うんですよ」

「はあ？　運命でございますか？」

きくよが目を丸くした。

「さようでしたか……。探偵ならば、自分やさくらが結婚できない理由を推理して解決してもらいたいものですが……」

「え、さくらさんも未婚なんですか」

荒木が大声を上げたあと、口元を押さえた。

「大女将さん、だったら、わたしが、素敵な男性をご紹介しますから。あと、そちらの亀助さんにも必ず、相応しいパートナーをご紹介します」

「まあまあ、お力強いお言葉ですね。あとは、本人達次第ですけれども……。中田屋では結婚式も承っておりますので、みなさまも、どうかご贔屓に。わたしがお喋りし出すとみなさんのお食事をお邪魔してしまいますね」

そう言ってまとめると、部屋を後にした。荒木は、「え、さくらさんに相応しい相手、誰を紹介しようかな」とぶつぶつ独り言を始めてしまった。他の三人が呆れて目を合わせてから、一緒に笑い始める。

お椀の〝蟹身豆腐《かにみどうふ》のみぞれ仕立て〟が出てくる前に、日本酒に切り替えることを満場一致で決めた。「せっかくだから、今日のお料理にあうやつで」と荒木が言うと、さくらは〝黒龍〟を提案してきた。純米大吟醸の先駆者的な地位を持つ、福井にある老舗酒蔵の代表的な商品だ。飲み心地はスッキリとしていて爽やかで、和食全般とのマリアージュに優れている。唯一の欠点は、ぐいぐい進んでしまい、会計が跳ね上がってしまうことだ。

寒ブリやウニのお造りで、案の定、日本酒のお替わりを頼んだ。しかし、今日は、亀助が記事を書くということで、特別価格にしてもらう約束になっている。

振り返れば、運命的な縁で、このメンバーに出会えた。なかなか予約がとれない店にも足を運ぶことができた。今日はいくらになろうとご馳走しようと考えていたので、金に糸目はつけない――。

2

舌鼓の料理が次々に進んでいき、板長が鍋を手にしてやってきた。亀助は立ち上がり、写真に押さえる。できるだけ、多くのパターンを押さえておいた方がいい。近づくと、すぐに出し汁のよい香りが鼻孔をくすぐってくる。

「こちらは、国産の鶉《うずら》が出回るこの季節限定の鶉鍋でございます」

「鶉鍋って、そんなの聞いたことないわ」

「これは、中田屋とか一部の店で冬にしか食べられない名物なんだよね？」

荒木がはしゃいだあと、一度、食べたことがある河口が答えてくれた。

「うん、初代が考案して、創業以来ずっと続いているメニューなんだ。都内でも鶉鍋を出しているところは数えるくらいしかないよ。いまは、数が減ってしまったからね。すごく貴重な料理になってしまったね」

当然、あれだけ小さな鶉を料理するため、職人にとっては丁寧な作業が必要になる。胸肉以外の部位、もも肉や首つる、肋骨などはミンチにして団子で味わう。これが、コリコリとして食感もよい。かつおの一番だしと複数の醤油を使ったスープで、冬の筍《たけのこ》が入る。

　とりわけは全てさくらと中居がやってくれる。胃に深みのあるスープが染み込んでいく。鶏肉よりも濃厚な味わいが鶉肉の特徴だ。

「うわ、俺、これ好きだわ。すげえ、今まで食ったことがないのに、どこか懐かしい感じがするわ。なんか、ちょっと泣けてきたんだけど」

　高桑が突然、お皿を持ったまま仰け反ったので、みんなが噴き出しそうになった。

「なんとなくわかるよ。実は、中田屋の人間でも昔からファンが多いんだよ」

　亀助は、昔、安吉が鶉鍋を愛したことから、店の関係者から〝安吉鍋〟と呼ばれていたのを思い出した。

　続いて、口替わりのメニューとして、フグの荒唐揚げと白子唐揚げがやってきた。これも亀助の大好物だけに生唾を飲み込んだ。

「亀助さんの大好物でしょ。なにかと忙しい板長が、これは絶対に外せないよなって、ずっと言っていたんですよ」

「そっかあ。嬉しいな。やっぱり、僕はこの季節が、いちばん好きだな」

「すごく、美味しい。味付けは思ったよりも濃いめだけど、シンプルだよね？」

　荒木の感想は、《中田屋》のスタンスを表すものだった。

「そうなんだよ。いまの四代目社長もそうなんだけど、僕のじいちゃんにあたる三代目がずっと言っていたポリシーがあって。いい素材を使うからあまりいじらない、素材のよさを生かすというのが基本的な考え方なんだよね」

三人が、それぞれ頷きながら、「うんうん」と漏らした。

「最高、それって、結局、すべてのサービスに通じるものだと思う」

荒木がしみじみと言ってから、日本酒のグラスに手を伸ばす。

「器も素晴らしいものばかりですね。すべてが一流の世界だわ。こんな空間に来れただけで、わたしいま幸せです」

荒木がさくらに向かって白い歯をこぼした。

「ありがとうございます。そう言っていただけて、何よりです」

「こんな高価な器、壊したら大変じゃないですか。みなさん、プレッシャーとか、すごそうだけど……」

「そうですね。日本の文化的な損失になってしまうので、わたしたちも細心の注意を払って扱わなければなりません。例えば、そちらの器は、かの名高き魯山人《ろさんじん》先生の作品なんですよ」

居合わせたみんなの視線が一瞬で集まった。

角皿は九谷焼で、魯山人が描いた椿《つばき》の明るい柄がふちに描かれている。主役の料理が皿にのることを想定して、美食家視点で作り上げられた傑作と言える。

「でた！　北大路魯山人！」と高桑が声をあげる。

「まさか、亀助さん、親戚じゃないですよね」

「僕の父方の祖父も京都出身だけど、偶然、名字が一緒なだけだよ」

「なんだか、素晴らしい人というのはわかるんですけど、どんな方だったんですか？」

　さくらがすぐに亀助に視線を送ってきて、「わたしなんかより、亀助さんがお詳しいですよ」と話を振ってきた。

「うーん、まあ、魯山人といえば、画家であり、陶芸家であり、書道家であり、漆芸家であり、そして、なによりも、美食家でありっていう……。なんか、すごいマルチクリエイターの走りで、ただ食べるのが好きなだけでなく、プロデュースとかもしていたからな」

「なるほどね。〝かの魯山人の愛弟子！〟とかって肩書き、なんかすごいってことは伝わってくるけど、なんのジャンルの弟子なのか、わかんないね」

　河口に言われて、「確かに」と笑ってしまった。ただ、亀助にとって、魯山人は間違いなく、特別な存在だ。なりたいというわけではないが、憧れる。

「大正時代にさ、〝美食倶楽部《くらぶ》〟っていう会員制食堂を始めたんだよ。『美味しんぼ』で、海原雄山《かいばらゆうざん》が主宰する会員制料亭のモデルになっているところでさ。まあ、僕らの同志だと言えるよね」

「美食倶楽部って、ネーミングもオシャレでいいよね。時代が変わっても、ぜんぜん古さを感じないというか。そのおじさまに会いたいな」

「なんか、すごい豪快で破天荒な人だったから、衝突も多かったらしいけど、奈央ちゃんならあうかもね」

亀助は本当にそんな気がしてきて自分で言って笑ってしまった。

「あ、そうだ、今までさ、探偵にはまだ話をしていないけど、G5をどうしていくべきか、五人の枠を拡大していくべきかどうか、緒方さんとか、澤田さんとかと、すごく議論になったんだよね」

「議論てことは、意見がぶつかったってこと?」

亀助にとってはずっと入りたかったサークルだけに、その成り立ちが気になるところだ。

「簡単に誰でも入れるようなサークルにはしたくないよねって認識では共通していたかな。収拾つかなくなっても嫌じゃん。ちゃんと信頼できる仲間だけでずっと続いていくような集まりにしたかったんだけど。澤田さんがあんなことになって、わたしの見る目がなかったのかな……」

「いや、それは奈央ちゃんのせいじゃないっすよ。人にはいろんな事情があるし、美味しく楽しめれば、俺は誰でもいいかな」

高桑が荒木をフォローする。

しめの料理、さきほどの鶏鍋の出汁を使った雑炊がやってきた。

「ねえねえ、このお店さ、〝花柳界のしきたり〟で、夜はご紹介のみって書いてあったけど、花柳界ってどういうことなの？」

荒木が亀助に投げかけてきた。

「うん、まあ、もともとは中国から入ってきた言葉なんだけどね。遊女などがいるエリアを〝柳港花街〟とか、〝花街柳港〟なんて呼んだそうで、それが略されて花柳になって、江戸時代にその呼称が入ってきて、広まったんだって。芸者や遊女のいる世界を〝花柳界〟と呼んでいる」

「なんか、和風な感じがしていたんだけど、中国の文化を受けているの？」

「いやいや、日本でもともと、舞踊や鳴物で宴席に華を添える女性のことを芸者とか、芸子っていって、江戸時代の中期頃から盛んになった職業なんだ。〝花柳界〟って言葉だけ当てはめた感じだと思うよ」

「ふーん、着物を着て、真っ白な化粧をして踊る人よね？　その芸者さんが、宴会する大人のセレブたちにおもてなしをしていたってことかな？」

「うん、踊る人が〝立ち方〟で、踊らずに三味線を弾いて歌う人を〝地方《じかた》〟って呼ぶんだ。あと、京都では芸者じゃなくて、〝芸妓〟って呼ぶし、見習いは〝舞妓《まいこ》〟って呼ぶ。東京では見習いは〝半玉《はんぎょく》〟なんて、ちょっと呼び方が違うんだよね」

「東京と京都っていうイメージが強いな。そして、東京はもちろん、銀座だよね」

「うん、実際は、銀座だけでなくてさ、〝東京六花街〟って言われるように六つのエリアが盛んだったんだけど、発祥が銀座八丁目付近、だから、新橋よりだよね。安政四年、一八五七年だったかな、この年に、とある三味線の師匠が料理屋を開業したのがこの地域の花街の誕生と言われている」

「三味線の師匠って、渋い！」

「うん、それで、明治とか、大正にかけて、銀座だけでなく花街がいくつかできて、赤坂ね。それと、神楽坂。あとは、浅草、日本橋芳町《よしちょう》、向島ね」

「ふーん、確かに、由緒ある街が多いかもね」

「もちろん、明治とか、大正の最盛期にはかなりの数の料亭ができたらしいんだけど、どんどん減っていってさ、いまはもう、芸者さんの数も減ったよ。時代が変わったんだから店だって変わっていかないとね」

「だって、中田屋さんはいろんな業態の店を出されていますものね。六本木や新宿のホテルとか、青山の美術館とか、ぜんぶ、オシャレなの」

「どれも嬉しいお言葉、ありがたく頂戴しますね」と、さくらが白い歯を見せる。

ついに、デザートのイチゴと白玉ののった木のお皿が運ばれてきた。木のお皿の上にもうひとつガラスの器があり、そこには、おおぶりな赤と白のイチゴが入っている。白玉には、白味噌《しろみそ》の餡《あん》がかかっている。こちらも危うくすぐに手をつけそうになったが、荒木のシャッター音を聞いて、自分も撮影しなければならないことを思い出した。

これで、最後だ。中盤から酔いが回っていたが、なんとか、撮りきれた。

「ねえねえ、さっきのG5の拡大路線の話じゃないけど、わたしたち、四人になっちゃったからさ、とりあえず、一人メンバーを加えない？」

「誰かいい人いるかな」

河口が抹茶の入った茶碗を傾けた。

「小室さんはどうかな？」

亀助がずっと感じていたことを投げかけてみる。荒木の恋人である小室はみんなと面識があるし、荒木が一人で参加することをどう思っているのか心配だったのだ。

「ダメだよ。ダメダメ、このサークルはちゃんと食の素養がないとメンバーになる資格がないんだから。あんな人、絶対にダメ！」

それが照れなのか、本音なのかは亀助には計り兼ねた。

「小室さん、いいじゃないっすか」

高桑も亀助に同調してきたが、荒木が首を激しく振っている。

「こないだも大げんかしたし、わたしたち、いつ別れるかもしれないしさ。せっかく楽しく食べているのに、みんなの前で殴り合いのけんかとかしたくないもん」

小室も格闘技ジムに毎週通っていると言っていた。確かに、それぞれに大切な時間があって、それを侵食されたくないという理由もわからなくはない。

「そうしたら、次回の会合で、それぞれ一人ずつ候補を出して話し合うのはどうだろうか」

「うん、いいね、そうしましょう」

「じゃあ、今日はそろそろ帰ろうか」

さくらにその旨を伝えると、「少々お待ち下さい」と確認しに行った。

「ねえ、探偵、本当にありがとう。すごく幸せだったよ。これからも、ずっと、一生仲良くしてね」

「亀助さん、マジで感謝です。一生、忘れませんから」

「いや、気にしないでよ。こちらこそ、ずっと仲良くしてね。また来ようよ」

荒木が握手を求めてきて、なぜか、全員と握手をすることになった。

「ちょっとね、わたし、夕方から仕事だから、サウナ行って、お酒抜いてくるわ」

「マジかよ。すごい、ストイックな経営者だな」

「本当はね、一杯だけにしようと思っていたのに、ついつい飲み過ぎちゃってさ」

「知らなかったよ。言ってくれればよかったのに」

「いいの。一ミリも後悔していないから、わたし。この中田屋で特別な時間をすごした体験で一生話せるもん。日本のおもてなしの最高峰を体験したのよ。もうね、アイデアがすごい湧いてきちゃって、大変なの。会社戻って、仕事頑張らなきゃ」

紀子やさくらに見送られて、料亭を出たところで、高桑が耳打ちしてきた。

「亀助さん、ちょっとこのあと、お時間もらってもいいですか」

「うん、どうしたの？」

「あ、ぜんぜん、ちょっとした相談なんですけどね」

高桑がこんなことを言い出すのは珍しい。

近くのカフェに入り、亀助が二人分の飲み物の代金を払おうとすると、高桑は「いや、そんなの出させてくださいよ」と言い出した。

「さっきの代金なんて、やばいっすよね。そんなの申し訳ないっす」

「いや、いいって。今日はもう前からずっと決めていたし、たぶん、割引でだいぶ安くしてくれるはずだから」

高桑が心配そうに見つめてくる。そこで、自分の方が高桑よりも稼ぎが圧倒的に少ないということに気づいた。

「あ、じゃあ、いつか、なんか、甘いものでもご馳走してくれたら」

高桑が「マジでゴチっす」と言って、頭を下げた。

「それで、相談なんですけど……。あのさくらさん、なんですけど、どんな方なんですか」

亀助にとっては、予想外の問いかけだった。

「うん、見たまんまで、やさしくて、ちょっとおっとりしている感じかな。大学までずっと女子校育ちでさ、あんまり男には慣れていないところもあるというか。たぶん、僕の推理では、ほとんどつき合ったこともないんじゃないかな」

高桑が「うんうん」と頷いている。

「大女将がネタにされていましたけど、本当に未婚なんですよね」

朧《おぼろ》げだった高桑の意図が徐々に見えてきた気がする。

「ああ、まだしていないよ」

「まあ、あれだけかわいかったら、いろいろ寄ってくると思いますけどね。亀助さんは、過去の恋愛遍歴とかを確認したわけじゃないんですよね」

「うん、まあ、確かに、そういう話はしていないんだけど、え、もしかして、君って」

「いや、あの、俺はいろいろ聞いてみたいことがあって……」

亀助は、「え、マジで？　好きになった？」と頬の筋肉がほぐれるのを意識した。

「いやあ、俺には高嶺《たかね》の花子さんですけど、変なやつに騙されないでほしいなって。けっこう寄ってくるんじゃないですかね……」

高桑はさくらのことを好きなのか。真意が摑みきれない。

「いや、気になるなら一度、話をしてみなよ。相性がいいかもしれないし」

そう言ってから、高桑が定職についていないデイトレーダーだということに気づいた。仮想通貨で相当稼いでいるのは聞いているが、将来性はどうなのだろうか。

「今まで、あんまり、ちゃんと聞いてなかったけど、どんな人生を歩んできたのかな?」

「ああ、そうっすね。あんまり、話していなかったすよね。自分は横浜の保土ヶ谷ってところで生まれ育ちまして……」

高桑がその半生を語り始めた。学歴がないと言っていたが、家から通える場所ということで、横浜の大学に入学したという。しかし、やりたいことを見つけるために、ほとんど学校には通わずに休学し、退学してしまったというので亀助はもったいないと感じていた。

「高い授業料払って通うよりも、自分でビジネスをやっていた方が儲かるなってわかってしまって。まあ、かっこよく言うと、大学中退しても最高にかっこいいイノベーターになって活躍したスティーブ・ジョブズみたいな生き方に憧れもあって……」

その日、亀助は高桑と数時間にわたって語り合った。

3

雨が降っていた。気温も下がってきて、冬の足音が確実に聞こえている。

亀助は電車で赤坂にやってきた。豊松と再び、過去にあった《中田屋》の土地をめぐる件で打ち合わせをすることになったのだ。

待ち合わせの店は完全個室を売りにしている料亭チェーンだ。到着すると、和装の若い女性スタッフに案内される。すでに豊松が個室に入っていた。

「お疲れさま。ここの別の店舗は入ったけど、赤坂店は初めてだな」

「俺もね、たまに使わせてもらうんだけど、あんまり、料亭の人間が同じ業態の店を使いすぎるのもどうかなって思っちゃうよね」

「いや、僕も何度か来たけど、けっこうお金をかけて、しっかり作り込んでいるね」

「そうだね。このクオリティで、一人二時間飲み放題付きのコースで一万円もかからずに、六千円とか、七千円とかで宴会をできるんだよ。まいっちゃうよな」

学生らしき女性スタッフがおしぼりを持ってきてくれた。

「今日は、本物の探偵が来るんだよね」

「うん、そうなんだ。ちょっとね、攻撃がエスカレートしてきたから、俺たちものんびりしていられなくなってきてさ」

「山本さんていう方かな」

「いや、それはダミーで適当に〝山本〟で予約した」

「なんだよ、そういうことか。予約名が山本って聞いて、誰かと思ったら、そういうことなのか……」

《中田屋》では通じないが、他の店ではこういうことができる。

「ごめんごめん。ちょっとさ、最近、疑心暗鬼になっていてさ……」

いったいなにがあったのだろうか。

「あ、そういえば、忘れないうちに。中田屋に行った時にさ、板長の様子がちょっとおかしかったんだけど……」

亀助が言うと、豊松が深い溜め息をついた。

「それなんだけどさ、聞いてくれよ」と、豊松が声を荒らげた途端、中居の「お連れ様をご案内します」という声が聞こえた。スーツ姿の初老の男性が入って来た。白髪だが、顔も体も細《ほ》っそりしていて、スマートな印象がある。

「どうも、お待たせしてすみません」

さっきの女性スタッフがすぐにおしぼりを持って入ってきた。

「じゃあ、とりあえず、ビールでいいですか」と確認してオーダーする。

スタッフが「かしこまりました」と言って離れたところで、名前を紹介された。

「この方が、ずっとうちがお世話になっている調査会社の代表をされている笠松《かさまつ》さん」

「笠松さん、はじめまして、北大路亀助といいます」

突然、笠松が相好を崩した。

「ああ、どうも。あちこちで、あなたのお噂はよく聞いていますよ。いろんな事件を解決されたとか」

「え、誰がそんな話を」

「我々は情報が生命線の仕事ですから。グルメ探偵が、ネットを飛び出して、大暴れしてるっていうんで、どんな人物か調べてたまげましたよ」

「いやあ、お恥ずかしい限りです。たまたま、事件に居合わせただけでして……」

「なにせ、名刑事と料亭の主人というどちらも素晴らしい経歴をお持ちのお祖父様《じいさま》の血を引くサラブレッドだ。あれは才能だって、みんなひがんでいますよ」

「もう、そんな、勘弁してください」

ビールがきて、乾杯をする。シリアスなビジネスの会話をしていると察してくれたのか、スタッフもうあまり絡んでこなくなった。

コースが始まり、お造りがやってきた。

「笠松さん、悪いけど、もう一度、例の話をしていただけますか」

「ええ、もちろんですよ」

笠松が亀助に向き直った。

「北大路さんは、地面師のことはご存知ですか？」

「ええ、それは聞いたことがありましたし、先日、豊松くんに聞いてからちょっと調べてみました」

「そうですか、それなら早いな。助かります。まあ、土地の架空取引を画策する悪い奴《やつ》らの詐欺なんですが、地面師が絡むと、これが本当にやっかいな事件になってしまうものでして……」

「らしいですね。闇が本当に深いと聞きます……」

「そうなんです。他人の土地を、本人が知らないうちに転売して、代金だけ騙し取って逃げてしまう構図なんですよ。戦後、土地所有の管理が混乱した時代に土地が乗っ取られるというのは全国で問題になったのですが、その後、国の統制が進んで減りました。ですが、不思議なことにまた、流行り始めていて、名うての地面師というのがのさばっているんです」

「それは、不思議ですよね。土地の権利の書き換えなんて、相当ハードルが高そうだし、リスクが高い気がするのですが……」

「ええ、なのに最近も新橋で事件があったんですよ。ある土地が所有者の知らない間に、不当に低い価格で売られて、それが何度も転売されていく。地面師側と思われるグレーで怪しい関係者だけはやたらたくさんいるんですが、みんな、頼まれたとか、騙されたと言うんです。介在する人が増えれば増えるほど、真相が見えなくなっていく。所有者は女性なのですが、いま、失踪したまま行方不明なんですよ……」

すぐにニュースサイトで見た記事のことを思い出した。

「その記事、僕も見ました。失踪の裏に、地面師がいるんじゃないかって。そっか、騙されやすい資産家の老人は身寄りもなくて相談する人もいないことが多いみたいに書かれていました。高齢化が進んで、認知症患者も増えているといいますし、そういうケースは今後も増えていきそうですね」

「おっしゃる通りです。地面師は、本人になりすまして、印鑑を偽造するなどの手法を使って、不正に登記の書き換えを行い、勝手に売買を行って利益を得る。ボケた資産家の老人なんかが彼らの毒牙にかかったらひとたまりもない。住所の移転なんかは、偽の印鑑を登録するための常套《じょうとう》手段で、さきほどの失踪女性もその手にかかったのはきっと間違いないでしょう」

亀助は腕を組み、天井を見上げていた。

「なるほど、それでいうと、かつて、中田屋がその被害に遭いそうになったというのとは少し、状況が異なるのではないでしょうか」

笠松はまるで亀助のしぐさを真似るようにして腕を組んで考え始めた。

「ええ、その通りなんです。さきほどお伝えしたケースとはまたちょっと異なりまして、中田屋の所有する土地の権利者になりすました地面師が、不動産登記を書き換えたりするまでもなく、ほとんど落書きみたいな書面で不当な手付金を簡単に得たんですよ。彼らにしたら、恐らく、朝飯前だったでしょうね……」

「その時の状況を少し教えていただけますか。事件がどうやって発覚したのか」

「はい、騙された北海道の資産家が、すでに十億円以上の資産を前金としてつぎ込んだと言って、中田屋にやってきて、事件が明るみに出たんです。土地勘もなく東京や銀座への憧れがある人間を唆《そそのか》し、中田屋の経営が傾いているから、買い手を探していると。あの銀座の一等地が手に入る上に、中田屋のブランドがあれば、簡単にもとがとれると地面師は言ったそうです」

そこで、豊松が両手を広げた。

「まあ、明るみには出たけど、書面が偽物というかいい加減なものだったのがすぐにわかって、中田屋としては、何も悪くないし、被害者に対しては、お気の毒ですという感じだったんだろうね。警察としても、こんな手ぬるい詐欺にひっかかるやつがいたのかと呆れたみたいだよ」

「そうなんです。ただ、先方がかなり詳しく中田屋の財務事情やら、内部事情を知っていたものですから、誰か協力者がいたのではないかということで、当時の中田安吉専務が疑われました。はっきり言って、他に疑わしい人はいなかったんですよね」

亀助にはまったく知らない事実だった。

「僕はおじさんが会社にいられなくなったのは、女遊びが激しかったのと、経費の使い込みが原因だと思っていたんだけど、もしかしてそのことが辞めた一因になっているかもしれませんね」

笠松が「おっしゃるとおりで」と言ってからビールを空にした。

「まあ、地面師にまつわる情報というと粗方そんなところでしょうか」

店のスタッフが淡々と料理を運んでくる。

「そういえば、豊松くん、さっき、話がとぎれちゃったんだけど、板長が元気なかったって話、なにがあったのかな?」

豊松が表情をさらに曇らせた。

「ああ、それね。最近、中田屋にいたずらの発注が頻発しているんだよ。それでさ、板長も機嫌悪くて、まいっちゃっててさ」

「いたずらかい……」

日本料理には使うはずもないインドカレーのスパイス、ラーメンの麺、あるいは、安物の油まで届いたのだという。警察にも通報して、何者の犯行なのかを探っているそうだ。

「これは、あのホームページの改ざんからつながっている計画的な犯行なのだろうか……」

「まあ、その可能性は高いでしょうね」と、笠松が眼鏡の縁を押さえた。

鶴乃や豊松から調査の依頼を受けたというのに、「大したことではないのでは」と思って結局なにもしてなかった。そうこうしている間に、問題が大きくなってしまったのだ。

「笠松さん、自分が知らない話もたくさんありました。またお聞きしたいことがあったら、相談にのっていただけますか」

「ええ、もちろんです。わたしは先代社長には大変お世話になりましたので、みなさまのお役に立てることがあったら何でもおっしゃってください」

二軒目に行くこともなく、その日は別れた。


リニューアルした歌舞伎座の裏にある、オムライスが人気の喫茶店〝YOU〟で、さくらと待ち合わせをしていた。卵をたっぷり使ったふわふわのオムライスをいただける。そして、さくらといえば、オムライスが昔から好きだったのだ。

亀助は高桑からの相談を受けてからすぐ、さくらに電話をかけてアポイントをとっていた。可能性がどうあれ、高桑が思いを寄せているのは間違いないようだ。

「亀助さん、お待たせ」

「いやあ、さくらちゃん、忙しいなかごめんね」

いつもの和装とは随分と雰囲気の異なる格好だ。黒いスカートにグレーのニット姿でさくらはやってきた。

「いいのよ、亀助さんといつかゆっくり話をしたいと思っていたの。だって、敷かれたレールから自ら外れて、どんどんやりたいことをやっているでしょ。お互い、かたい家系に生まれただけに、わたし、そういうライフスタイルを貫くのって、すごく素敵だなって思うわ」

社長と女将の娘として生まれ育ったさくらの場合、亀助の状況とは異なる。当然、子供の頃から女将になってほしいという期待を一身に背負ってきたはずだ。

「いやあ、僕なんか、好きなことやっているだけでさ、まだまだ世の中に価値を提供できていないけど……。さくらちゃんの場合は大変だろうなって思うよ」

「わたし、接客は嫌いじゃないし、他に何かやりたかった仕事があったわけではないし、それはいいんだけどね。いまは、おばあちゃんも両親も、結婚しろ、結婚しろって、うるさいのよ」

さくらのうんざりした表情に鬱積したストレスがありありと現れている。

「僕もけっこう似た状況だから、わかるんだ」

「そうよね」とさくらが前のめりになった。

「実はこの前さ、後輩の結婚式があったんだけど、まさに、親に敷かれたレールに乗って、銀行員になった女性が、フラメンコにはまってさ、反対する親とけんかして、家を飛び出したんだ。それで、僕の友人の紹介で、とっても相応しいパートナー、それが僕の後輩なんだけど、彼に出会って、結婚したんだ。最終的に、親とも和解したんだけど、それを見て、やっぱり、自分の人生を生きなきゃなって思ったよ」

「そうよね。私たちの人生だもんね」

「うん、そうだよ。だから、はっきりいって、親とか世間体のために結婚するのはどうなのかなって思っているんだけどさ……」

　さくらが何度も頷いた。

「ただ、それでさ、実はこの前、中田屋にやってきた高桑啓介くんという男性がいてさ、いま、彼は二十七歳なんだけど、さくらちゃんと話をしてみたいって言っててさ」

　さくらが、「ああ、あの彼ね」とすぐにわかったようだ。

「うん、空いている日だったら別に構わないけど」

　やはり、アプローチは多いのだろう。特に驚いた様子はない。

「もしかしたら、さくらちゃんにはいま、言い寄ってきている人がいる？　彼は心配していたよ」

「うーん、銀座でよく柄の悪い人にナンパみたいのはされるけど、ガン無視よ」

さくらが舌を出して、はにかんでみせた。

「そっか。あんまり、彼には興味をもてない感じかな?」

「うーん、やっぱり中身を知ってからじゃないと、人ってちゃんとした恋愛に発展しないと思っていて。見た目で好きになって一時的に盛り上がっても、すぐ冷めちゃう感じがしちゃうし、なんかちょっと、自分の中ではないのかなって……」

もしかしたら、印象がよくなかったのかもしれない。

「でも、きっかけとしては、あると思うんだよね。惹かれる理由としては自然だと思うし、さくらちゃんの接客を見て好意をいだいたんだと思うんだ。例えば、彼の中身を知るためにちょっと会ってみるとかもないかな?」

「それは、もちろん、あると思うよ。それに、ああいう人懐っこいタイプって、わたしは嫌いじゃないの。最近若い人であのタイプは減ってきたけど、なんか、懐かしいっていうか。だから、もう一度、会ってもいいかも」

さくらは嘘を言うタイプの人間ではない。本音のようだ。

亀助はホッと胸をなでおろした。再び引き合わせる会をセッティングできればそれで御の字だ。

「ならよかった。僕が同席してもいいし、個別でもいいし、連絡先を交換してもらえたら嬉しいよ」

「いきなり二人はちょっとな……」

「じゃあ、あの場にいた奈央ちゃんでも誘って、四人でなんか美味しいものでも食べようか。奈央ちゃんもさくらちゃんに一目惚れしていたけどさ」

さくらが頬を赤らめた。

「うん、そうね。それだと嬉しい」

変な店は選べない。みな、味にもサービスにも舌と目が肥えた人間なのだ。

「何がいいかな……。そうだ、高桑くんはね、ステーキが好物なんだよ。しかも、〝銀座うかい亭〟のステーキね」

さくらが目を輝かせた。

「最近行ってないな。あそこのステーキ食べたい！」

「よし、じゃあ、人気店だから、早めに予約しないとね。すぐに調整するよ」

4

「お前さ、せっかくいいのを書いてくれたのに、もったいないべや」

株式会社ワンプレートの本社で、亀助は代表の島田から呼びつけられて、プレッシャーを受け続けていた。洒落たスーツを着こなし、東京で生まれ育ったように見えるのだが、札幌出身の島田はよく北海道弁が言葉の端々に出てくる。

島田はもともと背が高くてスリムなこともあるが、ジム通いをつづけているので、よく食べるのに引き締まった肉体が羨ましい。

「あれは誰でも書ける記事じゃないだろ。店の魅力が臨場感あふれるかたちでつたわってくるストーリーになっているんだわ」

そういう意図で自分自身が書いたのだ。頷くしかない。

「亀助がうちにジョインしてくれる前からの悲願だったんだぜ。ワンプにさ、日本最高峰の料亭が広告として登場したらさ、もう革命だべや。もう他の飲食店も一気にのってくるからな」

それは誰よりも強く認識していることだ。

「よくわかりますよ。インパクトはでかいですよね」

「なあ、しかも、記事を書いているのが、その料亭が実家でよ、最大手の出版社を辞めてワンプにやってきた売れっ子のグルメ探偵だって、もう最高のピーアールだべ。だから、そのタイミングにあわせて、ワンプの広告物も進めてきたんだべや」

「もちろん、それはわかっていますが……」

島田が広げていた両手を力なくおろした。

「じゃあ、いつになったら、中田屋の記事を公開できるんだよ？　せっかくのチャンスなんだから、急いでくれよ。あの記事、完璧だべや」

すでに《中田屋》の記事と写真はまとめて豊松に確認依頼をだしている。

「ここから、俺たちはガンガンせめていくんだからな。お前は、重要なエースなんだから、頼むって」

「ええ、もちろん、早めにアップしたいのですが、先方からの返事がまだないのと、いま、ちょっと店をめぐって、クレーマーとのトラブルがあるんですよ……」

記事をアップした途端、予約や問い合わせの電話が入る可能性がある。そのための記事なのだ。だが、現状、対応が難しいというのが《中田屋》の内部事情で、一方、他の飲食店への販促材料になるから島田は早く載せたい。そのどちらの意図もわかるだけに、亀助は苦しい立場に置かれていた。

「はっきり言って、ワンプに広告を掲載するメリットは、中田屋よりも、ワンプの方が断然、大きい状況です。ここで無理をさせて、業界に悪い評判が立つようなことは絶対に避けたいです。ブランディングを意識している高級飲食店、レストランにとって、それはとても重要な点だと思うんです」

メリットはあると感じている。しかし、創業から五十年、百年という歴史ある飲食店が、設立間もないグルメサイトに載ることのデメリットやリスクのことを亀助は常々考えさせられる。書くことを仕事にしていない、リテラシーの低い一般人が、飲食店を袋叩きにするような書き込みや炎上を何度も見てきたのだ。

「まあ、それはあるよな。仕方ないべか……」

高級飲食店予約のグルメサイトでは、〝一休レストラン〟が頭一つ抜けている。金さえ払えばどこでも掲載されるというわけではない。企業側の審査を満たした店だけが掲載を許可される。そのため、〝一休レストランに載っている飲食店〟ということで、一定のクオリティが担保されるのだ。

島田の狙いは、《中田屋》グループの広告をワンプに取り込むことで、高単価の広告商品を高級レストランに売り込むことだ。口コミサイトとしてユーザーの集客は順調に伸びてきた。ここから、どうマネタイズ、いわゆる、お金が集まる仕組みにできるか、正念場にきている。今後、シンプルに、その記事を持って、ワンプの営業部隊が一休レストランの掲載店に片っ端からアプローチする作戦を立てていた。

ベンチャー企業なので、正社員はそれほど多くはない。だが、〝リクルート〟や〝ぐるなび〟出身の優秀な営業マンを島田は何人か引き抜いてきた。テレフォンアポイントに担ぎ出されるのは、ベンチャーを学ぼうとインターンやバイトで入っている学生になる。

そして、高単価の広告商品の記事を書くのは亀助の役割だ。何人か、文章の上手な大学生を育てているが、広告を任せられるまでにはなっていない。

そのため、「自分がおもしろい記事を書いてばかりじゃなくてさ、もっといいライターを育ててくれよ」と発破をかけられている。

「お前と一緒に働きたいって学生もけっこう来ているんだわ。そろそろ本気でライターだって採用していくべ」

「何人かは必要でしょうけど、でも、やっぱり、業務委託とかでいいと思うんですよね。うまいライターを社員として雇うにはお金もかかるので、もう少し、広告をやってくれるライターさんをどう集めるか、考えますね」

「おう、頼むぞ。したっけな」


カフェで仕事をしていたところ、豊松から着信があった。

もしかしたら、掲載の許可がおりたのだろうか。

亀助は通話ボタンを押し、「もしもし、ちょっと待って」と、店の外に移動しながら、少しの期待を胸に、会話を再開した。

〈亀ちゃん、ちょっと、まずいことになってきた〉

まったく、用件はあてにしたものではないようだ。

「え、今度は、なにがあったの？」

〈金銭目当ての脅迫だよ。陰湿な脅迫をしてきやがったんだけど……〉

「いったい誰が？」

〈うちで食事をしたアジア系外国人の団体が、腐ってるなんて言って、いいがかりをつけてきてさ。金銭を要求してきた〉

「いくら？」

〈十万香港ドルだから、日本円で百三十万円くらいかな〉

思っていたよりは少ない額だった。

「わかってると思うけど、そういうクレーマーはさ、一度要求をのんだら、つけあがるから、応じたら絶対ダメだよ」

〈それが大女将がさ……。だったら、払いなって。払って、そちらのお国の方は金輪際おことわりだって激怒してさ……。明らかにパニックになっているんだけど、それというのもさ、信じられないものが店の中から見つかったんだ〉

「なに？　なにがあったの？」

〈盗聴器が見つかってさ、まあ、それは買おうと思えば、ネットでも秋葉原とかでも入手できる。それよりも、実は、安吉おじさんが昔作ったあの金バッジが、庭に落ちていたんだよ。そうじをしていたさくらが見つけた〉

暗澹《あんたん》たるものが、胸の底に沈殿していく。安吉が一連の事件に関与するようなことだけは絶対にあってほしくないと願っていた。

「それってまさか、安吉おじさんが、何らかの形で関与している可能性があるってことなのかな……」

〈わかんないけど、その可能性が高いよね。無言でさ、大女将に相当なプレッシャーをかけることには成功したようだ〉

電話の向こうから重たい溜め息が聞こえてきた。

「だったら、これからもっと大変なことが起きそうな嫌な予感がする……」

〈まったく同感だよ。あ、ごめん、警察が来たから、ちょっと切るよ〉

どういう状況になっているのか、事態をすぐに把握したいが、《中田屋》に向かったところで、捜査を邪魔することになってしまう。

亀助は、ハイブリッドバイクを走らせ、桜川、山尾に話を聞くため、築地署を訪れた。

「北大路さん、我々も料亭の問題は多少把握しています。我々が介入できる案件ではないのですが、お店にとってはやっかいなトラブルが起きてしまいましたね」

「こういうことが起きるのではないかと、懸念していたのに、自分はなにもできませんでした……」

「それは、仕方ありませんよ。あなたには責任はひとつもない」

桜川が顔を大きく横に振っている。

「まったくです。ただ、北大路さんのご懸念の通り、中田屋への嫌がらせと脅迫はなんらかの接点があると考えた方がよさそうですね」

山尾は亀助が気にしている点を指摘してくれた。

「要求されている額は、十万香港ドルでしたか。それって、正直言って、あまり大きな額ではありませんよね。手の込んだ嫌がらせを数カ月にわたってやってきて、それでその額というのはどうも腑に落ちないんです」

「そうですね。おっしゃることはよくわかります」

安吉の話をしようとしたが、なぜか躊躇われた。そんなことをする人間ではないと、誰よりも信じたい。

「ちょっと話は変わりますが、お二人は、地面師の事件に関わったことはありますか？」

「ん、地面師ですか？」

二人が顔を見合わせた。

「近年、また、よくその名前を聞くようになりましたが、我々は捜査一課ですので、直接関わることはあまりありません」

「土地の高騰もあって、すごく活発になっていると聞きますね」

「そうなんですよ。プロの不動産業者がまんまと騙されてしまうんですからね。我々としては驚かされるばかりです」

「ニュースで辿ると、逮捕されるのはかなり年配の人ばかりなんですが、やはり、これは資産家というと年配が多いので、相手が同年輩だと騙されやすいということでしょうか」

「それは、間違いなくあるんでしょうな。実際に、資産家に成り済ますのは相当な演技力も必要になりますし、様々な人間と直接、会話もするのでリスクが高い。そういった役割を演じるのは、資産家と同年代の詐欺師です」

「ですよね、資産家に成り切って演じるということは、歳や背格好、顔つきがそれなりの人間でなければならないでしょうし、プロの不動産業者を相手に騙すのですから、それなりの不動産知識も必要になるでしょうが、そんなこと、よくできますよね」

「ええ、大規模な手配師ネットワークがあると言われています。元締めは、温泉街に人脈があって、そこから詐欺の役割を担う重要な成り済まし役を調達することが多いそうです」

「地方の温泉街ですか……。訳ありな人もいそうだな」

「ええ、まさに訳ありの中年女性なんかがいて、かつてはそこそこの暮らしをしていたのに、なにかの失敗で、人生から転落してしまい、住み込みで、素性を隠して、温泉で清掃をしたり、風呂番をしたりしているんです」

「なるほど……。借金を抱えて、暴力団員に脅されて、やらざるを得ないケースなんかもありそうですね」

「そういうケースもあるかもしれませんが、基本的に地面師グループは、暴力団組織ほどの連携をとっておらず、案件ごとにチームを組んで、離合集散を繰り返すようです。そのため、我々としては把握が困難なわけです」

「なんというか、ビジネスライクですね」

「ええ、そうですね。面接や詐欺の予行演習なんかもあるそうですが、成り済まし役はとにかく、弁が立って、記憶力がよく、ちょっとやそっとでは怖じ気《おけ》づかないような人間が選ばれるそうです」

亀助はきつく目を閉じていた。中田安吉はまさに、そんなタイプの人間だった。

まさか、安吉は札幌に行って姿を消してから、地面師に関わるようになったのではないか……。

「すみません、地面師に関わる土地取引の事件で、この男性が関わっていないか、調べていただけませんか？」

亀助は、中田安吉の名前を紙に書き付けて、山尾に渡した。

「わかりました。調べてみますね。結局、地面師事件はいかに背後に全てを操る人間がいて、組織的に動いているのですが、成り済まし犯を捕まえなければ我々としては立件しづらいんですよね」

「さきほど言ったように、ニュースでは、逮捕される実行犯役は年配の人が多いとありましたが、例えば、若者でも関わるようなケースは増えていますか？　例えば、下っ端としてとか……」

亀助は気になり始めている疑惑をぶつけてみた。

「ええ、地面師グループは決して一人で動いているわけではありません。高度に組織化されて、役割分担が行われているんです。例えば、インターネットなども活用して、地主の情報をかき集める人間もいるようです。あるいは、3Dプリンターを使って印鑑を偽造するようなケースも増えている。現代的なテクノロジーを悪用する手法ですね。こういった役割は、若い世代が担うパターンが多いそうです」

「なるほど。すごく参考になりました」

亀助は築地署を出ると、探偵の笠松に電話をかけた。すぐにつながった。

「北大路です。先日はどうもありがとうございました」

〈こちらこそ、ありがとうございました。なにかございましたか？〉

「実は中田屋への攻撃がエスカレートしてきてしまったようで、豊松の方からこのあと、報告があると思います」

〈そうでしたか……。我々もすぐに動き出す準備をしておきます〉

「あの、ちょっとお聞きしたかったのですが、叔父の中田安吉のことなのですが、笠松さんは何度か会っていらっしゃるんですよね？」

〈ええ、わたしは、大変お世話になりまして、飲みに誘っていただいたこともあります。よくしていただきました。それだけに不正に気づいた時は、心苦しかったですね……〉

「笠松さんは、日本のどこかで、安吉おじさんが、まだ生きていると感じていますか？」

間が空いた。いま起きていることに、安吉が関与しているかどうかを聞いているというニュアンスは、当然、笠松にも伝わるだろう。

〈いえ、わたし自身は、もうこの世にはいないのではないかと……〉

笠松は断定はしなかったが、すでに裏を取っているのではないかと、亀助は直感した。

〈未練や後悔を抱いたまま中田屋を去ったのは間違いありません。しかし、わたしにはあの方が中田屋を逆恨みするとは思えない。中田屋を心から愛していた人ですからね〉

「もしかして、安吉おじさんが、他界したというような噂がお耳に入っているのでしょうか」

〈ええ、まあ……。ただ、裏は取れていません。あくまで噂でして〉

「そうでしたか。あと、もう一点、よく、探偵のドキュメントなんかで、携帯電話の番号から銀行の口座残高まで割り出す検証みたいのがよくありますよね」

〈ああ、携帯電話の番号がわかれば、かなりのことがわかりますよ。もし、本人が偽造データを使っていなければ〉

「ちょっと一人、調べて欲しい若い男性がいるんです」

亀助はメモを取り出した。

5

亀助は鶴乃に呼び出されて、帝国ホテル本館一階の〝パークサイドダイナー〟にやってきた。窓際の四人席が〝北大路〟で予約されていて、先に腰を下ろして待つ。《中田屋》を巡る事件について、亀助もいろいろ報告したいと思っていたところだ。

突然、「大事な用があるから、必ず来なさい。ちゃんとした服で」という電話があったのは二日前のことだ。きっと、誰かに会うということなのだろう。久しぶりにスーツとコートを着てハイブリッドバイクにまたがった。こういう時は電動モードが役に立つ。

iＰｈｏｎｅに着信があった。もしかしたら、捜査になにか進展があったのかもしれない。表示された名前は、やはり鶴乃だ。

「あ、もしもし、もう着いているよ」

〈うん、いまタクシーで向かっているの。でさ、ちょっと悪いんだけど、あんまり時間ないから、パンケーキのいちご添えと、あと、フレンチトーストと、あと、あんたのクレープね、食べたいやつ、どれか頼んでおいて。よろしく〉

「はあ？」と聞いた次の瞬間にはもう切れていた。

溜め息が出る。やはり、聞き捨てならなかったのは最後の言葉だ。勝手に人のメニューを決めるとは、相変わらずの暴君スタイルだ。子供の頃からよくあったパターンだが、何も変わっていないようだ。

二人だったら、小言を言いたいところだが、三人分の注文を頼まれたということは、もう一人来るということだ。ならば、のんびりしている場合ではないか。

亀助は、メニューを開くと、手を上げて、遠くにいた店のスタッフを呼んだ。クレープには四種のバリエーションがあるのだが、〝バナナとチョコレートのクレープ　バニラアイスクリーム添え〟をチョイスして、〝インペリアルパンケーキ　いちご添え〟と、ブリオッシュのフレンチトースト　ベリー添え〟とともにオーダーした。

おそらく、やってくる相手は女性である可能性が高いだろう。しかも、鶴乃と関係性は近いのではないか。

帝国ホテルの顔とも言えるロビーすぐそばの〝ランデブーラウンジ〟ではないのが気になっていた。コーヒーを飲みながら、軽く話をするのであればランデブーを選択するのが無難だろう。

まったく、事前に用件も伝えないとはどういうつもりなのか。

ｉＰｈｏｎｅで検索窓を立ち上げたところで、「あ、亀助、ごめんごめん」とまったく悪びれる様子のない声が聞こえてきた。

「勝手に人のメニューを決めるって、なんだよ」

鶴乃の後ろに人影が見えた。二人がどんどん近づいてくる。鶴乃から二歩下がってやってきたのは、黒髪に整った顔立ちで、上品なワンピースを纏った美しい女性だった。

「北大路さん、どうも、はじめまして。わたくし、斉藤天音《さいとうあまね》といいます」

「斉藤、天音さん、ど、どうも、はじめまして」

鶴乃がさっさと席に着いて、ドリンクのメニューを選び始めた。

「姉ちゃん、どういうこと？」

「あ、ごめん、すぐに紹介するから。時間があまりないから、先にドリンクを決めちゃいましょう」

またしても、時間がないというが、そのくせ、デザートだけは食べてから出るようだ。

天音は立ち尽くしたままだったので、「どうぞどうぞ」と席についてもらった。

「ティータイムのハーブティーセレクションでいいでしょ？」

また暴君のようなことを鶴乃が言い出してすぐにスタッフを呼んだ。

「いや、僕は、コーヒーで」と言うと、「あ、そう。お好きにどうぞ」と冷たく返された。この展開は、確実に亀助に支払いがまわってくるやつだというのに。

全て自分が決めようとしているが、ここはペースに飲まれないようにしなければならないと、亀助は大きく息をはき出した。スタッフがやって来て、鶴乃がドリンクをオーダーする。さらに、亀助がちゃんとオーダーしたというのに、デザートの注文が入っているかどうか、あとどれくらいかをスタッフに聞いたのでムッとした。

「はい、それで、わたしの自慢の天音ちゃん。かわいいでしょ。モデルさん」

「やはり、そういうお仕事を」と亀助が言ったところで、天音が「そういう誰も幸せにならない冗談はやめてください」と鶴乃をしかりつけた。笑った顔がかわいらしくて、亀助はつい頰の筋肉が緩んだ。

「あら、ごめんなさい。冗談よ。彼女は検察事務官なの」

天音が頷いてから、少し前かがみになった。

「あの、『HERO』はご覧になりましたか？　久利生《くりう》検事のアシスタントをしていたのが検察事務官なんです。それがわかりやすいですよね」

「ええ、松たか子さんが演じていた職種ですよね」

亀助は大きく頷いた。

「はい、それです。あんな感じで、現場に出ての捜査、普通はしませんが……」

「こんな謙遜しちゃっているけど、天音ちゃんは超優秀なの。この美貌もあって、上層部も一目置くくらいなんだから」

　鶴乃が前のめりになる。

「いいえ、そんなめっそうもございません……」

「ということは、うちの姉がお世話になっているんですよね？　パワハラとか、大丈夫でしょうか。肉親としては、すごい心配ですよ」

　亀助の冗談に天音が目尻を下げた。実際、職場での鶴乃の様子が目に浮かぶようだった。間違いなく厳しいはずだ。怒鳴りつけることもあるのではないだろうか。

「いいえ、わたしがお世話になってばっかりで。すごく優しくて、大好きです」

　腕を組んだ鶴乃が舌打ちをして、亀助を睨みつけてきた。

「わたしね、こう見えても、仕事できるの。そして、仕事できる人には優しいの」

　河口からも聞いている話だ。出世コースにのっている。

「あ、そういうの自分で絶対言わない方がいいよ」

　亀助はここぞとばかりに釘を刺した。

「うるさいな、まったく」

　鶴乃が再び舌打ちをして目を吊り上げた。

「お客様、お待たせしました」

　そこで、写真映えしそうなデザートがやってきた。成り行きで、鶴乃がパンケーキを、天音がフレンチトーストを、そして、亀助がクレープの皿を受け取る。

「わあ、嬉しい。わたし、ここにずっと来てみたかったんです」

天音が嬉しそうに肩をすくめたあと、店員に向かって「お写真、撮ってもよいですか」と許可をとったので亀助はさらに好感を持った。

「あ、初めてなんですか。だったら、まずはパンケーキが名物なので、メインで食べていただいた方がいいんじゃないかな。一九五三年に誕生して以来の由緒あるパンケーキなんですよ。海外から入ってきているクリームもりもりのパンケーキみたいな派手さはありませんけど、見ての通りきめ細かな生地で、厳選した食材を使っていることがわかります。半世紀を超えて、変わらない美味しさを守るって、すごいなって」

「え、なんなの、俺はパンケーキの歴史を知ってるぜみたいな、なにアピール？　そういうの絶対言わない方がいいよ」

鶴乃が冷やかしてきて、天音が控えめに笑っている。確かに、こういう蘊蓄をいきなり語りだすのはよくないかもしれない……。

亀助は目の前の姉という存在を忘れていたことも激しく後悔していた。そして、もしかしたら、無意識のうちに天音にいいところを見せようとしていたのではないかと思い始めていた。つまり、目の前の美しい女性に惹かれているのではないか……。

「わたしは、すごく素敵だなって思いました。もっと聞いていたかったです」

すぐに天音のフォローが入った。なんだろう、この味わったことのない感覚は……。まるで、目の前のパンケーキみたいな優しさだ。

「まあ、とりあえず、取り皿もらったのでシェアしましょ」

鶴乃が言ったので、つつくのではなく、新しい取り皿をまわして、それぞれのケーキから他の二人分を取り分けて、載せることになった。天音の分を贔屓して載せて最初に渡す。天音はフレンチトーストを載せたお皿を渡してくれたのだが、その盛りつけのセンスの良さに亀助はときめいていた。逆に自分の盛りつけのセンスのなさが恥ずかしくなる。

「なんだか、楽しいティータイムね。今日は、人様の前でみっともない姉弟げんかなんかはしないから。そんなことするために、こんな美女を連れて来たわけじゃないの」

鶴乃が憎たらしい笑みを浮かべた。

「亀助、奇跡なの。奇跡が起きたの。天音ちゃんね、あなたのファンなんだって」

「え、なんだって？」

「そうなんです。わたし、亀助さんの大ファンなんです。ずっと何年も前からブログを見ていて、いつか会いたいなって思っていて、それで、このあいだ、偶然、お姉さんと話をしていたときに、亀助さんが弟だって教えてもらって」

「奇跡よ。本当に奇跡なの。わたしが保証するけど、本当なの。あなたの文章が好きなんだって。それでね、写真を見せたら、顔もタイプだって」

目が合った。

「しかもね、料理が趣味でめっちゃ上手なの。もうね、わたしが男だったら、人生で出会ってきた女性の中で嫁にしたい人断トツ、ナンバーワン。ねえ、あなた、どうなの？」

「どうって、そんな、お世辞を言ってくれているにきまってるだろ。真に受けてさ、天音さんが困ってるじゃないかよ」

「いいえ、お世辞なんかじゃありません！」

少し間が空いてから、鶴乃がカバンを持って立ち上がった。

「まあ、わたしがいたら話しづらいでしょうし、わたしはちょっとどうにもずらせない予定があって、偉い人たちを待たせているから、あとはお若い二人でどうぞ楽しんで。支払いはあんたに任せたわよ」

「おい、マジかよ」

亀助が投げかけた言葉を払いのけるようにして、鶴乃は去っていった。窓から、すぐにタクシーに飛び乗る様子が見えてしまい、天音と目が合って笑ってしまった。

「あの、もしかして、わたしのことはあんまりタイプではありませんか？」

天音が不安そうな目で見つめてきたので、亀助は見惚れてしまった。笑顔だけでなく、不安そうな表情も魅力的だったのだ。

「いえ、とても、ステキだなと思います……。本当にステキです」

「それはお世辞ではなくて？」

「いえ、お世辞ではなくて、すごくステキです」

「なら、嬉しいです。もしよかったら、もっと亀助さんのことを教えて下さい」

「はい、わかりました。え、と、僕は、いま、三十三歳ですね。東京で生まれて」

「ごめんなさい、そういうのはもう、鶴乃さんに聞いたんです。好きな食べ物とかも聞きましたし、ワンプもいつも見ているので、だいたい把握しています」

「ああ、そうですか……。ぜんぶ、お見通しじゃないですか」

「いえ、なんか、例えば、座右の銘とか、好きな女性のタイプとか、もし、結婚したら、こういう家庭を築きたいとか、そういうのはありますか？」

「ああ、そうですね。僕には大好きなおじいちゃんがいまして。老舗料亭の社長であり、職人でもあったんですが、変態みたいな食い道楽で、フグの毒にあたって死んじゃったんですよ」

「少しだけ、お姉さまから聞きました……」

「そうですか。それで、じいちゃんが、いつも言っていたのが、人助けをしたら飯がうまくなるって。だから、悩みを抱えている人がいたら、それを解決するために汗をかけって。難しいけど、お前ならきっとできるようになるって言われたんです」

「すごくいい言葉ですね」

「まあ、子供でしたから、単純でしょ。一日一善で、美味しい御膳を食べたかったら、役に立つことをしろっていうのをずっと信じて、余計なことに首をつっこんだりしちゃうんですよ。で、実際に、美味しく感じることが多かった。だから、正直に言うと、誰かと一緒じゃなくても、ご飯は美味しいって思っていたんです」

天音が首を傾げて、亀助を見つめてきた。

「はい、それって、思っていたってことは、いまは変わったんですか？」

「そうなんです。最近、グルメサークルに参加するようになって、そしたら、やっぱり、これはこのスパイスが効いているね！　とか、この調理法がいいよね！　とか話せるし、一人で食べるよりも何種類も食べられる」

天音が「うんうん、わかるわかる」と相槌を打っている。

「それに、よく二人で飲みに行く先輩には家族がいるんですが、僕もパートナー同伴でパーティーに行けるようになったとしたら、みんなで幸せになれるじゃないですか」

天音が「ですです。一人よりずっと美味しいに決まっています」と頷く。

「だから、好きな女性のタイプというと、食の好みが合うだけでなく、そういう食文化を大切にする人がいいですね。昔、自分も家庭を持つと信じていた頃は、誕生日とかの記念日は外食がいいなって。相手には仕事でも趣味でも、やってほしいから、料理とか家事の負担がかかる関係は望まないんです。でも、一緒に料理をする日があったらいいな。うちは、とにかく、父親が忙しくて、家族揃っての食事が少なかったので」

天音は相槌を打ちながら、亀助の話をずっと興味を持って聞いてくれているようだ。

「すごく、すごく、素敵だと思います。わたしの理想と合っている気がします。わたしは、もちろん、みんなでワイワイするのも好きですし、自分一人の時間も大切です。充実している仕事も辞めたくありません。ただ、二人の時間も大切にしたいな……」

亀助は「もちろんじゃないですか。それがないと意味がない」と、自然に口から出てきた。

「じゃあ、もし彼女さんがいたら、一緒に旅行とかに行くのも好きですか」

「もちろんです。美味しいものを二人で探しに行くのなんて、いいですよね。あ、そうだ、僕、車とか持っていないんですけど、ハイブリッドバイクを持っていて、電動バイクにもなるし、自転車にもなるし、エコだからすごく気に入っているんです。で、これが、折りたたんで専用のスーツケースで飛行機にも持ち込めるんですよ」

「すごいですね、合理的！　じゃあ、それを持って、二人で離島とかまわりたいですね」

「そうなんですよ。春とか、夏になったら、僕はやろうと計画していて……」

いきなり、「旅行に行きましょう」は、あんまりだ……。

「じゃあ、夏に旅行に連れていってもらえるように、早速デート誘ってください」

「もちろん、近々、美味しいものでも食べに行きましょう。僕、それだけは自信があるんですよ」

天音が作ったガッツポーズ姿があまりにもかわいくて、亀助は天にも昇る心地だった。

6

亀助は、荒木、高桑を誘って、三人で〝銀座うかい亭〟を訪れていた。メディア露出が増えていて、ますます予約の取りづらい店になってしまった。もともとは、さくらを入れて四人で予約していたのだが、急きょ、三人に予約変更することになった。

本来はカウンターでいただきたいところだが、個室をとって、ゆっくりとランチコースを楽しんでいた。亀助は何度も訪れていたが、やはり、いつ来ても使う食材のクオリティ、味付け、そして、食を楽しむ雰囲気とどれをとっても素晴らしい。

すでにメインは終えて、デザートに差し掛かっていた。五種から選ぶことができ、亀助はモンブランを、荒木はチョコレートパフェを、高桑はプリンをチョイスしていた。最初に亀助は食べ終えて、二人の様子を窺っていた。

大きく息を吸って、吐き出す。鼓動が速まっている。だが、前に進むしかない。そして、高桑が最後の一口を味わったところで、あらかじめ用意していた言葉を投げかけた。

「あのさ、僕のレシピが正しければ、高桑君って、もしかしたら、僕とけっこう近しい親戚なんじゃないかな」

高桑が「ええ、マジかよ」と小さな声をもらした。荒木もフリーズしたように動きを止めた。事前に衝撃のカミングアウトをしようと思うと荒木には伝えている。できれば、ここからは荒木に茶々を挟んでもらいたくはない。

「このタイミングで、やばいレシピきたんだけど……」

荒木が独り言のようにぶつぶつ言っている。すると、高桑が両手を大きく広げた。降伏のポーズにも見える。

「あーやっべ、ついにバレたか」

いつものあっけらかんとした調子で、特に悪びれる様子はない。

「探偵も、啓ちゃんも、それって、どういうこと……?」

「まあ、そうっすね。探偵を前に、隠し通せると思った俺が、甘かったんすよ。ずっと、バレたら謝るって決めていました。ていうか、今まで、バレずにやってこれた俺、自分で褒めたいっすよ」

「え、なんか、話についていけてないんだけど……」

荒木が首を傾げている。

「奈央ちゃん、ごめん。あとで、いろいろ説明するから」

亀助がそう言うと、荒木は深刻な事態を受け止めたのか口を閉じた。そこで高桑に向き合う。

「中田屋に対する嫌がらせや脅迫は、君が主犯ではないよね？」

亀助は確信を持っていた。高桑はそんなことをする人間ではない。

「その通りっすね。俺はあくまでもスパイ的な役割を押し付けられていて、まあ、今さら人のせいにするつもりはないっすけど……」

荒木の表情が強ばっていく。

高桑が後ろを振り返ったがここは個室だ。誰かに監視されている可能性があるのではないか。亀助も高桑の正体を知ってからそう思うようになっていた。

「え、探偵の親戚ってことは、啓ちゃんは何者なの？」

「ちょっと、いろいろ事情があってさ……」

亀助はそれを遮った。高桑にとっては触れられたくない過去だろう。

「いや、まあ、俺は言えるんですけど。ていうか、ダメ親父《おやじ》のことを知りたくて、俺は亀助さんとか、さくらさんとか、中田屋に近づこうとしていたんですよ。銀座でイケてるグルメサークルに顔を出していたら、いつかきっと出会えると信じていました」

亀助は「やっぱりそうだったのか」と、静かに頷いた。

「奈央ちゃん、聞いてください。俺の親父、年齢的にはじじいですけど、そいつしょうもないやつで……。中田安吉っていうんですけど、先代社長の歳の離れた弟で、あの中田屋の専務だったんすよ。そのまま真面目に生きて、働いていりゃあいいものをって。そうしたら、まあ、俺はこの世に生まれていないんですけど……」

高桑が自分で言って笑い始めた。だが、亀助と荒木には笑うことができない話だった。

「で、なんかいろいろやらかして、離婚もして、中田屋を追われて、若い女がいる札幌に行ったんですよね。それが俺の母親なんですけど、でも、その女にも逃げられて……」

荒木が両手で顔を覆ってしまった。「もういいよ」と蚊の鳴くような声で言った。

「いや、ずっと誰にも言えなかったんすから、最後まで聞いて下さいよ」

亀助は唇を嚙み締めたまま、頷いた。

「で、両親ともにダメなやつらで育児放棄されたので、俺は、小学二年生くらいから、札幌の児童養護施設に入れられました。そこが、ものすごく、いい人ばっかりで。はっきり言って、ダメ親父とダメな母親に育てられるよりも百倍幸せな環境だったんすよ」

「そうだったんだ。啓ちゃん、よかったね」

「うん、奈央ちゃん、ありがとう。俺、だから悲観せずに勉強して、まあ、そこそこ学校の成績もよかったんで、大学にも入りました。関東に来たかったんで、横浜の大学に入ったんですよ。そうしたら、一年の秋ぐらいかな。変なやつらがやってきて、お前の親父がやらかしたから、金払えとか、高額バイトさせてやるとか言ってきて……」

また、荒木が両手で顔を覆ってしまった。

「それで、あ、俺はもうどれだけ頑張って、いい会社に入っても、こいつらにつきまとわれ続けるなって、軽く、絶望しちゃって……」

「それで、学校を辞めちゃったんだね」

「まあ、そうっすね。ただ、俺って、投資の才能があるみたいで、投資で生きていけるかもって思ったのもあるんですよ」

「啓ちゃん、そんなことがあったのに、あんた、強い男だね」

「いや、むしろ、よえーし。いろんなものに、負けちゃっているからね」

「そんなことないよ」と荒木が強く否定する。

「俺、こんな人生にしてくれたダメ親父のことが腹立たしくて、そいつらとちょっとつるんでいればいろいろわかるかなって思って、もしかしたら、もう一度会って文句でも言えるかなって。で、調べたんですよ。そしたら、もう死んでて……」

高桑が言葉を必死につないだ。

「しかも、殺されてて。じじい、なんだよ、最後までだせー男だなって、思ったんですけど、これだけは、そいつの名誉のために言ってやっていいですか」

深い沈黙が訪れた。高桑が必死に言葉を紡ぎだそうとしている。

「あのじじい、なんで、殺されたかって、言うと……」

高桑が口元を押さえ、喉をつまらせた。亀助は高桑の肩をそっと掴んだ。

「安吉おじさんは、中田屋を守ろうとした。中田屋のブランドを命がけで守ったんだろ。あの土地や店を狙って、地面師たちがどうにかならないかと、おじさんに会社や土地の権利書や印鑑などを持ち出すようにもちかけたけど、それを拒絶して、従わなかった。そうなんじゃないかな？」

高桑は唇を噛み締めて、何度も頷いた。

「安吉おじさんは中田屋を出ても、中田屋の人間としての誰にも譲れない誇りをずっと心の中に持ち続けていた。そして、人知れず悲しい最期を迎えることになった。だから、その事実を知った君は、おじさんをなんとか供養してやりたくて、中田屋を訪れた時に、おじさんの想いが宿ったあの金バッジを庭にそっと投げ込んだ……。僕の描いたレシピ、あっているかな？」

亀助も最後は声が上ずった。

「やっぱ、あんたは、すげえわ……。あいつ、もう中田屋の人間でもなんでもないくせに、中田屋は、日本が誇る最高の料亭なんだって……。お前らなんかが立ち入ることができない、特別な世界なんだって啖呵《たんか》切って、ボコボコにされたって……」

声を震わせながら言い終わると、高桑は目をきつく瞑ったまま顔を上げた。

「はあ、ずりいわ。こんなシチュエーションで」

そう言うと、涙を浮かべながらも高桑にやっと笑顔が戻った。

亀助は胸のポケットから、〝ティファニー〟の指輪ケースを取り出した。鶴乃に事情を話して「あまっているケースなら、何でもいいから」と言ったら、出されたのがこのケースだった。中には、あの金バッジが入っている。

「この金バッジは、君が持っているべきだ」

亀助が差し出すと、高桑は躊躇う表情を見せた。

「君に、どうしても持ち続けていてほしいんだ。頼まれてくれよ」

押し付けると、高桑は素直に受け取って頭を下げてきた。そして、すぐに蓋を開いて見つめると、また、目を潤ませた。

「いつか、あれをプレゼントしてやるだの、東京でご馳走してやるだの言って、金なんてないから、なにひとつ実現しなかったんですけど……。子供の頃、唯一くれたプレゼントがこれなんです。あのじじい、〝俺の命よりも大切なものだから、一生無くすなよ〟って言ってきて……。こんなバッジ、いらねえよっていつも思ってました」

亀助は、高桑が鶉鍋を食べたときに流した涙の意味を考え直していた。もっと、深いものがあの涙にはあったのだ。

「そう。それで、俺も〝あいつらも鴨にして甘い汁吸おうぜ〟って言われているんですけど、やっぱ、できねえわって思って……。やつら、中田屋の乗っ取りが難しいとわかって、揺すりを本格化させ始めたんで、そろそろ、ドロンしようかって思ってたんすよ。香港人の言いがかりは当然、仕込みですよ。あいつら、これから、もっと執拗《しつよう》な攻撃をして、お金を揺すろうとしてる。黒幕は、地面師じゃない。かつて中田屋の土地取引で騙されて、大損をこいた元資産家の子孫だ。札幌で小澤《おざわ》組という暴力団の組員をやってる。ただ、銀座はまた縄張りが別だから、小澤組の幹部に話を上げて、このあとの億単位の恐喝がうまくいったら、上納金をたっぷりする手はずで根回しをしたって話だ」

暗澹たる話だが納得はできる。この銀座の縄張りで、よその無法者が派手に暴れることなんか許されない。それが、銀座の掟《おきて》なのだ。《中田屋》だって、そこらの料亭ではない。そんなことが他の組に知れたら、小澤組も銀座のルールを犯すことになる。

「ねえ、啓ちゃん、ドロンするってどこに行こうとしてたのよ？　気をつけないと、危険だよ。うちに匿《かくま》ってあげようか？」

「いや、警察だろ。僕に任せてよ」

荒木の言葉にすぐ亀助がかぶせると、荒木は「そうね、それが一番ね」と同調してきた。

「いや、もうそんな迷惑はかけないっす。さくらちゃんも狙われているからそれだけ頼みます」

そうか、亀助は勘違いをしていた。高桑はさくらの身を案じていたのだ。

「迷惑とか、そういうことじゃないし。それに、君は結局、何もやってないだろ」

高桑が首を振った。

「いや、もう発見されちゃいましたが、何らかの情報を引き出すために、中田屋に盗聴器を隠したのは俺なんです。騙してて、ごめんなさい。あと、俺は、ずっとお礼を言おうと思っていました」

「それって、何のお礼かな？」

「俺、みんなと一緒に、ご飯食べてて、めっちゃ楽しかったんすよ。だって、俺、子供の頃とか、ずっと一人だったし、貧乏だったから……。大学生になって、ちょっと金の稼ぎ方とか覚えて、美味しいものを食べるようになりましたけど、でも、なんか、一人でどんなに美味しいものを食べても虚しかったんですよ」

高桑が恥ずかしそうにしながら首を傾げている。

「それは、わかる気がする。つまりさ、喜びを共有する楽しさみたいなことでしょ」

「それっすよ。奈央ちゃんとか、そういう表現が的確だし。普通には入れない店にたくさん行けたし……。亀助さん、俺、ホームページの改ざんで、かっこつけて、ダーウィンの一文を書きましたけど……」

亀助もそのメッセージの意味についてはずっと考えていて、ダーウィン自身について調べていた。病気がちだったダーウィンは、三十歳直前で従姉妹、エマと結婚するのだが、婚約前にいかにも学者らしく「結婚のメリットとデメリット」についてリストを書き出した。

そこでは、結婚によって失われる自由、発生する制約について様々なデメリットが挙げられている。一方、数少ないメリットの中、〝伴侶ができると、一匹の犬を飼うよりもいい〟といった学者らしくない情緒的な表現を使ったうえで、そちらを選択した。

結果、十人の子宝に恵まれるのだが、亀助はその決断が意味するものについて、心を揺さぶられたのだ。

「うん、言いたいことはなんとなく、わかる気がするよ」

人間は時として、非合理的な決断をする。きっと、〝合理性〟を凌駕して、「この人とずっと一緒にいたい」と思ってするのが結婚なのだ。結婚しないという選択肢を選ぶ人が増えた現代だからではなく、いつの時代も。

「啓ちゃん、みんなで行った店でさ、どこが一番よかった？　前にさ、最後の晩餐で、どこかひとつを選ぶとしたらって聞いたら、このお店を選んだでしょ。やっぱり、ここかな？」

荒木が懐かしい質問を再び投じた。

「そりゃあ、中田屋の料亭に決まってるっしょ。贅沢の極みって感じで、最高だったし、亀助さんにゴチになったしな。次は俺がおごりたいな」

また白い歯がこぼれる。

「約束してよ。また、一緒に行きたいけど、でも、中田屋とか、僕とか、うちの一族を恨んでいたってわけじゃないの？」

亀助が一番聞きたかったことかもしれない。

「いや、ぶっちゃけ、俺はそんなに恨んでいたってことはないんだよな……」

「え、そうなの？」

「亀助さんのことは、まあ、嫉妬はしたけどな……。憎めないからな」

亀助は、「どこがだよ」と噴き出していた。

「俺とは真逆に育った名家の人間って、どんな人たちなのかって……。それこそ、血はつながっているわけで、逆だったとしてもおかしくはないっすよね。でも、亀助さんはいい人だったし、食に関しては、マリアージュがどうとか、変態みたいなところあるじゃないですか。好きだな」

「まあ、変態かもな……」

「俺は、卑屈になるわけじゃないけど、ずっと孤独な人生だったから。普通に出会いたかったですよ。これは、マジで。次の人生ではきっと」

「うん、わたしたちは生まれかわっても出会えるね。それが運命だから」

荒木が言ってから、高桑に手を差し伸べ、握手を交わす。亀助も高桑の手を強く握ると、それ以上に強く握り返された。

「すみません、ランチタイム終了のお時間なのでお先にお会計だけ」とスタッフがやってきた。随分とオーバーしてしまったようだ。

会計を済ませてビルを出る。そこに、桜川と山尾が待ち構えていた。高桑がすぐに亀助に視線を投げてきた。

「え、なんだかんだ、ちょっと、亀助さん、最初からこういう流れだったんですか？」

亀助は距離を詰めた。唇を噛み締める。右肩を摑んで、頭をさげる。

「ごめん、君を守るにはこうするしかないんだよ。わかってくれ」

高桑が舌打ちをする。

「しゃーなしですよ。しゃーなし」

山尾が覆面パトカーのクラウンの運転席に乗り込んだ。桜川に先導されるまでもなく、高桑は自分で乗り込もうとする。

そこで、少し距離を置いた場所に見覚えのあるレクサスが停《と》まっているのに気づいた。高桑もつられて後ろに目をやった。運転席のドアが開き、鶴乃が降りた。続いて、助手席からはさくらが降りる。高桑が亀助に視線をよこしたので、さくらのことを守るように訴えているのだとわかった。亀助が頷くと、高桑は車に乗り込んだ。桜川が軽く一礼した後、一緒に乗り込んでドアを閉めた。

高桑を見送ってから、荒木を誘って、〝資生堂パーラー・サロン・ド・カフェ〟に入った。満席だったため、少し待ったが、すぐにテーブルに着くことができた。

「さっき、デザート食べたばっかりなんだけど。探偵ってさ、なんでこういう店に連れてくるのかな」

「いや、アイスティーだけでもいいじゃん」

「こんな美味しいスイーツを目の前にして、頼まないわけにいかないじゃん。まったく、乙女心をわかってないな。そういうところがダメなんだよ」

「ごめん……」

「ちゃんと悪いと思ってる?」

亀助は頷こうとして、やっぱり違うのではないかと思い直す。

「いや、あんまり思ってないかもな。いいことをしたらさ、やっぱり、美味しいものを食べたくなるじゃん」

「ほら、でた」と荒木は呆れ顔だ。

結局、亀助は「やっぱりこの季節はな」と、〝ストロベリーパフェ〟を、荒木は「これが一番、カロリーが低そう」と〝シャーベット〟をオーダーした。

「なんかさ、最初、五人のG5だったのに、気がついたら、一人減って、それでタイミングよく、ソムリエが入ってきて、五人に戻ったんだ。で、さらに探偵が入ってきて、六人になるかと思いきや、二人減って、四人になってさ、人を増やそうかって言っていたのに、また一人減っちゃったね……」

「そうだね。啓介くんはいつか復帰できるといいけどな」

言いながら、それは現実的ではない気がしてくる。荒木が深い溜め息をついた。

「でもね、あんな境遇だったら、自分ならどうなっていたのかなって、考えちゃうな。あいつ、なにか底知れぬ闇を抱えているのはうすうす感じていたけど、でも、やっぱり、めっちゃいいやつだった」

「うん、僕もさっきはそればっかり考えていたよ」

ほどなくオーダーしたデザートがやってきた。亀助が「食べていいよ」と言うと、てっぺんにある一番いいイチゴを荒木が躊躇うことなくさらっていった。

「でも、探偵はさ、どこで啓ちゃんが怪しいって気づいたの？」

亀助は食べかけていたイチゴをごくりと飲み込んだ。

「ぼくの会社のボスさ、北海道出身なんだよね。だから、ちょいちょい北海道弁が出てくるんだけどさ、啓介くんもたまに、北海道弁が出てくる時があったんだ。例えば、失敗したを〝しくった〟とか、ゴミを捨てるときに〝投げる〟とかさ。あとは、トマトサラダに砂糖かけたいって言ったことがあったんだよ」

「そんなところを見ていたんだ……」

「それと、あの鶉鍋さ、安吉おじさんが大好きだったんだ。高桑くんが〝俺、これ好きだわ〟って言った時、なんかすごく気になったんだ……」

あの鶉鍋に謎解きのヒントは隠れていたのだ。

二人を重ねて考えれば考えるほど、高桑にはどことなく、安吉おじさんの面影があった。

少し調子がいいというか、どことなく軽いノリは安吉おじさんそのものと思うようになっていった。これは、かわいがってもらった亀助や親族にしかわかりえないことだから、荒木に言う必要はないだろう。さくらが感じた懐かしさもそれだったのかもしれない。

平吉じいさんと安吉おじさん、どちらも、若い頃はモテてしかたなかったようだが、似ているようで、似ていないところがひとつだけあった。

安吉おじさんは浮気性で、綺麗な女性を見つけては「あれはいい女だな」と言って口説きにいく。言い寄ってくる女性に誰彼かまわずすぐに手を出してしまう癖があった。

一方、平吉じいさんは、綺麗な女性を見つけると「うちのばあさんの方が綺麗だろ。

若い頃はな、銀座で一番だったんだ」と嬉しそうに自慢してきたのだ。だから、そんな紳士な平吉じいさんは女性と食事したりすることはあっても、不倫などをしたことは絶対になかったと亀助は確信している。それは探偵の笠松とも認識が一致した。

「なに、ニヤケているけど、なんかあったの？」

荒木に冷やかされてハッとした。

「あ、そういやさ、もうひとつだけ、カミングアウトがあってさ、実は僕もちょっと結婚っていいかもって考え始めてさ」

「はあ？　え、ちょっと、なにがあったの？」

なんでそんなことを口走ってしまったのかと早速後悔し始める。

「いや、わかんないけど、ちょっといい出会いがあったんだ。初デートもまだなんだけど……」

「どんな人なの？　写真は？」と聞かれたが、写真がないことに気づいた。

「姉の職場の同僚で、検察事務官をしている真面目な女性。会話していて楽しかったし、見た目もすごいタイプ。で、食の好みがすごく合いそう」

「いいじゃん。G5に連れてきちゃえばいいじゃん」

「上手くいったらね。そうだ、奈央ちゃんはさ、いろんな出会いがあったなかで、なんで、小室さんだって思ったの？」

荒木がシャーベットをたっぷり口に含んでから目を閉じた。

「そうだな。やっぱり自然体でいられるところかな。わたしなんて、気分屋だし、気性が激しいから、今までそれに対応してくれる男が正直、人生で一人もいなかったんだよね。恋人できてもけんかしてばっかり……。わかるでしょ」

亀助はつい目を細めて頷いていた。

「二時間、三時間、楽しく食事をするのとわけが違うでしょ。結婚して、一緒に残りの人生をともにすごすって、お互い、無理しない関係性じゃないときついと思う……」

亀助は天音との食事を考えたことはあったが、目を瞑って、生活を意識してみた。

「それで、自己嫌悪になったりもしたけど、トシは、そんなわたしを〝俺に合わせる必要もないし、直すところもないから、そのままでいいよ〟って言ってくれたんだ。そんな人に出会うこと、もう後にも先にも、絶対にないと思うんだよね。だって、わたし、キレたらマジでうざいよ。それもひっくるめて、深い愛情で包み込んでくれる人なんだよね」

亀助は、なぜか熱いものが込み上げるのを感じて、「あ、ごめん、ちょっとトイレ」と言って席を立った。急ぎ足でトイレに駆け込んだ。

うっかり、小室と自分を比較してしまったのだ。鏡に映った自分を見て、人を許容する懐の深さが圧倒的に足りていないと痛感する。自分一人だからと、楽な道ばかり選んできたが、それでは成長しないと、いまならはっきりと自覚できる。

でも、好きな人のためなら、変われるかもしれないと感じてきた。それに、人と自分を比較してもしかたない。

鏡に映る自分の顎が気になって見入ってしまった。いつの間にか、贅肉が増えたようだ。

「やばい、さすがに痩せなきゃな……」

亀助はそうつぶやいてから、ドアに手をかけた。

エピローグ

随分と久しぶりに着物に身を包んだ亀助は、中田屋の敷居をまたいだ。

中居に案内されるまま、ゆっくりと部屋のふすまを開けて入った。大女将のきくよに女将の紀子、社長の貴幸に、豊松だ。親戚とはいえ、中田家の三世代に連なる重役四人が顔を並べていた。

「やあ、亀ちゃん、いやあ、いろいろと世話になったね。亀ちゃんのおかげで、このへんでうごめいていた悪い奴らが芋づる式にごっそり一掃されたって、一番喜んでいるのはお父さんじゃないかな」

貴幸が目を細めた。洒落た眼鏡とスーツとネクタイで身を固めている。

「いいえ、たまたまですけど、銀座の治安に貢献できたなら、何よりです」

視線を、真ん中に座る険しい表情の大女将に向けた。

「あんた、刑事か探偵にでも転職するって噂を聞いたけどさ。それはいいとして、こないだは気づかなかったけど、よくよく見ると、随分と太ったんじゃないか」

「ああ、それは、ちょっと、食べ過ぎてね……。まあ、食べて書くのが仕事だからね」

「まあ、それを言ったら俺だって人のことを言えないけどね。でも、大女将さ、亀ちゃんがいなかったら、今頃、どうなっていたかわからないよ」

豊松がおどけて場を和ませる。

「初めてだよ。このこが、中田屋のために、なにか役に立ってくれたのはさ。あられでも降るんじゃないのかい」

きっと、精一杯の褒め言葉なのだろう。亀助はそう受け取ることにした。

「そうだ、忘れないうちに……。あのホームページに書き込まれたメッセージなんだけど、あの意味をずっと考えてきたんだ。なぜ、ダーウィンだったのか……」

四人とも、真剣な眼差しを亀助に向けてきた。

「めまぐるしく変わっていく時代や環境の変化に適応できなければ淘汰されてしまう。平吉じいちゃんも、安吉おじさんも、守らなければならないものと、変えていかなければならないものがあるって。料亭みたいな店こそ、進化していかなければならないって言っていただろ。貴幸おじさんも、豊松くんも、いろんな新業態にチャレンジしていて素晴らしいと思う。ただ、インターネットやスマホっていう劇的な変化が起きているんだから、それをもっと信じて活用していっていいと思うんだ」

大女将の鋭い目が何も言わずに、亀助を捉えた。

「今日、あんたを呼んだのはそれが理由だよ。誰がやるって、あんたしかいないだろ。

それで、あんたは出版社を辞めて、インターネットのことをちゃんと学べたのかい？」

どういう意味なのか。大女将の意図を正確にはとれなかった。

「まあ、それは、毎日、何百万というユーザーと接しているからね」

「そうかい。まあ、インターネットのことなんて、わたしみたいな化石にはちっともわかりゃしない世界だけどさ……」

大女将が手帖《てちょう》を開いた。

「あんた、平吉がよく言っていた言葉で好きなのはなんだい？」

突然の問いかけだった。

だが、すぐに思い浮かぶものがある。

《いくら金があったとしても、心が貧しければ、美食家とは言えない。最高の美食にありつきたかったら、最高の人助けをすべし》

亀助が最も好きだった言葉を正確に暗唱した。

「わたしと、同じだな」と、ひとこと、大女将がそう言った。

大女将がお茶を飲む。溜め息をつく。

「わたしはね、来年、三月で引退することにしたわ。企業も店も生き物さ。あんたの言うメッセージじゃないけど、ここらで新陳代謝をはかるタイミングだと思ってね」

「そっか……。長い間、お疲れさまでした」

「いや、それがまだ、大きな仕事が残っていて、あんたに仕事を手伝ってもらわないと、辞められないんだよ」

「え、なんだよ、そりゃあ？」

大女将はもったいぶるようにお茶を飲み始めたが、代わりに貴幸が亀助の目を捉えた。

「亀ちゃん、店や大女将の手伝いをしてほしいんだ。狙われたホームページをまずはしっかり作り変えたい。顧客の予約もできるようにしたいんだ。それをやれるのは亀ちゃんしかいない。だって、そうだろ？」

これを否定するのは無責任だなと、亀助は言葉に詰まった。

「それから、先代の言葉を、いまの従業員や、これから中田屋に来る人たちのためにつないでいってほしくてね」

貴幸が亀助の目を見て頭を下げる。

「亀助さん、大女将が引退するまでじゃなくて、これからもずっとお願いしたいの。花柳界の文化、日本の文化を守るために、一緒に手伝ってくれるかしら。あなたのもうひとつのお仕事と両立していただいて構わないから」

女将の紀子まで頭を下げてきた。

「え、それって、どういうことですか？」

「株式会社中田屋に、亀ちゃんの力が必要なんだよ。先代の秘蔵っ子だからさ」

豊松が笑顔をこぼすが、目はいたって真剣だ。

「あんた、そりゃあ、言いすぎってやつさ。そういうことだからさ、忙しくなるよ」

きくよが古びた手帖を差し出してきた。

「これは、じいちゃんの大切なやつじゃないか」

パラパラとめくってみる。ところどころに、殴り書きがなされている。

「なくしたら、大変だよ。あんたに預けておくわ」

大女将がさっと立ち上がって出て行った。目に涙を溜め込んでいたように見えたので、亀助以外の二人は目を見合わせてから、視線を大女将の背中に移した。

「あんな嬉しそうな大女将の姿、久しく見たことがないな。きっと、先代の残した言葉をみんなにも残したかったんだろうな」

貴幸が目尻を下げた。

「とりあえず、亀ちゃん、ありがとう。これから忙しくなりそうだけど、よろしくね」

「うん、なんか、今日は、何を食べても美味しい気がするな」

「あ、今週はばたついているけど、近々お礼も兼ねて、美味しいもの食べに行こう。来週とかどう？」

「なら、ちょっと店選びは任せてもらえるかい？」

「もちろんだよ」

豊松の返事に頷いてから、亀助も立ち上がった。中田屋を後にする。塀の中に停めておいたハイブリッドバイクの鍵を解除しつつ、ここは銀座で一番安全かもしれないと感じた。豊松に見送られながら、塀の外に出た。

心地よい風が通り抜けた。大きな充実感がある。ハイブリッドバイクにまたがって、自宅方面に進路をとった。

亀助は旬の食材でいうと冬のものが一番好きなのだが、他の季節があるからこそ、その美味《うま》さが引き立つとよく知っている。春の銀座で桜を愛《め》でるのもいい。

そうか、桜が咲くまで、のんびりしている暇がないな。

解　説

大森　望

古来、美食とミステリーは相性がいい。レックス・スタウトが一九三〇年代に創造したグルメ探偵ネロ・ウルフのシリーズが代表格だが、現代の日本でも、北森鴻《きたもりこう》の『メイン・ディッシュ』や〈香菜里屋〉シリーズを筆頭に、美食をモチーフにしたミステリーはたくさん書かれている。思いつくままに挙げても、柴田《しばた》よしき『ふたたびの虹』『竜の涙　ばんざい屋の夜』、芦原《あしはら》すなお『ミミズクとオリーブ』、石持浅海《いしもちあさみ》『Rのつく月には気をつけよう』、坂木司《さかきつかさ》『青空の卵』、拓未司《たくみつかさ》『蜜蜂のデザート』、西澤保彦《にしざわやすひこ》『さよならは明日の約束』……という具合。

この激戦区に果敢にチャレンジしたのが、『このミス』大賞出身の新鋭・八木圭一《やぎけいいち》による『手がかりは一皿の中に』。著者にとって初の文庫書き下ろし作品にあたる本書は、全四話から成る連作で、美食（江戸前鮨《えどまえずし》、ワイン、モダンスパニッシュ、老舗料亭）をめぐる四つの事件の謎にスポットライトが当たる。

探偵役の北大路亀助《きたおおじかめすけ》は、三十歳前後の気ままなひとり暮らし。大学卒業後、銀座の老舗高級料亭・中田屋《なかたや》の大女将である祖母のコネで大手出版社に就職したものの、仕事でしくじって編集からはずされ、思い切って退社。大学時代のサークルの先輩が立ち上げたグルメサイト〝ワンプ〟こと〝ワンプレート〟に参加して、いまは編集・広告部門の統括責任者として勤務するかたわら、おいしいものを食べ歩き、レポート記事をワンプに寄稿している。探偵風にレシピの謎解きをしてみせる（という体で書く）のがウリで、最後は毎回、「僕のレシピが正しければ」にはじまって、「また罪深いシェフの魔法を暴いてしまった」という決め台詞《きぜりふ》で締めくくる。

このご時世に、なんともうらやましい境遇だが、東京地検の検事をしている姉の鶴乃《つるの》には、「あなた、おばあちゃんのコネで大手出版社に入れてもらったのに勝手に辞めて、大学のお遊びサークルの延長みたいなことして……。食べ歩いては、マリアージュがどうだかこうだかって、どうせ暇なんでしょ？」とクソミソに言われ、優雅なグルメ探偵もかたなし。それもそのはず、亀助の父方の祖父は京都府警伝説の名刑事、父は警察庁次長という家系なのである。ちなみに、素人探偵の親族に警察関係者がいるというのはエラリー・クイーン（父がニューヨーク市警の警視）以来の伝統で、亀助の場合もこの人脈を大いに活用して捜査情報を手に入れることになる。

一方、グルメミステリーとしての本書の最大の特色は、探偵役がシェフでも料理評論家でもリッチな美食家でもなく、読者にとってもなじみ深いグルメサイトのライターだという点だろう。ふだんは料理の謎を解いているグルメ探偵が、もしも現実の事件に遭遇したら……というのが基本構造。

作中にも書かれているとおり、現在の日本では、ネット上の各種レストランガイドが花盛り。〝食べログ〟〝ぐるなび〟〝ホットペッパーグルメ〟〝Ｒｅｔｔｙ〟の四大サイトを筆頭に、さまざまなグルメサイトが鎬《しのぎ》を削り、立ち食い蕎麦《そば》から超高級フレンチまで、あらゆる料理店が同列に並べられている。中でも、〝食べログ〟の月間利用者数（ユニークユーザー数）は、二〇一七年末の時点で一億人を超えるというから、日本のスマホユーザーのほとんどが一度は見たことがあるだろう。なじみのない土地で昼メシを食べようと思ったら、とりあえずスマホを出して〝食べログ〟で近くの店をチェックし、〝ぐるなび〟でお店情報とメニューを見て、〝ホットペッパー〟でクーポンを探す……みたいなことは、多くの日本人が日常的にやっているはず。一歩進んで、お気に入りのグルメブロガーや〝食べログ〟レビュアーの評価を参考に店を選んでいる人も少なくない。

本書には、そういう、いまの時代ならではのグルメ情報事情が如実に反映されているうえ、熾烈《しれつ》な競争が続くグルメサイト業界の舞台裏を描く業界小説の側面も併せ持っている。

亀助が加わった新興の〝ワンプ〟こと〝ワンプレート〟は、多数の専門ライターを擁し、店全体よりは一皿に特化して食レポートを書かせるのが特徴。現実のグルメサイト

（グルメアプリ）で言えば、「料理人の顔が見えるグルメサイト」を標榜する〝ヒトサラ〟のイメージか。

さらに、小説のいちばん最初に出てくる〝資生堂パーラー・サロン・ド・カフェ〟の季節のパフェをはじめ、ビストロ〝ガール・ド・リヨン〟の白レバーのパテ、エスカルゴのムニエルなど、実在する名店のメニューも次々に登場するから、食べ歩きのお供にも使えそうだ。

各話で事件の直接の舞台になる店や新ビジネスは架空のものだが、それぞれ趣向が凝らされ、細部までよく考えられている。第一話の舞台は、たった六席しかない会員制の鮨店《鮨 武蔵《むさし》》。システムエンジニアから転職した店主の井上《いのうえ》は、一本買いするマグロを看板食材にした新しいコンセプトをウリに、クラウドファンディングで二千万円以上の資金を集め、鮨職人を始めてからたった三年で銀座のはずれに店を構えたという。だが、その店で食事をした客が、直後に死亡する事件が起き、食中毒が疑われる事態に。たまたまその客といっしょに《武蔵》を訪れていた亀助は、不可解な死の真相を探りはじめる。

《鮨 武蔵》のコンセプトは、「失われつつある食文化と、現代の技術力を融合させ、最高のおもてなしを提供する」ことだが、伝統と新しい技術（アイデア）のマリアージュは、本書全体を貫くテーマでもある。

第二話では、長い歴史を誇るワイン文化を楽しむ新たなサービスとして、〝ＢＹＯ＋（プラス）〟という実験的なビジネスが登場する。客がレストランに持ち込み料を払ったうえで飲みたいワインを持参するＢＹＯ（Bring Your Own）システムを使い、契約したレストランで、自分が買いつけたワインをお客に提供する。いわば、ワインと料理のマッチングサービスという趣だ。

第三話は、モダンスパニッシュ料理の店で催された、最近流行《はや》りのレストラン・ウェディングが舞台。ご祝儀の盗難と、それに続く結婚指輪消失事件の謎に亀助が挑む。

第四話は、（いわば）〝亀助自身の事件〟。老舗料亭・中田屋が舞台となり、プロローグから振られていたホームページ改竄《かいざん》事件もそこにからんでくる。

作中の中田屋は、政財界の重鎮も御用達の名門料亭という設定。現実の老舗高級料亭と言えば、湯木貞一《ゆきていいち》が大阪で創業した〝吉兆〟や、芥川賞・直木賞の選考会場として知られる築地の〝新喜楽〟が有名だが、ネーミングから見ても、中田屋のモデルは〝金田《かねた》中《なか》〟だろう。

ホームページを持たない新喜楽と違って、金田中には公式サイトがあるのでちょっと覗《のぞ》いてみると、本店にあたる銀座七丁目の〝新ばし 金田中〟は、昼会席は総額二九七〇〇円、重ね皿は総額一七八二〇円と、意外にリーズナブル。夜席は「花柳界のしきたりにより、ご紹介によるご来店をお願いしております」とのことで、〝一見さんお断り〟だが、「AMEX・DINERSからのご紹介も可能」というから、それほどハードルは高くなさそうだ。〝食べログ〟の〝新ばし 金田中〟のページには、ごくふつうにユーザーの「口コミ」情報も載っていて、昔ほど近寄りがたい雰囲気ではない。金田中グループは、〝新ばし 金田中〟のほかに、もっと入りやすい〝金田中 草〟や〝金田中 庵〟も展開している（本書に登場する〝中田屋 草庵〟はこれが下敷きか）。老舗の料亭といえども、時代に合わせて変化せざるを得ないわけで、伝統と革新の〝衝突〟が本書の縦糸になっている。

さて、集英社文庫に著者の作品が収められるのは本書が初めてなので、簡単に経歴を紹介しておこう。八木圭一は、一九七九年、北海道音更町生まれ。横浜国立大学経済学部国際経済学科卒業後、雑誌編集者を経て、コピーライターとして活動。二〇一三年、『一千兆円の身代金』で、第十二回『このミステリーがすごい！』大賞を射止め（梶永《かじなが》正史《まさし》『警視庁捜査二課・郷間彩香 特命指揮官』と同時受賞）、翌年一月に刊行された同書で作家デビューを飾った。この『一千兆円の身代金』は、香取慎吾《かとりしんご》主演でドラマ化されたので、そちらでご記憶の方もいるかもしれない（二〇一五年十月十七日放送のフジテレビ系「土曜プレミアム」、一三〇分枠。ほかに本田望結《ほんだみゆ》、仲里依紗《なかりいさ》、木村多江《きむらたえ》らが出演）。

物語の発端は、「革命係一同」と名乗る誘拐犯がマスコミ各社に送りつけた犯行声明メール。被害者は、元副総理の孫にあたる小学生。政府につきつけられた前代未聞の要求は、日本の財政赤字と同額の一〇八五兆円の身代金を支払うこと。もしくは、巨額の財政赤字を招いた責任を公式に謝罪し、すぐに具体的な再建案を示すこと……。

デビュー作がドラマ化されたのと同じ二〇一五年十月には、第二長編『警察庁最重要案件指定　靖國爆破を阻止せよ――』を宝島社から刊行。こちらは、靖國神社の庭園にある池でドローンが見つかったことが話の発端。ドローンに括《くく》りつけられた封筒には、犯人からのメッセージが入っていた。要求は、A級戦犯の分祀《ぶんし》、竹島と尖閣諸島の領有権の放棄、慰安婦と徴用工への賠償金十兆円の支払いの三項目。「要求を呑《の》まなければ、靖國神社の本殿を爆破します」と脅迫する。要求の期限は、靖國神社秋季例大祭が始まる十月十七日の開門時刻。あと二週間で、犯人を逮捕できるのか？

二作とも、社会的な問題をテーマに据えた現代的なサスペンスだが、三作目となる本書では、一転して、美食をテーマにしたライトな連作にチャレンジした。新たな試みが受け入れられて、著者がこの激戦区に店を構えられるかどうか、亀助の今後の活躍が楽しみだ。

（おおもり・のぞみ　文芸評論家）

本書は、集英社文庫のために書き下ろされた作品です。

本書の内容は、実在する個人・団体等とはいっさい関係がありません。

集英社文庫

手《て》がかりは一皿《ひとさら》の中《なか》に

2018年5月25日　第1刷　　　定価はカバーに表示してあります。

著　者　八木圭一《やぎけいいち》
発行者　村田登志江
発行所　株式会社　集英社
東京都千代田区一ツ橋2-5-10　〒101-8050
電話　【編集部】03-3230-6095
【読者係】03-3230-6080
【販売部】03-3230-6393（書店専用）
印　刷　中央精版印刷株式会社　株式会社美松堂
製　本　中央精版印刷株式会社

フォーマットデザイン　アリヤマデザインストア　　　マークデザイン　居山浩二

ISBN978-4-08-745747-6 C0193